KB045895

특별하지 않은 대화.
하지만 사키에게는, 처음으로 하야토와 나누는
평범한 대화이기도 했다.

'우, 우와우와,
오빠랑 평범하게 대화해버렸어?!
이, 이상한 소린 안 했겠지?
오타 같은 것도 괜찮지?!'

무라오 사키
Saki Murao

츠키노세 신사의 외동딸이자 신비한
미소녀. 하야토를 좋아하면서도
지나치게 의식해서 메시지가
딱딱해져 버리는 것이 고민.

조금 전부터 사키의 심장은
요란스럽게 울리고,
어깨를 넘어 온몸이
뻣뻣해져 버렸다.

"어서 오세요!
자리로 안내할게요!"

카이도 카즈키
Kazuki Kaidou

키리시마 히메코
Himeko Kirishima

말의 등을 본뜬 튜브에 걸터앉는 최대 2인승의 그것은
친근하게 밀착해서 미끄러지는 커플의 모습만을 연출하고 있었다.
저런 형태로 밀착한다면 피부 대부분을 겹쳐버리게 된다.

Contents

illustration by 시소   design by 무카데야 유우코+토요타 치카(무시카고 그래픽스)

프롤로그

새파란 하늘.

아무것도 그려지지 않은 백지 구름.

나무들이 바람에 흔들려 노이즈를 울렸다.

어디를 둘러봐도 감옥처럼 산들로 둘러싸여 있고, 무언가가 벌어질 리도 없고, 변화도 없이 시간이 정체된, 빛바랜 풍경.

그것이 사키가 존재하는 세계였다.

헤이안 시대부터 이어지는 신사의 외동딸로 태어나, 철이 들기 전부터 아무런 의문도 품지 않고 배운 카구라마이——신악무(神樂舞).

어른들에게 둘러싸여 꼭두각시 인형처럼 답하는 인사.

딱히 하고 싶은 일도 없이, 그저 홀로 츠키노세의 다음 무녀로서 존재할 뿐인 나날.

그렇기에 지독히도 무미건조한 세계였다.

따라서 어린 사키는 그 세계에 그다지 좋은 감정을 지니지 않았다.

특히 카구라마이 연습은 혹독해서 평소에는 다정한 할머니가, 아버지가, 가족이 카구라마이 연습에 대해서만큼은 일체의 타협을 허락하지 않기에 약한 소리를 꺼낼 수조차 없었다.

　무엇을 위해서 연습하는 것일까?

　누구를 위해서 춤추는 것일까?

　대체 언제까지 이런 일이 계속되는 것일까?

　솔직히 그만두고 싶었다.

　하지만 그것은 허락되지 않았다.

　애당초 다른 삶의 방식을 사키 본인이 알지 못한다.

　사키의 눈에 변화가 없는 츠키노세 마을이 비친다.

　세계에는 체념과 정체의 회색뿐.

　어느샌가 사키는 고개를 숙이는 일이 많아졌다.

　그것은 어느 해 여름 축제 날이었다.

　처음으로 사키가 카구라마이를 무대에서 선보이게 되는 순간.

　물론 사키에게 무엇 하나 특별한 일은 없었다.

　이제까지 잔뜩 연습했던 것을, 장소를 바꾸어서 소화하는 것뿐.

　평소와 다른 점이라면 의상이 무척 호화롭다는 것 정도일까.

　주위의 시선 높은 어른들은 연신 칭찬했지만 전혀 마음에 울리지 않았다. 오히려 평소보다 의상이 무거워서 후텁지근할 뿐.

　살짝 짜증을 느꼈다.

하지만 그것을 겉으로 드러낸다고 해서 어떻게 될 일도 아니었다.

그래서 사키는 정신없이 카구라를 췄다.

그런 생각을 가라앉히기 위해서.

『굉장해―, 예쁜 데다 멋있어―!』

『……어?』

카구라마이가 끝났을 때였다. 문득 그런 목소리가 무대 밑에서 들렸다.

시선을 향하자 보인 것은 눈을 환하게 반짝이며 짝짝 박수를 치는 남자아이의 모습. 그의 얼굴은 기쁨으로 채색된 선명한 미소를 짓고 있었다.

그 올곧고 화창한 찬사와 미소를 마주하자 사키는 어쩌면 좋을지 알 수 없었다.

문득 이제까지 잔잔하던 심장이 아플 정도로 술렁대기 시작했다. 자연스럽게 가슴을 꽉 붙잡았다. 어째선지 숨이 막혔다.

온몸이 순식간에 뜨거워지고 머리는 어질어질 돌았다.

마치 열이 오른 것만 같았다.

그런데도, 결코 싫지는 않다.

사키는 더 이상 스스로를 유지할 수가 없었다.

『웃!』

『앗!』

그래서 사키는 남자아이의 놀란 목소리를 제쳐놓고 그만 그 자리에서 뛰어갔다.

어쩐지 정체 모를 것이 가슴에 소용돌이치고 있었다.

감정을 제대로 처리할 수 없었다.

단 하나, 무언가가 바뀌려고 한다는 것만큼은 알 수 있었다.

그것이 어쩐지 무서워서, 할머니의 모습을 발견한 사키는 도움을 청하듯이 안겨들었다.

『~~~~웃!』

『사, 사키?! 대체 무슨 일이니?!』

사키를 받아들인 할머니는 정신없이 이마를 비비는 손녀의 모습에 당황할 뿐.

『사키, 왜 그러니?!』

『대체 왜…… 카구라도 잘했잖아.』

부모님도 사키의 상태를 걱정해서 달려왔지만 사키는 할머니에게 얼굴을 파묻고 고개를 도리도리 내저을 뿐이었다.

그들에게 사키는 손이 많이 가지 않는 아이였다.

떼를 쓰는 일도 거의 없고, 말도 잘 들으면서 제멋대로 굴지도 않고, 카구라마이에 대해서는 그만 지도에 열을 쏟고 말 정도의 재능을 가진 자랑스러운 아이였던 것이다.

이것은 그런 사키가 처음으로 보여주는 또래 아이다운 모습.

지켜보던 그들은 그 사실을 점차 이해했다.

이윽고 다시 차분해진 사키는 천천히 고개를 들고 주위를 둘러봤다.

할머니와 부모님 외에, 평소에 잘 대해주는 친척들도 사키를 걱정스럽게 바라보고 있었다.

그것이 아주 살짝 든든해서, 그래서 가슴에 생겨나고 만 것을 흘리며 응석을 부릴 수밖에 없었다.

『⋯⋯⋯⋯⋯무서워.』

『무서워?』

『응.』

『무섭다니 뭐가?』

『저기, 남자애.』

『키리시마네 아이인가? 무슨 짓궂은 짓이라도 했니?』

『아니, 카구라가 예쁘고 멋있대서⋯⋯.』

『⋯⋯⋯⋯허?』

『잘 모르겠어, 가슴이 답답해. 나, 이상해져 버렸어.』

울 것 같은 목소리로 필사적으로 호소해도 주위의 모두는 점점 싱글벙글 웃을 뿐.

사키는 그 반응에 불만스레 입술을 삐죽였지만 모두의 얼굴이 저 남자아이처럼 밝게 빛나는 것을 깨달았다.

눈을 크게 뜨고 계속 술렁대는 가슴에 주먹을 댔다.

그리고 하늘을 올려다봤다.

보석 상자를 뒤집어놓은 듯 하늘 가득한 별들 사이, 늠름

하고 큰 달이 조용히 빛나고 있었다.

그들을 가리며 흘러가는 구름 또한 장대한 하늘의 연출이었다.

쏴아아 바람이 불었다.

주위를 둘러싼 산들이 나뭇잎을 흔들며 노래했다.

눈에 비치는 풍경도 모두의 얼굴도 익숙한 것들일 터였다.

하지만 그것은 처음으로 본 광경이기도 했다.

어째서 이제까지 깨닫지 못했을까?

술렁거리는 가슴은 가라앉지 않았다.

이날, 사키는 세계가 색채로 물든 것을 자각했다.

그것은 사키가 아직 일곱 살일 무렵의 이야기였다.

뇌리에 들러붙은 말

하야토는 처음으로 하루키와 만났을 때를 지금도 가끔 꿈에서 본다.

피부를 태울 것처럼 내리쬐는 태양.

요란스러울 정도로 울어대는 매미 소리와 지면에서 피어오르는 아지랑이.

여기저기 화사하게 피어 바람에 흔들리는 해바라기가 도리어 성가실 정도로 여름을 주장했다.

더운 날이었던 것을 기억한다.

『시끄러워, 닥쳐, 저리 가.』

기억 깊은 곳에 있는, 가장 오래된 하루키의 말.

어쩐지 체념을 깨달은 듯한 어두운 얼굴, 타인을 거절하는 흐리멍덩한 눈동자, 그 무엇도 믿을 수 없다며 온몸으로 불만을 드러내는 주제에 자신을 봐달라는 것처럼 밖에서 무릎을 끌어안고 있었다.

그것이 참으로 마음에 들지 않았다.

그래서 **하야토**는 억지로 **하루키**를 끌어냈다.

깜짝 놀란 얼굴을 보고 해냈다며 득의양양하게 웃었다.

그 후, 하루키에게 무슨 말을 들었는지는 기억나지 않는다.

다만 그것이 계기였다는 사실은 기억한다.

9

잔뜩 싸우기도 했다고 생각한다. 이런저런 말을 들었을지도 모른다.

하지만 산으로 들어가서는 앞다투어 산딸기를 따고, 강에 가서는 잡은 민물게 크기를 비교하고, 폐자재 창고에서 서로가 만든 검을 자랑하며 칼싸움을 했다.

그래서 언제나 하루키와의 기억 속엔 미소가 많았다.

하야토는 그런 즐겁게 노는 어린 자신들을 어쩐지 하늘 위에서 바라보고 있었다.

'하지만, 하루키는…….'

그렇다, 하야토에겐 이것이 꿈이라는 확실한 자각이 있었다.

어린아이 두 사람이 목가적으로 신나게 노는 모습은 흐뭇한 광경이다.

그럴 터, 였다.

『나 있지, 타쿠라 마오의 사생아야.』

문득 하루키가 건넨 말을 떠올렸다. 심장이 격렬하게 뛰는 것을 알 수 있었다.

눈앞에는 천진난만하게 웃는 **하루키**.

그것이 일찍이, 이따금 드러낸 그늘진 얼굴과 교차했다.

'아, 진짜!'

틀림없이 하루키는 이 무렵부터 자신의 처지를 올바르게 이해하고 있었을 것이다.

그런 것을 전혀 모르고서 그저 태평하게 뛰어다니던 자신이 지독히 바보처럼 여겨졌다.

하지만. 그렇다 해도.

『나는 있지, 하야토에게 정말 특별해질 수 있도록, 더 강해지고 싶어.』

그 비밀은 결코 동정받기 위해 말한 것이 아니었다.

그날 하야토에게 선언하던 하루키의 목소리가 뇌리를 스쳤다.

그 어떤 어둠도 없이, 강한 의지가 담긴 맑고 아름다운 색.

그것을 다시금 떠올리자 또다시 하야토의 심장은 술렁대기 시작하고, 그 이름을 부르지 않을 수가 없게 됐다.

"──하루키!"

"미얏?!"

".....................허?"

벌떡 일어난 하야토는 귀에 돌아온 목소리에 곤혹스러워 얼빠진 목소리를 흘렸다.

아직 깨어나지 않은 시야에 날아든 것은 하야토의 교복을 끌어안은 하루키의 모습.

도저히 영문을 알 수 없었다.

하루키는 평소처럼 깔끔하게 다려진 교복을 입고 있지만, 얼굴은 장난을 치려다가 들킨 장난꾸러기처럼 굳어서는 시선을 이리저리 헤맸다.

조금 전까지 꾸던 꿈도 있어서 하야토의 눈매가 점점 사나워졌다.

입에서 튀어나온 목소리에 툴툴대는 기색이 스며 낮아졌다.

"……뭐 하는 거야?"

"아, 아직 아무것도 안 했는데?"

"내 교복에?"

"아, 아니, 유연제 향기 좋다! 세제도 좋은 것 같고?!"

"하루키…….."

"아—앗! 나, 히메 깨우러 다녀올게!"

"아니, 야!"

하루키는 하야토에게 교복을 떠넘기는가 싶더니 허둥지둥 방을 뛰쳐나갔다.

'정말이지, 하루키는…… 그러고 보니 집 열쇠를 줬던가.'

평소와 다르지 않은 하루키의 뒷모습을 보던 하야토는, 무척 안심함과 동시에 어쩐지 바보 같다는 기분까지 들어서 큭큭 웃음을 흘렸다.

어쩐지 그것이 신기했다.

『갸—악! 왜, 왜왜왜, 왜 하루가 여기 있는 거야—?!』

『와하하하하하하—앗!』

옆방에서는 떠들썩한 하루키와 히메코의 목소리가 들렸다.

떠안은 교복 셔츠에는 하루키가 힘껏 움켜쥔 탓인지 살짝 구겨져 버린 주름.

어렴풋이 자신과는 다른, 어쩐지 달콤하니 독특한 향기가 코를 간질이자 심장이 두근댔다. 교복과 마찬가지로 하야토도 미간에 주름을 지었다.

아침부터 떠들썩한 하루키와 히메코를 제쳐놓고 하야토는 아침 준비에 착수했다.

아침의 시간은 귀중하다.

평소와 같은 시간이기는 하지만 그렇다고 여유가 있는 것은 아니었다.

오늘 아침의 메인은 스크램블 에그.

달걀을 푼 뒤 사각으로 자른 크림치즈와 고수 따위의 남은 향신채를 넣고, 소금 후추와 우유로 맛을 조절해서 중불로 뭉근하게 익도록 나무주걱으로 휘저었다.

다음으로 식초, 설탕, 미림, 두반장, 마늘과 녹말물을 합쳐서 전자레인지로 가열하여 만든, 수제 스위트칠리소스를 끼얹으면 완성.

그다지 식욕이 없을 더운 여름 아침에도 입맛이 도는 일품이었다.

그 밖에 샐러드와 토스트, 취향인 음료를 더하면 보기만 해도 훌륭한 아침 식사다.

하루키도 얼마 안 되는 시간 동안 순식간에 아침 식사가 완성되는 모습을, 눈을 끔벅거리며 바라보고 있었다.

"왜 그래, 하루키. 안 먹을 거야?"

"어, 아니, 잘 먹겠습니다─."

"오빠, 우유 줘, 우유!"

"예예, 하루키는 커피 괜찮아?"

"응, 프림 가득…… 아니, 히메는 우유만 먹는 거야?"

"성장기인걸…… 분명 아직 더 큰다고…… 적어도 평균까지는 아니더라도 하루키 정도──아니 맞다, 하루! 오늘은 대체 아침부터 어쩐 일이야?!"

히메코는 이제야 깨달았다는 듯이 하루키와 하야토를 빤히 노려봤다.

슬쩍 시선을 피하는 하루키를 보아하니 아무래도 이상한 방식으로 깨운 모양이었다. 히메코는 토라진 듯 손으로 목을 문지르고 있었다.

애초에 하야토에게도 하루키의 습격은 예상 밖이었기에 뭐라 말하기 어려운 일이었다.

옆을 봤다가, 하루키와 형용할 수 없는 시선이 뒤얽혀 쓴 웃음을 지었다.

확실히 꽤나 상식 밖이다.

하지만 민망해 보이는 하루키의 표정은 놀라게 만들어주고 싶었다든지 어쩐지 해보고 싶었다든지, 그런 사소한 이유였음을 드러내고 있었다. 평소에 치는 장난의 연장선임이 분명했다.

그만큼 마음 편하게 접해준다는, 의지해준다는 생각마저 들어서 입가가 풀어져 버렸다.

"여긴 츠키노세랑 다르게 문을 계속 잠가두잖아? 그래서 하루키한테 열쇠를 줬어."

"아―, 그랬지. 그렇구나―. 난 아직 익숙하지 않아서 잠 그는 걸 깜박할 때가 있는데."

"이, 이렇게 납득하는구나…… 아하하……."

츠키노세의 방범 의식은 시골 특유의 느슨한 느낌으로, 여행같이 오래 집을 비울 때 정도가 아니라면 문을 잠그는 습관이 없었다.

조금 더 말하면 초인종을 누르지 않고, 용건이 있을 때는 직접 현관을 열고서는 큰 소리로 집주인을 부르는 분위기 였다.

"뭐, 그래도…… 꿀꺽."

남은 토스트를 우유로 한꺼번에 넘긴 히메코는 후우, 숨을 내쉬며 또다시 하야토와 하루키를 빤히 노려보고 어깨를 으쓱였다.

"오빠랑 하루는 참, 옛날부터 사이가 좋다니까."

""별로 안 좋.""

"……거봐."

""…….""

어이없다는 듯 던진 말에 그만 부끄러워져서 목소리가 겹 쳤다. 히메코는 못 해먹겠다며 보란 듯이 성대한 한숨을 내 쉬고 자리에서 일어났다.

"예예, 잘 먹었습니다."

남겨진 것은 어색한 분위기.

하야토는 타박하듯이 하루키를 쳐다보고, 그녀는 거북하다는 표정으로 핑크색 혀를 날름 내밀면서도 어쩐지 기분 좋아 보이는 목소리를 건넸다.

"아하하, 한번 있지, 만화나 애니메이션처럼 소꿉친구를 깨우러 간다든가 그런 뻔한 걸 해보고 싶었거든."

"……다음부터는 나한테만 해."

"응. 히메한테 혼나고 싶진 않으니까."

"뭐, 그러네."

전혀 반성하지 않는 듯한 말과 함께 천진난만한 미소를 건네자 하야토의 심장은 꿈과는 다른 이유로 술렁거렸다.

하야토는 히메코를 따라 많은 **것**들을 입에 밀어 넣더니 커피와 함께 넘겼다. 하지만 그러고서도 잔재라고도 할 수 있을 것이 새어 나왔다.

"…………치사하네."

"응? 뭐라고 그랬어?"

"아니, 아무것도."

그리고 맛있게 스크램블 에그를 입으로 옮기는 소꿉친구의 미소를 보고는 애써 미소를 지었다.

아침 식사 후, 재빨리 준비를 마친 하야토는 하루키와 히메코를 데리고서 아파트를 뒤로했다.

구름 한 점 없는 동쪽 하늘에서는 여름의 태양이 아침부터 있는 힘껏 자기주장을 하며 단숨에 땀을 끌어냈다. 거기에 습도를 잔뜩 머금은 열기가 휘감기면 기분도 발걸음도 무거워지는 법.

하지만 그런 것들은 관계없다는 듯이 하루키, 그리고 히메코의 분위기는 여름 더위 못지않게 드높았다.

"그래그래 나 있지, 덕분에 다이어트에 성공했거든. 피크에서 5킬로그램이나 뺐어!"

"아니, 거짓말, 하루 치사해! 나 아직 3킬로그램밖에 안 빠졌다고, 같은 걸 먹었는데도 으그그…… 아, 오빠는?"

"몰라, 그보다 나는 원래부터 하지도 않았으니까 잴 적도 없고."

아무래도 다이어트에 성공한 모양이다. 이것 역시 기분이 좋은 이유일지도 모른다.

히메코는 결과에 조금 불만을 보였지만, 하루키도 히메코도 원래의 체중과 비교하면 ±1킬로그램의 범위다. 하야토는 이전과 어디가 어떻게 다른지 겉모습으로는 전혀 알 수 없었기에 대답도 건성이 되어버렸다.

하지만 그런 하야토 역시도 입가에는 미소가 드리워 있었다.

'그러고 보니 셋이서 등교하는 건 처음인가.'

옆에서 다이어트 당시의 고생을 돌아보며 떠드는 동생과 소꿉친구를 보고 그런 생각을 했다.

이렇게 셋이서 걷는 일은 드물지 않지만, 아침 일찍부터 교복을 입고 별것 아닌 대화를 나누고 있으니 조금은 특별한 느낌이었다.

"그래서 말이지, 모처럼 다이어트도 끝났으니까 뭔가 달콤한 걸 잔뜩 먹고 싶네. 물론 요요는 무서우니까 그런 쪽으로는 주의를 해서."

"나 바스치 먹고 싶어! 바스크 치즈 케이크! 오빠, 당분은 줄여서 만들어줘."

"아니, 내가 만들라고?"

"하야토니까."

"오빠인걸."

"'그치―.'"

"하아……."

어쨌든 하야토에게 하루키의 기분이 좋은 것은 좋은 일이었다. 그 비밀을 알아버린 뒤이기에 더더욱. 눈꼬리도 자연스럽게 내려갔다.

하지만 곤란한 점도 있었다.

다이어트 성공으로 들떴는지, 그녀의 텐션이 조금 지나쳤던 것이다.

"나, 난 이쪽이야. 그럼 갈게!"

"응, 졸지 말라고."

"히메, 나중에 봐―!"

그것은 히메코와 대로에서 헤어진 뒤로도 계속되어, 하루키는 그 후로도 **평소의 모습**으로 하야토에게 이야기를 건넸다.

"있지있지, 하야토네 집에 케이크 만드는 도구 같은 거 있었던가? 재료 같은 것도 슈퍼에서 살 거야? 아니면 전문 매장에 사러 가는 편이 나을까?"

"하루키, 그건 괜찮은데, 으음, 그, 있잖아……?"

하야토는 희희낙락해서 말을 건네는 하루키의 이야기를 억지로 끊고 주위를 보라며 시선으로 재촉했다.

학교에서 무척 가까운 통학로에는 하야토나 하루키와 같은 교복 차림이 여기저기 보였다.

그들은 다들 무슨 환상의 동물을 보듯이 신기하게, 혹은 있을 수 없는 일을 목격한 것처럼 놀란 시선을 보내고 있었다.

"아―……."

하루키는 이제야 그걸 깨달았다는 듯이 미간을 찌푸리며 하야토의 안색을 살폈다.

니카이도 하루키는 인기인이다.

같이 있으면 그만 깜박하고 말지만 청순가련, 문무양도, 온화하고 단아한 성격으로 누구에게나 평등하게 대하면서도 어딘가 한 걸음 떨어진 곳에서 청초하고 얌전하게 미소 짓는 절벽 위의 꽃. 그것이 하루키가 연기하는 허구의 우상, 의태인 것이다.

그런 그녀가 한 남자에게 아무도 본 적이 없는 미소를 짓고 적극적으로 이야기를 건네니 그럴 만도 하다.

당연히 주위의 흥미를 끌었다. 실제로 수군수군하는 사람도 있었다.

게다가 오늘 아침의 하야토는 머리도 삐죽삐죽 삐친 상태.

이런 호기심 어린 시선에 익숙하지 않은 하야토는 버티기 힘들어 한숨을 내쉬었다.

그래도, 이래저래 변하려고 하는 하루키를 타박하는 것은 꺼려졌다.

"그, 갑자기 거리를 너무 좁히면 이래저래 곤란한 일도 있잖아? 그렇지, **니카이도**."

"……그래, 그러네."

하루키는 시무룩하게 아쉬워하며 중얼거리고 고개를 숙이더니 한 걸음 거리를 벌렸다.

하야토는 그런 하루키의 모습에 가슴이 따끔거렸지만, 이것만큼은 어쩔 수가 없다.

머리를 벅벅 긁적인 손을 그대로 인사하듯 휙 흔들고 종종걸음으로 그 자리를 뒤로했다.

하야토의 뒷모습을 지켜보던 하루키는 작게 중얼거렸다.

"그렇구나, 우선은 밑밥부터 뿌려야겠지."

그녀의 얼굴은 얌전하면서도, 장난을 꾸미는 것 같은 도발적인 미소를 짓고 있었다.

점심시간이 되어 교실은 별안간 활기를 찾았다.

저마다가 이리저리 움직이는 와중에, 평소라면 하야토도

비밀기지로 향할 참이었지만 오늘은 어떻게 할지 판단이 서지 않았다.

원인은 하루키였다.

최근에 내숭이 벗겨지는 일도 많고, 묘하게 여자들과도 친해지고 있는 하루키.

그런 하루키가 아침부터 어쩐지 생각에 잠긴 표정으로 이따금 우울한 심정이 담긴 한숨을 흘리고 있다.

"무슨 일이야, 니카이도?" "무슨 일 있으면 들어줄까?"

다들 걱정 반, 호기심 반으로 다들 말을 건넸다. 그 중심에 있는 것은 모리의 소꿉친구 겸 여자 친구인 이사미 에마였다.

『괜찮아요, 아무것도 아니니까요.』

거기에 대한 하루키의 대답은 모두 곤란하다는 표정과 얼버무리는 미소.

옆에서 보면 고민하는 소녀의 모습 그 자체인데도, 그녀의 옆모습을 바라보는 하야토는 가슴이 묘하게 술렁거릴 뿐이었다.

다시금 하루키를 쳐다봤다.

지금도 긴 머리카락 끝을 무의식적으로 빙글빙글 감으며 뜨거운 한숨을 흘리고 있다.

게다가 이따금 하야토 쪽으로 흘끗 시선을 향하고, 시선이 마주치면 곤란하다는 미소를 머금는다.

그것을 알아차린 눈치 빠른 몇몇 여자들은 교실 구석에서

원을 만들고 있기도 했다.

'뭐 하는 거냐……'

하아, 하야토까지 한숨을 내쉬며 허둥대는 사이 모리가 히죽 웃으며 다가왔다.

"여, 키리시마, 별일이네. 오늘은 점심 어떻게 할지 못 정했어?"

"모리…… 음, 오늘은 도시락도 아니니까 고민되네. 매점은 이미 늦었고, 식당도 지금은 붐빌 것 같고."

넌지시 오늘은 점심을 조달해야 하니까 늦어진다며 하루키에게 건네는 말이기도 했다.

그때 흘끗 하루키 쪽으로 향한 시선을 날카롭게 알아차린 모리가 유쾌하다는 듯 눈을 가늘게 떴다.

"그건 그렇고, 오늘 아침에는 니카이도랑 엄청 친하게 같이 걷고 있었다며?"

"어?! 어— 아니, 그건, 말이지……."

순식간에 시선이 모이는 것을 느꼈다.

오늘 아침의 일은 아직 일부이기는 하지만 소문으로 돌고 있었다.

게다가 지금 하루키의 태도까지 있으니 신경이 쓰이지 않을 리가 없었다.

하물며 요전에 카즈키가 고백했을 때, 하루키를 데리고 나가는 모습도 다들 보았다.

필사적으로 머리를 굴렸다. 어떻게든 모두가 납득할 말을

꺼내지 않는다면 모리가 아니더라도 누군가의 추궁이 이어
질 것은 상상하기 어렵지 않다.

미간을 찌푸린 하루키와 시선이 뒤얽히고, 하야토는 머리
를 벅벅 긁적이며 한숨을 흘렸다.

"사실은, 말이지……."

"……사실은?"

"시, 시골에서 개밥을 영양한테 뺏기지 않는 비법을 가르
쳐준 거야."

"뭐, 개? 영양한테 밥을…… 뺏긴다고……?"

"푸흡! 쿨럭, 쿨럭쿨럭쿨럭…… 큭…… 크크크크……."

하야토의 변명에 하루키가 웃음을 터뜨리며 책상에 엎드
렸다. 어깨를 떨며 필사적으로 웃음을 참고 있었다. 아무래
도 이상한 스위치가 켜져 버린 모양이었다.

순식간에 어안이 벙벙하다는 분위기가 흘렀다가, 하루키
의 모습을 보고 다들 서서히 납득하는 쪽으로 바뀌었다.

"그, 그래, 큰일이네."

"그래, 천연기념물이라 어떻게 할 수도 없으니까. 게다가
묘하게 사람을 잘 따르고 똑똑한 녀석이라서 밭을 어지럽히
지는 않고 애완견 먹이만 노리거든."

하야토의 이야기는 다른 의미로 모두의 흥미를 끌었다.

유쾌하고 즐거운 츠키노세에서도 농담거리인 에피소드
를 이야기하자 그들의 흥미도 그쪽으로 쏠렸다. 하루키는
여전히 웃음을 참고 있었다.

'……어찌어찌 얼버무렸나?'

하야토가 내심 안도하는 사이, 최근에 이 교실에서도 점차 익숙해지고 있는 얼굴이 찾아왔다.

"꽤나 재미있는 이야기를 하고 있네, 하야토 군."

"카즈키…… 아니, 그냥 흔한 시골 이야기일 뿐이야."

"그러니까 재미있는 거지. 안 그래, 니카이도?"

"으음!"

카즈키가 싱글싱글 평소의 사람 좋아 보이는 미소를 짓고서 하야토 곁으로 다가오자, 하루키가 고개를 번쩍 들며 긴장했다.

교실 안의 흥미가 집중되었다.

"저는 딱히…… 그보다 카이도 군은 뭘 하러 왔나요?"

"니카이도랑 만나러 왔어, 이렇게 말하면 안 될까?"

"제 쪽에서 할 이야기는 아무것도 없으니까 이만 돌아가시길."

"아쉽네, 또 차여버렸어. 어쩌면 좋을까, 하야토 군."

"……알 바냐."

하루키가 싱긋 미소로 쌀쌀맞게 카즈키를 내치자 그는 아쉽다는 표정으로 쓴웃음 지었다.

카즈키가 하야토의 어깨를 툭 치고, 하야토가 자연스럽게 그것을 받아들였다. 하루키의 표정이 굳었다.

전날까지와 비교하면 명백하게 하야토와 카즈키의 거리가 가까웠다.

그 변화를 제대로 파악한 모리가 흥미진진한 눈빛으로 말을 건넸다.

"『하야토 군』에 『카즈키』라. 너네 언제 그렇게 친해진 거야?"

"하핫, 요전에 좀. 같이 놀다가, 내가 위기에 빠진 참에 구해줬거든."

"그게 뭐야? 상상이 영 안 되는데."

"꽤나 멋있었어."

"⋯⋯나는 딱히 아무것도 안 했는데."

하야토는 찌푸린 표정으로 대답했지만 카즈키는 싱글싱글 기분이 좋아 보였다. 만약 카즈키가 강아지라면 꼬리를 천천히 흔들고 있었을 것이다. 그만큼 마음을 허락하고 하야토를 따르는 모습이었다.

여자들 일부에서 꺄— 하고 썩은──감미로운 향기를 풍기는 목소리가 터져 나왔다. 그러나 그것을 좋게 여기지 않는 사람도 있었다.

"카이도, 조금 친해졌다고 해서 갑자기 지나치게 거리를 좁히면 **하야토 군**이 곤란하지 않을까요? 그렇죠?"

"어, ⋯⋯아, 니카이도⋯⋯?"

하루키가 생글생글 꾸며낸 것 같은 미소를 지은 채, 하야토와 카즈키 사이로 스르륵 끼어들었다. 물 흐르는 것 같은 동작이었다.

그리고 하루키와 카즈키의 시선이 맞부딪쳤다.

어쩐지 위협하는 것처럼 생글생글한 미소의 하루키와, 이

상황이 유쾌해서 참을 수가 없다는 미소의 카즈키.

주위는 점점, 소문의 중심이기도 한 두 사람이 만들어내는 험악한 분위기에 삼켜졌다.

"그렇게 가깝나? 친구라면 이 정도는 하는 거 아냐?"

"절도라는 게 있다고 생각해요. 봐요, 하야토 군도 놀랐잖아요. 그렇죠?"

"어? 아니, 딱히 나는…….'"

"하핫, 니카이도도 친해지고 싶다면 좀 더 솔직하게——."

"카이도——!"

"——아얏!"

하루키가 뾰로통한 표정을 짓는가 싶더니 카즈키의 정강이를 있는 힘껏 걷어찼다.

마치 울컥한 어린아이 그 자체. 주변에 있는 학생들도 입을 떡 벌렸다. 그런데도 카즈키는 더더욱 짙은 미소를 지었다.

하루키는 그런 카즈키가 마음에 안 드는지 입술을 잔뜩 내밀고는 고개를 홱 돌렸다.

하루키와 시선이 마주친 하야토는 아픈 머리를 손으로 짚었다.

"카즈키, 너 진짜 바보냐…… 게다가 니카이도——."

"하루키."

"니카이……"

"하—루—키—!"

"그래, 하루키……."

"응, 좋아."

그냥 떼쓰기 같았다. 너무나도 정보량이 많은 일련의 상황에 모리를 포함한 주위의 학생들은 따라가지 못하고 아연실색할 수밖에 없었다.

"어, 어떻게 된 거야……?"

"어라, 분명 카이도 군과 니카이도의 관계는……."

"그러고 보니 키리시마 군, 요전에 니카이도를 데리고 뛰쳐나가지 않았던가?"

여기저기서 다양한, 불온한 추측이 오가기 시작했다.

그제서야 간신히 하루키는 자신이 저지른 짓을 깨닫고는 "미얏" 하며 놀라서 소리를 지르려다가 필사적으로 집어삼켰다.

카즈키는 어깨를 으쓱이며 쓴웃음.

하야토도 이마에 손을 짚으며 자리에서 일어나, 하루키의 귓가에 "바보"라고 말하더니 교실을 뒤로했다.

구교사의 한 방.

소란스러운 교실로부터의 피난 장소이자, 하야토와 하루키 둘만의 비밀기지.

그곳에서 두 한숨이 겹쳐졌다.

"무슨 짓이야, 하루키."

"그, 그게……."

그 후, 하야토와 하루키는 엇갈린 타이밍으로 여기서 합류했다.

하야토는 매점에서 산 핫도그빵, 하루키는 편의점에서 사 온 삼각김밥을 먹었다. 화제는 물론 조금 전 교실에서 벌어진 일.

분명 그날 밤에 선언했다시피, 하루키 나름대로의 노력이었겠지.

그래도 시무룩한 모습을 보면 지나쳤다는 자각은 있는 모양이었다.

그리고 하루키는 툭하니 중얼거렸다.

"······카이도는."

"카즈키?"

"어쩐지 말이지─, 간단하게 옛날의 내가 있던 장소로 들어오네······."

"평범한 거 아냐? 그리고 지금 하루키가 옛날처럼 가까웠다가는 문제겠지."

"으음······."

아무래도 조금 전의 카즈키가 마음에 안 드는 모양이었다.

옆에 있는 하루키를 흘끗 봤다.

웬일로 쿠션 위에 오도카니 여성스럽게 앉아서 고개를 숙인 모습은 무척 가련하고 귀여웠다.

과거와는 다르게 흘러내릴 듯 찰랑찰랑 윤기 있는 긴 머리카락. 날씬한 몸을 감싼 여름 교복에서 뻗은 늘씬한 팔다리. 살짝 주눅이 들어서는 뾰로통하게 내민 입술로 남은 삼 각김밥을 단숨에 먹고 있었다.

침을 꿀꺽 삼켰다.

평소 모습이라면 모를까 이렇게 얌전하면 아무래도 이성 이라는 사실을 강하게 의식하게 된다.

그리고 그 순간부터, 아무도 없는 방에 단둘뿐이라는 상 황이 지독하게 마음을 뒤흔들어 진정되지가 않았다.

어째선지 하루키 쪽으로 손을 뻗으려던 것을 깨닫고 황급 히 무언가를 얼버무리듯이 벅벅 머리를 긁적였다.

"하루키는 말이지, 그, 여자, 니까."

"……하야토?"

"어— 아니, 옛날과 다르게 이래저래 신경 써야만 하는 게 있잖아?"

"…………그러네. 어렵구나."

"…………그러게. 어렵네."

하루키는 양손을 위로 쭉 뻗어 기지개를 켜고 벽에 기댄 채 창밖을 올려다봤다. 무어라 말할 수 없는 무거운 분위기 가 흘렀다.

가로막는 구름도 없는 창공에서, 태양은 눈부시게 빛나며 그림자를 짙게 떨어뜨렸다.

"여자, 인가…… 잘 모르겠단 말이지. 이쪽에서는 누군가 와 제대로 관계를 맺지도 않았으니까. 하야토는 알겠어?"

"츠키노세가 어떤 시골인지 알잖아? 또래는 히메코 친구가 한 사람 있는 게 다였어."

"으─음, 그 신사 여자애 말이지? 얌전하고 예의 발라서 인형 같은 느낌."

"히메코랑은 자주 이야기를 나눴어도 내가 인사하거나 말을 건네면 금세 도망쳤지."

"도망쳤다니…… 하야토, 대체 무슨 짓을 저지른 거야? 아, 혹시 득의양양하게 잡은 사슴벌레라도 보여주러 갔다든지?"

"하루키도 아니고, 평범한 여자는 사슴벌레 따윈 신경 안 쓴다고!"

"그 독특한 머리 형태가 얼마나 훌륭한지 모르다니, 세상 여자들은 인생의 7할을 손해 보고 있어!"

"말이 되냐?"

"아하하!"

옛날 일을 떠올리며 이야기를 건네자 웃음이 퍼지고, 금세 묘한 분위기는 흩어졌다.

하야토가 그 사실에 후우, 안도의 한숨을 흘리자 하루키가 평소의 짓궂은 미소를 지으며 얼굴을 가져다 댔다.

"모처럼 가까이 있는 여자애한테 미움을 사버려서 아쉬웠겠네."

"따, 딱히 그런 건 아니고…… 음, 조금 거북하게 여겨졌을지도 모르겠지만 다이어트 레시피 같은 것도 가르쳐줬어. 진짜로 싫어했다면 그런 일조차 없었을 테니까."

"어, 그게 그렇게 됐던 거구나."

"뭐, 히메코가 엮어서 해준 걸지도 모르겠지만…… 아, 그러고 보니 올해 카구라마이 의상을 입은 사진도 보내줬어."

"카구라마이?"

"여름축제 사진인데…… 뭐, 이거 봐."

"아! …………이건."

하야토가 들이민 스마트폰 화면을 들여다본 하루키는 작게 숨을 삼키며 굳었다.

"화려하고 예쁘지. 이게 다가 아니라고…… 아, 미안해. 하루키는 여름축제는……."

"허?! 어, 응, 아니야. 조금 놀라서."

"놀라?"

"이 아이 말이지, 이런 얼굴로 웃──."

경악 혹은 당황. 그런 목소리를 흘리는 하루키.

하야토가 의아한 듯 하루키의 얼굴을 들여다보려던 바로 그때, 오후 수업을 알리는 예비종이 울려 퍼졌다.

"──아, 돌아갈까."

"……응."

그리고 애매한 미소를 짓는 하루키와 함께 비밀기지를 뒤로했다.

교실로 돌아온 하루키는 계속해서 점심시간에 있었던 일을 추궁당하게 되었다.

끊임없이 여자들에게 둘러싸여서 질문 공세를 당하고, 남자한테서는 무언가 착각이기를 바라는 비탄과도 닮은 시선이 날아왔다.

하야토는 그 모습을, 미간을 찌푸리며 바라봤다.

남자들의 시선은 옆자리의 하야토를 포착하자마자 금세 찌를 듯한 눈빛으로 변화했다. 너무나도 멋들어진 손바닥 뒤집기에 하야토는 많은 의미를 담은 한숨을 흘렸다.

하루키에 대한 여자들의 태도는 추궁이라기보단 질문할 때마다 허둥지둥 머뭇머뭇 빨개지는 반응을 즐기는 것에 가까웠다. 거의 마스코트 취급이다.

어느 남자가 "고등학교에서 수건 돌리기를 보게 될 줄은 몰랐어"라고 평가했기에, 하야토도 그만 웃음을 터뜨리고 말았다.

"저, 전, 용건이 그게 그래서 빨리 가야 하니까요!"

수업이 끝나자마자 곧바로 하루키는 황급히 교실을 뛰쳐나갔다.

역시나 질문 공세에 시달리다가 기진맥진해버린 듯했다.

하야토는 쏜살같이 교실을 떠나는 뒷모습을 바라보며 고개를 절레절레 저었다. 가방을 움켜쥐고 키홀더가 달려 있지 않은 집 열쇠를 손바닥 위로 굴렸다. 혹시 몰라서 집에 두었던 예비용 열쇠였다.

'……나 참. 자업자득이다, 멍청이.'

투덜대는 말을 입 안으로 굴리면서도, 모두의 호의적인

미소를 맞닥뜨리고 허둥대는 하루키의 모습을 떠올리자 자연스레 큭큭 웃음이 나왔다.

"여, 오늘은 벌써 돌아가려고?"

"모리. 저녁 장 보고 들를 곳이 있어서."

"그런가—, 빚을 좀 갚으라고 할 참이었는데 말이지—."

"……아—, 빚으로 달아둬."

"그래, 기대할게."

모리가 별생각 없이 꺼낸 빚이라는 말에 하야토는 한순간 얼굴을 찡그렸지만, 금세 오늘 점심시간 이후로 신세 진 것을 떠올리고 가볍게 고개를 끄덕이며 쓴웃음을 흘렸다. 그리고 손을 흔들고는 교실을 뒤로했다.

오늘, 하야토 쪽으로 남녀 불문하고 하루키 수준의 추궁이 쏟아지지 않았던 것은 전적으로 모리와 카즈키 덕분이었다.

모리가 넌지시 다들 신경 쓸 법한 것을 대답하기 편하게 질문하고, 거기에 카즈키가 전날 같이 놀았던 일을 이야기하자 모두의 흥미도 그쪽으로 넘어갔다. 화제는 하루키와 있었던 일보다도 하야토의 억양 없는 한 박자 노래 쪽으로 진행되어 그걸 선보이는 신세가 되었다.

다른 의미로 크게 시달리기는 했지만, 이건 확실히 두 사람에게 큰 빚을 진 셈이리라.

하야토는 그런 생각을 하며 역 앞으로 향했다. 이사 와서 곧바로 이용했던 열쇠집이 있는 곳이었다.

"어라, 하야토 군은 벌써 돌아갔나…….'

하야토와 엇갈리듯이 카즈키가 교실을 방문했다.

카즈키는 두리번두리번 주위를 둘러보고는 목표로 하던 인물을 찾지 못해 조금 곤란하다는 표정을 지었다.

그것을 본 모리가 손을 흔들었다.

"듣자 하니 용건이 있다던데. 그보다도 수업 마치고 오다니 별일이네, 부 활동은 어쨌어?"

"아무리 그래도 시험 시간 전에는 안 해서…… 그런가, 하야토 군은 없나…….'

"……카즈키?"

어금니에 무언가 낀 것 같은 태도인 카즈키에게 모리는 의아하다는 시선을 보냈다.

그 시선에 카즈키는 겸연쩍은 듯이 어깨를 으쓱이고, 그리고 시선을 여자들의 그룹에서 담소를 나누고 있는 이사미 에마 쪽으로 향했다.

"뭐, 시간문제인가."

모리는 무슨 뜻인지 몰라 갸우뚱거렸다. 카즈키가 그런 모리에게 손짓을 하고, 주위에 보이지 않도록 몰래 스마트폰 화면을 보여줬다.

그것을 본 모리는 눈을 크게 뜨고, 메마른 웃음을 흘렸다.

"이건…… 하핫."

"뭐 그게, 중학생 동생이 있는 토리가이란 애한테서 온 거야.'

영화관 앞에서 평소와 다른 복장을 한 하야토를 히메코가 꾸짖으며 화내는 사진.

히메코의 얼굴은 화가 나기는 했지만 토라졌다고 하는 쪽이 맞고, 하야토도 그걸 달래고 있었다.

사이가 좋다는 건 명백하다. 게다가 히메코의 모습은 자주 하루키가 주위에 보여주기도 했다.

이게 어떻게 굴러갈지는 미지수.

모리는 마찬가지로 쓴웃음 짓고 있는 카즈키와 얼굴을 마주 보고, 서로 어깨를 으쓱였다.

◇ ◇ ◇

방과 후, 하루키는 도망치듯이 교실을 나섰다.

남들의 시선을 피하다 보니 자연스럽게 학교 뒤뜰에 있는 화단으로 걸음이 향했다.

가는 길에 복슬복슬 특징적인 덥수룩한 머리카락을 발견하고는 금세 표정을 무너뜨리고 달려갔다.

"이봐―, 미나모, 화단에 가는 거야?"

"아, 하루키. 예, 잡초를 뽑을까 해서요."

"나도 도와줄게."

"예, 부탁할게요."

미나모는 착한 아이 가면을 벗은 하루키에게 생긋 웃고, "햇볕이 뜨거워요"라며 밀짚모자를 건넨다. 하루키가 "나도 내가 쓸 거, 사는 게 좋으려나" 하고 함께 웃음을 흘렸다.

이 시기엔 방심하면 금세 잡초가 무성해진다.

그래도 평소에 자주 손질을 하기도 해서 크게 수고가 들지는 않았다.

겸사겸사 제철인 토마토 수확에 나섰다.

"그러고 보니 항상 가지 같은 건 아침에 따던데, 토마토는 오후에 따네?"

"아무래도 광합성과 관계가 있다고 해요."

"이산화탄소를 빨아들여서 산소로 만드는, 그 광합성?"

"예. 그때 수분과 비료를 바탕으로 전분이라든지 당분을 만들어내니까 달콤한 걸 수확할 수 있다는 모양이에요. 반대로 아침에 따는 건 싱싱해지고요."

"호오, 그런 이유가 있구나…… 이유, 인가."

미나모는 하루키의 질문에 항상 들고 다니는 수첩을 팔락팔락 넘기며 대답했다.

그러다가, 문득 아무렇지도 않은 것처럼 전정가위로 토마토를 수확하는 하루키의 목소리에 고민이 배어 있음을 알아차렸다.

얼마 전, 쉽사리 누구에게나 말할 수 없는 비밀을 들은 참이었다.

망설임도 한순간이다. 미나모는 가슴 앞으로 주먹을 쥐고는 하루키 옆으로 가서 얼굴을 들여다봤다.

"뭔가 고민이 있나요?"

"어? 아— 응…… 고민, 이라고 해야 되나?"

"키리시마랑 관련 있나요?"

"아, 아하하, 그거랑은 조금 다르다고 할까, 뭐라고 할까……."

"그런가요……."

하루키 스스로도 뭐라고 말하면 좋을지 잘 모르는 느낌이었다.

둘은 서로 미간에 주름을 지으며 곤란하다는 표정으로 쓴웃음을 흘렸다.

하루키는 기껏 말을 건넨 미나모에게 미안한 심정이었지만, 이런 모습이야말로 그녀를 착한 아이라고 생각하는 이유이기도 했다.

그리고 하루키는 시선을 떨어뜨렸다. 체육복 흉부를 밀어올린 풍만한 것이 시야에 들어왔다.

겨드랑이를 꽉 조인 자세라서 그 크기가 제대로 강조되고 있다.

눈을 크게 떴다.

'커!'

무심코 자신의 가슴과 비교해보고, 전날 미나모네 집에서 체육복을 빌렸을 때에 이상하게 가슴둘레에 여유가 있던 것을 떠올렸다.

미나모가 으~응 하며 목을 기울이고 손끝을 턱으로 옮겼다. 가슴께의 커다란 것이 부드럽게 출렁거렸다. 안에 뭐가 든 거지? 목욕탕 가면 뜨는 거 아냐? 그보다도 내 거랑 정말 같은 거야?! 같은 의문이 샘솟으며 얼굴에 드러나고 말았다.

압권이었다.

미나모의 체구가 작다는 것도 더해져서, 그 도드라지는 언밸런스에 이래저래 눈을 뗄 수가 없었다.

"⋯⋯하루키?"

미나모가 기묘한 표정을 짓고 있는 하루키를 걱정스럽게 들여다봤다. 하루키는 황급히 고개를 가로저으며 말을 찾았다.

"어?! 어, 아니 그게 여자력에 대해서 조금 생각하는 게 있어서."

"여자력, 말인가요?"

"그게, 난 말이지, 진짜 성격은 그다지 여자답다고는 못하니까⋯⋯ 잠깐, 웃지 말라고, 미나모!"

"쿡쿡. 아뇨, 절벽 위의 꽃이라느니 하는 하루키가 여자력으로 고민한다는 게 어쩐지 우스워서."

"그런 건 그냥 겉모습뿐인데⋯⋯ 아, 그런가. 그 애가 정말 멋진 표정으로 웃었으니까 그만 신경이 쓰였던 거야⋯⋯."

"하루키⋯⋯?"

문득 조금 전에 하야토가 보여준 무녀 복장의 여자를 떠올렸다.

하루키가 본 적 없던 그 미소가 머릿속에 선명하게 남아 있었다.

어째선지 굉장히 마음에 걸리는 것과 동시에, 알고 싶다고도 생각해버렸다.

그 모습을 보던 미나모는 양손을 짝 맞대며 싱긋 미소 지었다.

"뭔지는 몰라도, 우선 그분과 대화를 나눠보면 어떨까요?"

"대화?"

"제가 하루키에 대해서 여러 가지를 알 수 있었던 건 대화를 나눈 덕분이니까요."

"미나모…… 응, 그럴지도. 하지만 어떻게――."

하루키는 거기까지 말하다가 문득 어릴 적, 무릎을 끌어안은 자신을 억지로 끌고 나온 **하야토**를 떠올렸다.

자잘한 일은 고려하지 않고 일단 부딪치던 소중한 사람.

쿡쿡 웃음이 나왔다.

"그러네. 어떻게 계기를 만들면 좋을지 상담을 좀 해주겠어, 미나모?"

"예, 맡겨주세요!"

그리고 두 사람은 함께 웃었다.

쨍쨍 내리쬐는 태양에 지지 않겠노라, 뜨겁게 이야기를 진행했다.

◇ ◇ ◇

하야토의 귀가는 평소보다 무척 늦었다.

여름의 태양은 아직 높고 서쪽 하늘도 아직은 조금 푸르지만, 하교 시각은 진즉에 지났을 무렵이었다.

"다녀왔어."

"응—, 어서 와 오빠. 오늘은 늦었네—."

"내가 쓸 열쇠를 다시 만들었어. 저녁거리도 사 왔고."

"흐—응."

집 거실에서 맞이해준 히메코는 하야토 쪽을 쳐다보지도 않고 대답도 건성이었다. 그녀의 시선과 의식은 텔레비전 화면 쪽으로 못 박혀 있었다.

화면에는 전날 영화를 보러 갔던 작품의 애니메이션 시리즈. 틀림없이 하루키에게 빌린 것이리라.

"……적당히 봐라."

"나도 안다니까."

하야토는 수험생인 동생의 그런 모습에 어이없어하면서도 부엌에 식재료를 내려놓았다.

'정말이지, 하루키 녀석은……'

점심시간 일도 그렇고, 불평 한마디 정도는 해주자고 생각하며 가방과 함께 자기 방으로 향했다.

"……어?"

"~~웃?!"

그리고 문을 연 순간, 놀라서 굳어버렸다.

눈앞에 교복 블라우스를 한창 벗고 있는 하루키가 있었

기 때문이다.

소매 한쪽은 이미 벗어서 반라인 상태다.

저도 모르게 꿀꺽 침을 삼켰다.

비칠 것처럼 희고 매끄러운 피부, 쇄골, 잘록한 허리, 배꼽 등 평소에는 감추어진 부분들이 또래 소녀 특유의 꽃봉오리처럼 미성숙하고 위태로운 아름다움을 그리고 있었다.

그리고 하루키의 평균보다 조금 조심스러운 둔덕을 감싼, 전날과는 달리 오프 화이트 프릴이 장식된 청초하고 귀여운 그것이 시야에 날아들었다. 하야토가 아니더라도 눈을 뗄 수는 없었으리라.

한순간의 적막 후, 사고가 다시 움직이며 서로의 얼굴이 붉게 물들었다.

"미, 미안해!"

하야토는 황급히 문을 닫고는 등을 돌렸다.

심장은 쿵쾅쿵쾅, 어깨 너머로 하루키에게 들리지는 않을까 싶을 만큼 빠르게 뛰었다. 이상하게 예민해져 버린 귀는 천이 스치는 소리를 명확하게 포착했다.

문을 닫을 때 보인 것은 가슴께로 블라우스를 모아서 자신의 몸을 감추고자 부끄러워하는 하루키의 모습. 그게 뇌리에 새겨진 채 떨어지지를 않았다.

'뭐야, 이거…….'

영문을 알 수 없었다.

대체 왜? 여기서? 그런 의문이 터져 나왔다.

하지만 그 이상으로 새겨진 것은 하루키의 균형 잡힌 몸이다. 거기에 더없이 이성을 느껴버렸기에, 당분간은 뇌리에서 떨어지지 않을 것이다.

잠시 후에 문이 열리고, 하루키가 멋쩍은 표정을 내비쳤다.

"보, 볼썽사나운 꼴을 보였습니다……."

"아니, 딱히…… 옷 갈아입었어?"

"응. 그게, 교복은 어쩐지 답답하고, 게다가 좀 덥잖아?"

그러면서 하루키는 빙글 돌았다.

평소의 교복에서 소매에 꽃이 장식된 민소매 튜닉과 볼륨감 있는 미니스커트로 바뀌었다.

평상복 차림이지만 가볍게 쇼핑을 가기에는 충분한, 캐주얼하고 자연스럽게 귀여운 복장이었다.

조금 전의 광경까지 더해져 하야토는 더더욱 그녀를 여자로 의식해버리고 슬며시 시선을 피했다. 이어지는 말이 퉁명스러워져 버렸다.

"그건 알겠는데…… 왜 내 방이냐고."

"히메 방에서는 옷 같은 게 섞여버리면 곤란할 테니까…… 아, 잠깐 좀 둘게."

"……내 허가는 필요 없냐."

"흐히히. 아, 신경이 쓰인다면 하야토도 입어 봐도 괜찮다고? 최근에 깨달았는데 말이지, **여자**로 있어보는 것도 의외로 즐겁거든."

"안 해, 그보다도 안 들어가."

"하야토는 꽤나 커져 버렸으니까 말이지—."

하루키는 천진난만하게 미소를 짓고, 발뒤꿈치를 들고서 자신과 하야토의 키를 비교하듯 손바닥을 내밀었다.

평소와 다름없는 언동. 자신만이 희롱당하는 것만 같아 하야토는 불편함을 느꼈다.

그래서 그것은 묘한 대항 의식이었다.

평소라면 절대로 입에 담지 않았을 말이다.

"그래서 오늘은 요전이랑 다르게 꽤 귀여운 걸 입었구나."

"~~웃?!"

화제를 다시 파내자 하루키의 얼굴은 순식간에 빨갛게 물들고, 놀라서 굳어졌다. 그녀는 눈을 크게 뜨고 있었다.

보복에 성공한 하야토는 해냈다는 듯 흐뭇해했지만, 하루키는 예상 밖의 대답을 건넸다.

"……이상, 한가?"

"웃?!!?!"

얼굴에 불안해하는 기색을 드리우고서 올려다보며 묻자, 오히려 하야토 쪽이 허둥대고 말았다.

"어— 아니, 그, 그렇진 않아…… 어울린다, 고 생각해."

"그런가…… 있잖아, 전에 영화 보러 갔을 때랑, 나한테는 어느 쪽이 어울릴까……?"

"무슨…… 그게, 그건 그게, 양쪽 다 그거야, 그거."

"아, 그건가…… 그래서, 그거랑 지금 이거 중에, 어느 쪽이 좋아……?"

"하, 하루키……?! 아니, 그건, 으음……."

하야토는 필사적으로 원래 상태로 돌아가려고 했지만 도무지 잘되지 않았다. 눈도 마주칠 수 없었다. 어쩐지 애가 타는 분위기에 사로잡혔다.

이런 건 **나답지 않다**고 생각했다.

그런데도, 이런 것도 나쁘지 않다고 느껴버릴 만큼 하야토의 무언가가 자각도 없이 푹 빠져 버렸다.

"오빠, 배고프다니까. 둘 다 뭐 하는 거야?"

"'윽?!'"

갑자기 분위기가 애니메이션 시청에 일단락을 지은 히메코에게 박살 났다.

하야토와 하루키는 허둥지둥 거리를 벌리고 거동이 이상해져 버렸지만 그것도 잠시, 얼굴을 마주 보고 고개를 끄덕이며 말을 맞췄다.

"저, 저녁은 어떤 걸로 할지 얘기 좀 하느라."

"그, 그래그래, 다이어트는 끝났지만 요요도 무섭고…… 히메, 먹고 싶은 거 있어?"

"나는 고기가 좋아요!"

그것은 하야토와 하루키이기에 가능한 의사소통이었고, 히메코는 단순했다.

가슴을 쓸어내렸다.

들뜬 기분으로 또다시 애니메이션 다음 편을 보려던 히메코의 뒷모습에, 문득 하루키가 무언가 떠올랐다는 듯이 "아!"

라며 크게 소리 높였다.

　"잠깐만, 히메!"

　"왜 그래, 하루?"

　"사실은 부탁할 게 좀 있는데 말이지——."

　히메코는 하루키가 건넨 의외의 그 부탁에 눈을 끔벅거리
고 "뭐, 괜찮은데"라며 받아들였다.

그리는 곳은 아득히 먼, 두고 온

츠키노세의 밤은 도회지와는 무척 다른 모습이다.

가로등에 투구벌레가 모이고, 솔부엉이와 개구리의 합창이 들리며, 민가에서 불빛이 꺼지는 것도 빠르다.

하지만 산 중턱에 있는 신사에 거주하는 무라오 가문의 한 방에는, 방 주인이 올해 수험을 앞두고 있기도 해서 아직 불이 꺼질 기색이 없었다.

방 주인──사키는 아름다우며 또한 신비하다고도 할 수 있는 소녀였다.

어린 느낌이 아직 남아 있지만 단정한 얼굴. 일본인과 동떨어진 색소 옅은 하얀 피부에, 둘로 땋아서 늘어뜨린 아마포색 머리카락과 잠옷 대신 입은 유카타가 그녀의 깊고 덧없기도 한 아름다움을 연출했다.

사키는 수험생답게 자기 방 책상 위에 노트를 펴고서 끙끙대고 있었다.

몇 줄기나 그어진 수정선이나 주석인 빨간 글자가 어지러이 오가며 문제가 얼마나 어려운지를 이야기했다.

『계절은 한여름, 하야토 씨께서는 더더욱 기체후 일향 만강하신다면 좋겠습니다.

전날 보내어 드린 다이어트 레시피, 그 후로 어떠셨는지요?

혹시 문제나 추가로 필요한 것이 있다면 덧붙여주시길.

몇 가지 발견하여 준비해둔 것이 있습니다.

부족한 문장, 실례했습니다.

무라오 사키』

그것은 하야토에게 보내려고 하는 문자 초고였다.

익숙하지 않은 말의 주석이나 의미를 조사하고자 몇 번이나 사전을 뒤지고 검색을 해서 완성한 역작.

하지만 슬프게도 마치 비즈니스 문서처럼 되어서, 적어도 여중생이 친구의 오빠에게 보내는 문자로는 잘못되었다고 할 수밖에 없었다.

"대체 문자는 어떻게 쓰면 되는 거야~?!"

사키는 한탄하며 책상 위에 푹 엎드려서 울먹거렸다.

다이어트 레시피와 셀카 사진을 보낸 뒤로 계속, 사키는 몇 번이나 하야토에게 문자를 보내려다가 지워버리는 것을 반복했다.

기껏 연락처를 교환했음에도 불구하고 아무런 이야기도 건네지 못하는 것이었다.

츠키노세에 있던 무렵에도 사키와 하야토에게는 그다지 접점이 없었다.

딱히 같은 취미가 있는 것도 아니고, 고작해야 공통적인 화제가 될 법한 것은 히메코 정도였다.

그 히메코도 현재는 물리적으로 거리가 떨어져 있기도 해서 무언가 대화를 나눌 법한 일이 벌어지지도 않았다.

휘청휘청 자리에서 일어선 사키는 침대에 털썩 쓰러져서는 빙글 드러누웠다.

"나, 안 되겠네……."

그날.

세계가 색채로 물든 날.

그때부터 계속 사키의 마음속 중요한 곳에는 하야토가 있다.

특별한 존재였다.

하지만 아무것도 할 수 없었다.

의식하면 할수록 머릿속이 새하얘져서 인사조차 제대로 할 수가 없었다.

직접 얼굴을 보지 않는 문자라면, 그렇게 생각했지만 자신이 저지른 일을 떠올리자 금세 색소가 옅은 귀까지도 새빨갛게 물들었다.

"으으으~, 어째서 그런 짓을 해버렸을까……."

전날 저지른 일을 떠올렸다.

발단은 갑작스러운 친구의 문자였다.

『어쩐지 말이지─, 오빠가 사키 연락처를 알고 싶다는데, 어떻게 할까─? 일단 번호만 알려줬으니까 싫다면 그냥 넘겨버려.』

이대로 소원해지거나 가느다란 인연이 점차 사라질 만한 상황이었기에, 마침 잘 되었다고 생각하며 잔뜩 들떠버렸다.

그때도 필사적으로 레시피를 조사하고, 그럼에도 쌀쌀맞

은 문장에 얼굴을 찌푸렸던 것을 기억한다.

무언가 계기로 만들고 싶었다.

늦은 밤 특유의 기분도 어우러져서, 결과적으로 잔뜩 신나서는 셀카를 보내버리고 말았다.

하아, 한숨을 한 번.

스마트폰을 조작해서 어느 사진을 보고 미간을 찌푸렸다.

"귀여운 사람이네……."

그곳에 있는 것은 하루키의 모습.

히메코와 함께 옷을 골라서 입어보거나, 노래방에서 다함께 허니 토스트를 먹거나, 커다란 고양이 인형을 끌어안은 하야토를 놀리거나…… 그 사진들은 모두 쾌활하고, 그리고 츠키노세에서 보던 때와 변함없이 천진난만한 미소를 보여주었다.

7년이나 떨어져 있었는데도 과거와 다름없이 하야토 옆에서 웃고 있었다.

그것이,

정말로,

부러웠다.

두 사람의 표정으로 보아 아직 특별한 관계로 이어지지는 않았을 것이다.

하지만 사키는 그때까지 당연하다고 생각했던 일상이 갑자기 무너져버리는 게 뭔지 알고 있었다.

언젠가 반드시, 라고 생각했지만 그는 곁에서 사라졌다.

내년에 진학과 함께 츠키노세를 나가는 것을 인정받았음에도 반년의 시간이 사키를 초조하게 만들었다.

"1년만 빨리 태어났다면……."

어찌할 수도 없는 그 현실에 원한이 담긴 말을 흘리고 몸을 뒤척여 큰대자로 눕자, 유카타 옷자락이 벌어지고 둘로 묶은 아마포색 머리카락이 스르륵 퍼졌다.

창문으로 밖을 올려다봤다. 달이 마침 구름에 가려지며 어둠이 짙게 퍼지고, 사키의 얼굴에도 어두운 그림자를 떨어뜨렸다.

"응…… 으응?"

그때 스마트폰이 울렸다. 히메코의 연락이었다.

『여기로 부탁.』

그런 간소한 문장과 함께 있던 것은, 츠키노세라는 타이틀이 춤추는 채팅방 초대장.

한순간 무슨 일이냐며 당황했다.

하지만 그 채팅방 멤버로 키리시마 하야토라는 글자를 발견하자마자, 사키는 놀라서 숨을 삼키면서도 곧바로 그 자리에 정좌하고 화면을 터치했다.

『테스트. 키리시마 하야토입니다. 이러면 되나?』

마침 올라온 글자가 시야에 들어오자 심장이 두근거렸다.

무슨 상황인지 좀처럼 이해할 수 없었다.

하지만 사키는 안절부절못하면서도 조급하게 애타는 마음을 억누르며 글자를 입력했다.

『무라오 사키에요. 괜찮아요, 제대로 보여요.』

『아, 무라오. 다행이네, 이런 건 처음이라.』

『저도 마찬가지예요. 상대가 히메 정도밖에 없었으니까요.』

『그렇구나. 갑작스러운 일이라 놀랐겠네. 나도 지금 히메 코한테 배우면서 막 앱을 다운로드해서…… 아, 히메코 녀석은 늦네?』

『히메는, 가끔씩 다른 재밌는 걸 발견해서 그쪽으로 의식이 쏠려버릴 때가 있으니까요…….』

『나 참, 그 녀석은…… 확실히 요전에도 공부하나 싶더니 눈을 뗀 틈에 게임하고 있었지.』

『후훗, 히메답네요.』

특별하지 않은 대화.

하지만 사키에게는, 처음으로 하야토와 나누는 평범한 대화이기도 했다.

'우, 우와우와, 오빠랑 평범하게 대화해버렸어?! 이, 이상한 소린 안 했겠지? 오타 같은 것도 괜찮지?!'

조금 전부터 사키의 심장은 요란스럽게 울리고, 어깨를 넘어 온몸이 뻣뻣해져 버렸다.

어떻게 된 거야? 히메 빨리 와서 설명해! 하지만 모처럼 생긴 기회니까 조금 더 둘이서 이야기를 나누고 싶어! 모순된 생각과 긴장, 경악, 수치, 환희 같은 감정이 가슴속에서 빙글빙글 소용돌이치며 눈이 빙빙 돌 것만 같았다.

하지만 결코 싫지는 않았다.

그런 자신이 우습다는 생각마저 하는 사이, 익숙한 얼굴의 아이콘이 뛰어들었다.

『하─, 간신히 아이콘 결정했어! 어때?!』

『아하하, 히메 꼼꼼히 화장했구나. 그거 셀카?』

『히메코…… 어쩐지 방에서 뭔가 하는 것 같더니…… 그러고 보니 무라오 아이콘은 어디서 본 것 같은데……?』

『아, 이거, 우리 신사에서 파는 이나리 님 부적이에요.』

『그렇구나, 어디서 본 것 같았거든. 이렇게 보니까 깜찍하고 귀엽네.』

『……그런가요.』

『아─ 사키 그거 귀엽네. 그보다도 오빠, 아이콘 설정 아무것도 안 했잖아. 살풍경하다고, 살풍경.』

『어떡하라고…….』

　사키는 더없이 기분이 좋아졌다.

　'귀여워귀여워, 깜찍하고 귀엽대! 꺄～!'

　자신이 아니라 아이콘 이야기이기는 하지만 그래도 귀엽다는 말을 들으면 머릿속이 가득 차버린다.

　침대 위에서 데굴데굴 구르고 다리를 바동바동 움직이며 몇 번이고 해당 부분을 다시 읽었다.

　자연스럽게 입가는 싱글대고 느흐흐 입가도 풀어졌다.

　그 후로도 대화는 계속 이어졌다.

　지금도 막 히메코가『오빠다운 아이콘이라면 이거겠네』라며 잔치 요리 같은 사진을 올리고 거기에 사키가『맛있겠어요』라고 반응한 참이었다. 하야토가 『이건 말이지』라며 희희낙락해서 레시피에 대해 이야기했다.

아아, 참으로 별것 아니지만, 자연스러운 대화였다. 히메코의 참가가 대화를 더욱 매끄럽게 변화시켰다.

이것이야말로 사키가 오랫동안 애타게 원하던 것이었다.

'조, 좋아! 잘은 모르겠지만 이걸 기회로 점점 오빠랑 대화를 나눠서…… 어?'

하지만 갑자기 그때까지 바삐 움직이던 사키의 손가락이 멈췄다.

눈앞으로 날아든 것은 요리를 하는 하야토의 사진.

그의 옆얼굴은 콧노래를 부를 것만 같이 신이 나 있고, 그의 눈빛은 먹을 사람을 생각하는지 무척 다정하다.

그런 모습을 기습적으로 맞닥뜨리자 사키의 가슴은 놀란 심정과 함께 꽈악 조여들고 말았다.

『이것 참. 재미있는 이야기를 하고 있는 모양인데, 하야토는 이거지—.』

사진 아래로 그런 말과 함께 게임 캐릭터 같은 아이콘과 『†하루키†』라는 글자가 시야에 들어왔다. 사키의 가슴 고동은 다른 의미로 더욱 빨라지고, 기분 나쁜 땀이 등줄기를 따라 흘렀다.

『하루키, 이런 건 언제 찍었어.』

『아— 근데 인정, 오빠 하면 밥인걸.』

『참견쟁이 표정이니까 말이지, 나도 모르게 찍어버렸어!』

『나 참…….』

『그래서, 하루 아이콘은 뭐야? 요정 같은데, 애니인가? 아님 게임?』

『얘는 탄타카 땅. 내가 플레이하는 온라인 게임 자캐야―.』

화면에서는 하야토 얘기를 시작으로 분위기가 끓어올랐다.

하지만 사키는 곤혹스러운 심정으로 바라볼 수밖에 없었다.

'어? 어? 하루키, 씨……?!'

채팅방 이름을 다시 보니 『츠키노세』.

납득이 안 되는 건 아니지만 그럼에도 사키에게는 예상 밖이었다.

사키의 아이콘을 제쳐두고 하야토, 히메코, †하루키† 의 아이콘이 뒤섞이자 스마트폰을 든 손이 떨렸다.

『사키, 라고 하면 될까? 으음, 츠키노세에서는 거의 이야 길 나눈 적이 없었으니까 인사를 다시 하는 게 낫겠지? 잘 부탁해.』

『아, 예. 저도 잘 부탁드려요.』

『그리고 그게, 으음 그게, 참가해줘서 고마워.』

『후에?! 저, 저는 그저…… 히메?』

『그래그래, 하루가 사키도 포함해서 츠키노세 멤버의 그룹 채팅방을 만들고 싶다서. 벌써 만들어버렸지만, 괜찮지?』

『히메코…… 아무 설명도 안 했냐.』

조금 어색한 심정을 드리운, 어이없다는 분위기와 동시에 사키는 상황을 이해했다.

아무래도 이 채팅방이 만들어진 계기는 사키와 대화를 나누고 싶어 하는 하루키였던 모양이었다.

왜? 어째서?

더더욱 영문을 알 수 없었다.

하지만 사키의 눈이 빙빙 돌고 있는 동안에도 채팅은 이어졌다.

『으음 저기 하야토, 점심때 봤던 사진 올려봐.』

『어, 이거?』

『와아!』

"앗?!"

사키는 저도 모르게 숨을 삼키며 굳어버렸다.

화면에 나온 것은 축제 의상을 입은 사키의 모습. 전에 심야 특유의 텐션으로 포즈나 표정을 설정한 셀카 사진이었다.

갑자기 보게 되니 머리끝까지 수치심이 차올라 빨개져 버렸다.

게다가 그것을 보고 있는 것은 하루키와 히메코.

하루키는 동성이 봐도 한숨이 나올 정도의 미소녀이고, 히메코도 친구이지만 스타일이 좋으면서 열이면 열 돌아볼 정도로 귀엽다.

그런 두 사람 앞에 잔뜩 들뜬 자신의 모습을 드러내는 게 마치 고문처럼 느껴졌다. 그만 눈물을 글썽였다.

『사키는 어어어어엄청 예쁘구나!』

그래서, 하루키가 건넨 찬사의 말을 이해하는 데에 시간
이 걸리고 말았다.

무심코 현실에서 "후에?"라며 이상한 목소리를 흘렸다.

『이거 본인 머리카락 맞지?! 피부도 하얘! 우와우와, 의상
도 환상적이고 게임처럼 귀여우니까, 좋겠네좋겠네— 부러
워…… 그리고 가슴도 꽤 있고…….』

『사키는 의상 말고 춤도 멋져!』

『아, 아니 그게, 딱히 대단한 건…….』

『겸손해질 필요 없어. 무라오의 춤은 나도 매년 기대하고
있으니까. 올해 여름에도 보러 가고 싶네.』

사키는 깜짝 놀라고 말았다.

"아으으……."

하야토의 칭찬만이 원인인 건 아니었다. 하루키도 귀엽다
느니 자세가 예쁘다느니 무녀 옷은 어떤 느낌이냐느니, 잇
따라 호의적으로 흥미를 보였다. 나쁜 감정을 품기가 힘들
었다.

애초에 낯가림이 심한 히메코가 친하게 따르는 상대이니,
틀림없이 좋은 사람이리라.

『있지있지, 사키. 하카마는 어떻게 입는 거야? 어려워?
무녀 옷 좋네, 여성스러워서. 나 최근에 그런 쪽에 흥미가

생겨서 말이지─.』

『나, 나도─! 전부터 조금 신경이 쓰였거든.』

『뭐라고 설명해야 할지…… 그게, 기회가 있다면 입어보실래요? 으음, 오빠도 괜찮으시다면.』

『……나는 괜찮아.』

그리고 어느샌가 자연스럽게 대화가 진행되었다.

하야토는 점점 뜨거워지는 여자 토크에 잔뜩 움츠러들고, 그것이 모두의 웃음을 이끌었다.

'하루키 씨, 사실은 좋은 사람일지도~.'

정신이 들자 사키의 품속으로도 하루키가 훌쩍 들어오고 말았다.

그것이 의외로 편하다는 사실이 곤란했다.

사키의 마음에, 하루키가 스며들고 있었다.

제
2
화

괜찮을까?

하늘 가장 높은 곳에서 여름의 태양이 눈부시게 자기주장을 하느라 여념이 없는 낮 시간.

도시의 역 앞은 단선인 츠키노세와 다르게 크고 오가는 사람도 많다. 하물며 휴일이라면 더더욱.

채소 무인판매소 대신에 다양한 가게가 늘어서 있고, 하야토는 그중 한 곳인 패밀리 레스토랑 안에 있었다. 카즈키와 모리도 함께였다.

"아— 정말이지, on인지 in인지 at인지, 전치사 구별 뭔 뜻인지 모르겠네—!"

"하핫, 일본어를 배우는 사람들도 『은, 을, 이』에서 비슷한 생각을 하지 않을까."

"나는 술잔을 상상하거든. 얼음을 위에 얹으니까 on, 매실장아찌를 넣으면 in, 물을 타서 마시면 with라는 느낌으로 기억해."

"호오, 그렇게 그림으로 그리면 알기 쉽긴 하겠네, 근데 그건……."

"뭐, 시골에서는 자주 술자리에 끌려나가서. 술은 따라다니는 거였으니까."

"그렇구나, 하야토 군답네."

그런 담소를 나누는 그들의 눈앞에는 교재가 펼쳐져 있었다. 이른바 공부 모임이었다.

계기는 오늘 아침, 모리의 연락이었다.

하야토는 처음에 패밀리 레스토랑에서 오랜 시간 진을 치고 있는 것에 저항감을 느꼈다. 하지만 그다지 붐비지도 않으면서 비슷하게 공부를 하는 손님이 있다는 것, 그리고 냉방이 잘 되면서 음료도 마음껏 마실 수 있다는 그 편리함에 금세 빠져들었다.

"크으, 어깨 결려! 슬슬 좀 쉴까?"

"그러네, 이오리 군. 뭔가 달콤한 거 주문할까."

"음―, 이래저래 한 시간 반 지났네. 그럼 나는 뭐로 할까―."

하야토는 묘하게 기분이 좋았다. 친구와 함께 모르는 부분을 물어보거나 서로 가르쳐주는 것이 생각보다 더 즐거웠기 때문이다.

게다가 장소도 쾌적하고 가격도 고등학생의 지갑 사정에 고마운 설정이었다.

'이거, 히메코한테 권유하는 것도 괜찮을지도. 게다가 하루키, 한테도……'

하야토는 수험생이면서 금세 텔레비전을 보거나 스마트폰을 가지고 노는 동생을 생각하고 큭큭 웃음을 흘렸다. 그리고 당연히 하루키도 함께하면 좋겠다는 생각까지 다다랐을 때, 문득 전날 하야토의 방에서 옷을 갈아입다가 맞닥뜨렸을 때의 부끄러워하는 얼굴이 떠올라서 뺨이 붉어져 버렸다.

요새 아무래도 상태가 이상했다.

지금처럼 갑작스럽게 하루키를 생각하고, 좀처럼 가슴이 가라앉지 않는 경우가 있었다.

"……웃, 뭐야?"

"아니, 딱히~?"

그리고 하야토는 카즈키와 모리가 자신을 보고 있다는 것을 깨달았다.

자신이 어떤 얼굴이었는지는 그들의 싱글대는 눈가가 크게 이야기하고 있었다. 겸연쩍은 심정에 머리를 긁적이며 아이스티를 입에 머금었다.

"그러고 보니 하야토 군은 말이지, 니카이도랑 같이 공부하거나 시험 점수를 경쟁하거나 그러지는 않아?"

"푸흡?! ……쿨럭, 쿨럭쿨럭…… 카즈키!"

목이 막힐 만한 말이었다. 하야토는 카즈키를 찌릿 노려봤다.

정작 카즈키는 싱글싱글 놀린다기보다는 흐뭇하게 지켜보는 것 같은 표정이었다.

모리는 두 사람의 대화를 듣고 고개를 절레절레 내젓더니 콜라를 꿀꺽 들이켰다.

"정말이지, 어느새 이렇게나 친해졌는지."

"모리, 이건 카즈키가──."

"봐봐. 카즈키라 불렀지. 나는 모리. 음~, 시간이 꽤 지났는데 나만 어쩐지 따돌림당하잖아. 성으로 부르고."

"그건 말이지."

"앞으로는 이오리로 불러라, 하야토."

"모…… 그래 알았다고, 이오리."

이오리가 싱긋 미소를 짓자, 무엇이 즐거운지 카즈키의 웃음도 더욱 짙어졌다.

하야토는 불편한 이 상황에서 시선을 돌리려고 했지만 이오리가 그것을 허락하지 않았다.

"그래서 말이야, 나한테도 이게 무슨 일인지 가르쳐주지 않겠어? 하야토도 말이지―, 꽤나 잘 꾸미는 편이었잖아."

"어?! 이건……."

그리고 하야토는 자신에게 향한 이오리의 스마트폰 화면을 보고 숨을 삼켰다.

그 화면에 있던 것은 영화관 앞에서 화가 나서 따져드는 히메코를 상대하는 하야토의 모습. 무척 친밀하게 느껴지는 거리감이었다.

남매니까 당연한 거지만 사정을 모르는 사람이 본다면 어떻게 생각할까?

이오리가 그것을 어떤 경위로 입수했는지는 알 수 없다. 하지만 그만큼 사람들이 있었으니까 하루키나 히메코의 지인 중 누군가가 찍었어도 이상하지는 않을 것이다.

미간을 찌푸린 하야토는 사정을 아는 사람에게 흘끗 시선을 던졌지만, 하야토는 마치 "괜찮지 않아?"라는 듯한 미소로 고개를 끄덕일 뿐이었다.

하아, 가벼운 원망이 담긴 한숨을 내쉬었다.

그러고 보니 빚도 있다는 것을 떠올렸다.

하야토는 체념하고 흥미진진해 보이는 이오리를 다시 봤다.

"그 녀석은 히메코, 내 동생이야."

"동생…… 아니, 잠깐만. 니카이도는 얘를 소꿉친구라고 이야기하지 않았던가?"

"……그래, 나랑 하루키도 소꿉친구야."

"하아, 그렇구나."

하야토는 뾰로통하게 고개를 홱 돌리고 뺨을 괴었다.

이오리는 여전히 싱글대며 스마트폰으로 시선을 되돌리고 유쾌하게 말을 이었다.

"하야토도 말이지―, 평소부터 헤어스타일이라든지 손질을 좀 하면 좋을 텐데. 이 사진에 있는 녀석은 꽤나 멀쩡하잖아."

"몰라―, 애초에 그날은 동생이 억지로 세팅한 거야. 평소 모습으로 옆에 있지 말라면서."

"아깝단 말이야."

"예예."

하야토는 그런 이오리의 이야기를 흘려넘기며 슬슬 공부를 계속하자는 듯 샤프를 손에 들었다. 그때까지 싱글싱글 지켜보고만 있던 카즈키가 그곳으로 폭탄을 떨어뜨렸다.

"너도 몸가짐을 더 단정하게 하는 게 좋지 않을까? 그래야 니카이도도 여자 친구로서 콧대가 우쭐할 테니까."

"여, 여자 친구 아니라고!"

테이블을 탁 두드리며 무심결에 일어서서 큰 소리를 내질렀다. 그 바람에 샤프가 우둑, 슬픈 소리와 함께 부러져버렸다.

손님이 적다고는 해도 주위에서 일제히 시선이 쏟아지자 하야토는 어흠, 얼버무리듯이 헛기침을 하고 자리에 앉았다. 얼굴은 다양한 의미로 얼굴을 붉게 물들어 있었다.

"하야토, 너희 사귀는 거 아니었나."

"사귈 리가 없잖아. 가뜩이나 지금은 카즈키 녀석이 하루키한테 고백 같은 짓을 해서 상황이 복잡한데. 게다가 하루키랑은 단순한 소꿉친구야."

"아— 그랬지. 하지만 그건 그렇다 치고, 나는 소꿉친구에마랑 사귀는데?"

"어, 그건……."

이오리는 놀라면서도 자못 의아하다는 표정으로 말을 꺼내고, 하야토는 미간을 찌푸리며 머뭇거렸다.

하루키와 사귄다.

하야토는 이제까지 그런 생각은 요만큼도 한 적은 없었다.

오히려 생각하는 것조차 허락되지 않는다는 듯, 의식한 적 자체가 없었다.

그래서 이렇게 지적을 당하자 가슴에 갑자기 생겨난 근질 근질하고 초조한 감정을 어쩌면 좋을지도 알 수 없게 되어 버렸다.

　그런 하야토의 모습을 보던 카즈키가 굉장히 짓궂은 말을 거듭했다.

　"내가 말하는 것도 그렇지만 말이지, 니카이도는 상당한 미인이거든."

　"……그건 참으로 유감이지만 인정할 수밖에 없는 객관적인 평가네."

　"나랑 도는 소문이 사라졌다가는 누군가한테 빼앗겨버릴 지도?"

　"그럴 리가……!"

　"그럴 리가?"

　"……아무것도 아니야. 자, 다시 공부하자고."

　"하핫."

　또다시 큰 소리를 낼 뻔했던 하야토는 남은 아이스티와 같이 가슴에 소용돌이치는 답답한 것을 함께 억지로 삼켰다.

　카즈키는 고개를 내저으며 어깨를 으쓱이고, 이오리는 곤란하다는 듯 복잡한 표정으로 중얼거렸다.

　"으―음, 그렇다면 하야토한테 의지하기는 어렵겠는데…… 아니, 오히려 적당한가."

　"뭐가?"

　"시험이 끝나면 다 같이 수영장에 가자는 권유. 하야토가 니카이도한테 권유를 해줬으면 했어."

"수영장? 하루키랑?"

"에마가 혼자서는 부끄럽다고 떨떠름한 태도라서 말이지, 그런 곳이니까 다른 남자들도 신경 쓰이고. 나는 에마가 수영복 입은 걸 보고 싶어. 하야토는 니카이도의 수영복, 보고 싶지 않아?"

"어?! 아니, 그게…… 수영복은 딱히 상관없는데. 뭐, 그래도, 권유하면 올 거라 생각해."

"그런가, 그럼 부탁했다."

그러면서 이오리는 씨익 미소를 흘렸다.

그의 얼굴은 조금 안도한 기색이었다.

"재밌겠네, 나도 같이 가도 될까? 니카이도에 이사미라면 뭐, **괜찮을 것** 같으니까."

"물론 대환영이야. 괜찮다는 건…… 아, 어찌어찌 알겠네."

"남자든 여자든 굶주린 사람이랑 함께하는 건 이제 지긋지긋해서 말이야."

"너무 인기 있는 것도 큰일이구나."

하야토는 승낙했지만 가슴속은 복잡했다.

수영복을 입은 하루키——그것을 조금이라도 상상하자 전날 방에서 맞닥뜨렸을 당시 반라의 하루키가 뇌리를 스치고 말았다. 그리고 어째선지 그런 하루키를 다른 사람에게 보여주고 싶지 않다는 독점욕 같은 심정이 가슴을 태웠다.

'아, 진짜!'

새빨개졌다가 떨떠름해졌다가, 연신 표정이 변해갔다.

하야토는 자신의 그런 표정 변화를 카즈키가 싱글싱글, 이오리가 히죽히죽 보고 있다는 사실을 깨닫지 못했다.

얼마 뒤, 아직 태양이 높은 위치에 있는 오후.

이오리가 여자 친구 이사미 에마에게 알바가 어떻다느니 하며 호출당하자 그길로 해산하게 되었다.

"다녀왔어."

"아, 오빠."

"어서 와, 하야토."

집의 거실에는 히메코뿐만 아니라 자못 당연하다는 듯 하루키도 있었다.

테이블 위에 교재가 펼쳐져 있으니 히메코와 함께 시험공부를 하는 모양이었다.

집중력이 떨어졌는지 테이블 위에 녹아내려서는 축 늘어진 히메코와 다르게, 하야토의 귀가를 깨달은 하루키는 곧바로 원피스 치맛자락을 신경 쓰며 자세를 바로 했다.

하루키가 "에헤헤" 하며 웃음을 흘렸다. 이제까지와는 다른 엄청 평범한 여자아이 같은 반응에 필요 이상으로 두근거려서, 하야토는 그만 불만스러운 음색으로 얼버무리고 말았다.

"어— 그, 신경 쓰이면 좀 더 편하게 있어도 괜찮은 옷을 입지."

하루키의 복장은 여름답게 소매가 크게 열린, 심플하면서도 치마 부분이 주름으로 된 귀여운 원피스였다.

히메코의 캐미솔에 반바지라는, 남한테는 보여줄 수 없는 차림이나 평소에 집에서 선보이던 센스라고는 없는 촌스러운 옷과는 큰 차이가 있었다.

"음~ 나 있지, 이제까지 그런 그, 여자라는 느낌은 전혀 없었잖아? 그러니까 그런 쪽으로도 노력해보자고 생각해서. 사키를 본받아서 말이지."

하루키는 일어서더니 어떠냐는 듯 빙글 돌았다.

긴 머리카락과 짧은 치맛자락이 둥실 떠올라서 하마터면 다리 안쪽이 드러날 뻔했다.

"웃! 딱히…… 아— 그게, 나쁘지는 않은 것 같은데?"

하야토는 허둥지둥 달아오른 얼굴을 돌리며 퉁명스럽게 대답했지만 하루키의 얼굴은 득의양양했다. 어쩐지 당했다는 생각이 들어서 미간에 주름이 생겼다.

"그보다 오빠 들어봐, 하루가 대놓고 이상해."

"히, 히메—!"

"어?! 뭐, 뭐가 이상한데?"

그래서 갑자기 히메코한테서 그런 이야기가 나오자 동요 탓에 목소리가 뒤집혀버렸다.

정작 히메코는 그런 하야토의 상태를 알아차리지 못하고 계속 이야기했다.

"그게 말이지, 수학 가르쳐달라고 그랬더니 어디에도 2

따위 없는데 『여기 n은 2를 대입해』 같은 소릴 한다니까? 갑작스러워서 뭔지도 모르겠고, 그런데도 답은 맞으니까 더더욱 영문을 모르겠다고."

"어— 그거. 정말 그렇더라고. 학교에서도 그래."

"하, 하야토—!"

공부에 대해서 하루키는 독자적인 후각이라고도 해야 할 것이 뛰어났다.

이따금 많은 과정을 날려버리고 대답을 이끌어 내는 이유였다.

특히 이과 쪽은 그런 경향이 현저해서, 하루키는 다른 사람에게 공부를 가르쳐주는 것이 궤멸적으로 서툴렀다.

하야토는 최근에 방과 후의 교실 등에서 미나모나 이사미 에마 같은 여자들이 열었던 공부 모임을 떠올렸다.

하루키는 질문을 받아도 제대로 가르쳐주지 못하고, 오히려 주위에서 알기 쉽게 가르쳐주려면 이렇게 해야 한다며 문제를 이해하기 쉽게 해주곤 했다. 그렇게 결과적으로는 공부가 순조롭게 진행된다는 기묘한 구도가 완성되었지만.

하루키는 주눅이 든 모양이지만 주위의 반응은 나쁘지 않았다. 하지만 하급생인 히메코에게는 무척 악평인 모양이었다.

입술을 삐죽이며 토라진 하루키를 제쳐놓고 하야토가 큭큭 웃음을 흘리자 어찌어찌 **평소의** 분위기로 되돌아갔다.

지금이라는 생각에, 이오리랑 카즈키에게 부탁받은 이야

기를 꺼냈다.

"있잖아, 시험 끝난 다음에 일정 같은 거 있어? 다 같이 수영장에 가지 않겠냐는 권유를 받았는데."

"수, 수영장?! 수영장이라니, 수영 같은 거 하는 그 수영장?"

"예! 나 워터슬라이드 타보고 싶어요! 튜브나 보트 타고 내려가는 그거!"

두 사람의 반응은 각자 도드라졌다.

놀람에 어쩐지 애매모호함이 섞인 하루키와 사전에 조사했다고밖에 볼 수 없는 자신의 바람을 늘어놓는 히메코.

"어— 으음 히메코, 나도 권유를 받은 쪽이니까 다 같이라는 건 우리 학교 녀석들이거든. 나는 딱히 상관없고, 말을 꺼내면 환영해줄 거라고는 생각하지만…… 그게, 괜찮겠어?"

"윽, 그건…… 조금 생각해볼게……."

"그리고 하루키, 싫다든지 상황이 안 맞는다면 무리해서 갈 필요 없어. 내 쪽에서 거절해줄 테니까."

"딱히 그게, 싫다든지 예정이 있다는 건 아닌데요……."

"……하루키?"

흘끗흘끗 하야토를 살피는 하루키의 얼굴은 무척 붉었다.

긴 머리카락 끝을 빙글빙글 만지작거리며 무언가를 주저하는 그녀의 모습은 어찌 보아도 수줍어하는 소녀로밖에 안 보였다.

『나는 에마가 수영복 입은 걸 보고 싶어. 하야토는 니카이도의 수영복, 보고 싶지 않아?』

문득 이오리의 그런 말이 떠올랐다. 그리고 이사미 에마가 부끄러워한다는 사실과, 다른 여자가 간다는 이야기도 안 했다는 사실을 깨달았다.

어쩌면 하루키에게 그런 느낌으로 받아들여졌을지도 모른다.

하야토는 허둥지둥 그 사실을 변명하려 돌아봤다가, 어쩐지 뜻을 다지고서 올려다보는 하루키와 눈이 마주쳤다.

"수, 수영을 못 하거든……."

"하루………… 뭐?"

"그게 나, 맥주병이거든!!"

"그, 그런가."

문득 떠올렸다.

분명 츠키노세에 있던 무렵에는 자주 강으로 놀러 갔었다.

하지만 시냇물 안에 있는 바위로 올라가서 뛰어내리거나, 민물게를 찾거나, 뜰채를 들고 곤들매기나 은어를 쫓아다니거나 했지, 수영을 한 적은 없었다. 애당초 수영을 할 수 있는 강도 없었다.

하야토가 의외라는 표정으로 하루키를 바라보자 "그, 그게 뭐 어때서?!"라는 듯한 표정으로, 하루키는 슬며시 고개를 돌리며 입술을 삐죽였다.

어쩐지 우스워져서 자연스럽게 하루키의 머리로 손을 뻗었다. 그리고 달래듯이 빙글빙글 쓰다듬었다.

"자자, 수영장에서는 수영만 하는 게 아니잖아? 튜브를 타고서 물살을 따라 흘러간다든지, 다이빙이나 슬라이드도 재미있을 테고."

"그건 수영을 할 줄 아는 사람이라서 그래…… 애초에 말이지, 맥주병은 부끄러운 거잖아."

"뭣하면 가르쳐줄까?"

"오, 그러시겠다? 그럼 나는 인체가 결코 물에 뜨도록 만들어지지 않았다는 걸 가르쳐줄게."

"바보냐!"

하야토와 하루키의 말장난 같은 대화를 듣던 히메코는 뾰로통하게 노려보며 신음을 흘렸다.

아무래도 낯가림이 심한 히메코에게는 오빠의 반 친구와 함께 가는 것이 무척 난감한 모양이었다.

"으으~, 둘이서만 신나서는, 정말!"

"미안미안."

"뭐, 그래도 수영복 문제도 있겠네. 나 제대로 된 수영복 없으니까."

"아, 나도 없어."

"나도 츠키노세의 학교 지정 수영복밖에 없네."

아무리 하야토라도 그런 것을 입고 갈 생각은 없었다. 물론 딱히 이상하게 보이지만 않는다면 뭐든 상관없다는 수준이지만.

최악의 경우에는 당일에 수영장에서 사면 그만이라고 생

각했지만 여자 입장에서는 그럴 수 없나 보다.

히메코도 하루키도 곤란하다는 표정으로 생각에 잠긴 채 스마트폰으로 검색을 시작했다.

눈을 가늘게 뜬 하야토가 자기 방으로 돌아가고자 등을 돌렸는데, 하루키가 셔츠 옷자락을 꾹 잡아당겼다.

"저기, 하야토는 있지, 수영복, 어떤 게 좋아?"

"좋⋯⋯?!"

갑자기 그런 질문을 받자 그만 큰 소리를 내지를 뻔했다가, 억지로 놀란 심정과 함께 집어삼켰다. 단숨에 뺨이 뜨거워지는 것을 알 수 있었다.

"핑크색의 귀여운 거라든지 검은색의 조금 어른스러운 거라든지, 어떤 게 좋을까― 해서."

"바보, 그, 그런 걸 내가 알겠냐! 츠, 츠키노세에는 학교 수영장 정도밖에 없었다고."

"아하하, 그런가⋯⋯ 그럼 그날 기대하는 걸로 해둬."

"어, 어어⋯⋯."

그것은 넌지시 참가하겠다는 이야기였다. 하야토는 머리를 벅벅 긁적이며 승낙했다.

하루키의 수영복이 어떤 것인지 보고 싶은 한편, 다른 사람에게는 보여주고 싶지 않다는 심정도 여전히 소용돌이치고 있었다.

하지만 가슴의 이런 술렁거림조차 편안하다고 생각해버렸다. 신기한 감각이었다.

하루키는 말이 끝났음에도 셔츠를 놓지 않았다. 약간 이상해 보였다.

조금 곤란하다는 표정으로, 하야토와 히메코의 얼굴을 교대로 바라보며 무언가 말하기 힘들어하는 모습.

"하루키……?"

슬쩍 물어봤더니 눈을 부릅뜨고서 고개를 숙이고, 입술을 하야토의 귓가로 가져다 대고는 속삭였다.

"저기, 나도 하야토네 어머니 병문안, 가봐도, 될까……?"

"웃! 그건…….'

너무나도 갑작스러운 말이었다.

하야토는 놀라서 눈을 부릅뜨고, 하루키의 마음속을 시선으로 파헤쳤다.

그 시선을 어떻게 받아들였는지 하루키는 점점 안색이 어두워졌다. 툭하니 사죄의 말이 흘렀다.

"……미안해, 그런 건 가족 말고는 힘든 경우도 있겠구나."

"웃! 어어, 아니, 그런 거 아냐. 갑작스러운 이야기라서 놀랐을 뿐이지, 그게…… 병문안 자체는 전혀 문제없어. 누군가한테 옮을 법한 것도 아니니까."

"그럼 나도 가도 돼?"

하야토가 황급히 이야기하자 하루키는 몸을 앞으로 쑥 내밀고서 눈을 들여다봤다.

꿰뚫어 보는 듯한, 올곧고 예쁜 색깔을 가득 드리운 눈. 가슴이 두근거리는 것도 어쩔 수 없었다.

가슴속이 술렁대는 것을 들키지 않으려 시선을 돌리다가 테이블 위에 녹아내리는 히메코의 모습을 보았다. 하야토는 한숨을 한 번 쉬었다.

"나 말이지, 하야토랑 히메코를 더더욱 알고 싶거든."

그런 말을 들으면, 대답은 정해질 수밖에 없다.

"……알았어."

그 후 곧바로 히메코에게 적당히 핑계를 대고 아파트를 나섰다.

가장 가까운 역에서 전철로 두 정거장.

아직 햇살이 강해서 조금이라도 시원한 곳을 찾아 대로의 가로수에 붙듯이 걸으며 병원으로 향했다.

"음~ 의외로 가깝네. 그래도 도보로는 조금 미묘한 거리지만. 아, 이런 거리라면 자전거로 괜찮지 않을까?"

"그게 말인데, 다음 달에는 생일이니까 기념으로 원동기 면허라도 딸 생각이야. 뭐, 산다고 해도 중고일 테고 어차피 알바를 찾아야겠지만."

"아, 그러고 보니 우리는 고1이니까 이제 알바도 할 수 있고 원동기 면허도——아니 잠깐만, 하야토, 다음 달에 생일이야?!"

"응, 8월 25일이야."

"정말이지, 그런 건 빨리 말해…… 달라고…….'

"미안해…… 아니, 하루키?"

갑자기 옆을 걷던 하루키가 걸음을 멈췄다.

무슨 일이냐며 돌아봤더니 곤란하다는 표정으로 쓴웃음을 흘리고 있었다.

"응, 나 있지, 그런 것도 몰랐구나 해서."

"……그러고 보니 나도, 하루키 생일은 모르는구나."

"3월 14일이야. 아직 멀었어."

"히메코처럼 빨리 태어났네. 그 녀석은 1월 7일이야."

"그런가…… 히메코도 빠르구나."

서서히 다시 걸음을 옮겼지만 아무래도 무거운 분위기였다.

그런 하야토와 하루키를 내려다보는 새하얗고 거대한 건물.

이따금씩 말 없는 두 사람 옆을 차와 버스가 지나쳐서 병원으로 빨려 들어갔다.

그리고 문을 앞두었을 때, 문득 하야토는 걸음을 멈추고 머리를 벅벅 긁적였다.

"어— 그, 있잖아. 생일은 몰랐지만 그래도 다른 건 알아. 하루키가 잘 따지도 못하는 주제에 라무네를 좋아한다는 거."

"……하야토?"

"그것 말고도 오기가 세고 게임이 몰입하면 몸까지 한꺼번에 움직이는 것도 알고, 벌레나 동물을 발견하면 슬렁슬렁 쫓아간다는 것도 알아. 최근에는 횡단보도 하얀 부분만 밟고서 건너려 한다는 것도 알았고."

"미얏, 미얏, 미얏?!"

하루키의 얼굴이 조금씩 붉게 물들었다.

하야토는 미간에 주름을 지으며 진지한 표정으로, 자신이 아는 하루키의 어린아이 같은 부분을 계속해서 언급했다. 그럴수록 하루키는 더더욱 빨개졌다.

"그것 말고도 겐 영감네 양 축사에서──."

"스토──읍! 이제 됐어, 이제 됐으니까 알았으니까! 그런 거면 나도 하야토가 강의 바위에서 뛰어내리려다가 미끄러져서 떨어지거나, 까불다가 풍선껌을 너무 크게 불어서 얼굴이랑 앞머리에 들러붙은 거라든지, 최근에 학교에서 스마트폰으로 슈퍼 세일을 조사한다든지 그런 것도 알고 있으니까!"

"아니, 하루키?!"

이번에는 하야토가 당황할 차례였다.

입술을 내민 하루키와 시선이 마주치자 서로 푸웁, 웃음이 터져 나왔다.

"하핫, 그래, 어릴 적에는 생일 같은 것보다도 매일 어떻게 놀지가 중요했지."

"후후, 그러네. 앞으로 몰랐던 부분을 채워 가면 돼."

"그래, 앞으로는 계속 함께할 테니까."

"…………"

"……하루키?"

"하야토는 말이지, 가끔씩 굉장한 기습을 날린다고."

"허?"

하루키는 갑자기 불만 섞인 목소리를 흘리는가 싶더니 고개를 홱 돌리고는 총총히 병원 문을 지나갔다.

갑작스러운 태도 변화에 하야토는 이상한 소리라도 했나 싶었지만, 다시 돌아본 그녀의 얼굴은 평소 그대로였다.

"가자."

"그래."

병원 로비는 마치 거짓말처럼 넓고 밝고 청결했다. 하야토는 얼굴을 잔뜩 찌푸렸다.

휴일의 대형병원은 병문안을 온 사람이 많은지 혈색 좋은 사람만이 시야에 들어왔다.

"이쪽이야."

"으, 응."

익숙한 발걸음으로 접수처로 향하는 하야토와 달리 하루키는 신기한지 두리번두리번 주위를 바삐 살폈다.

하야토는 재빨리 수속을 마치고 면회용 스트랩을 받아들더니, 평소 그대로 엘리베이터 쪽으로 향하려다가 발걸음을 멈췄다. 하루키가 어찌할 줄을 몰라 하야토와 접수처 쪽으로 시선을 헤매고 있었기 때문이다.

"아, 미안해. 거기 면회부에 이름을 적고 병문안용 스트랩을 받아서——."

"하야토는 말이지, **역시** 항상 혼자서 오는구나."

"웃! 그건……."

"일단 수속하고 올게."

"……그래."

사실을 지적당하고 하야토는 머리를 벅벅 긁적였다.

이 건엔 히메코의 사정도 얽혀 있으니까 섣불리 말을 꺼내기가 어려웠다.

잠시 후, 스트랩과 함께 돌아온 하루키가 하야토의 얼굴을 똑바로 들여다봤다. 그러고는 가볍게 웃었다.

"혹시 말이지, 이야기해서 하야토의 마음이 가벼워질 수 있다면 사양 말고 날 의지해. 같이 고민하고 짊어져 주는 것 정도는 할 수 있으니까, 알겠지?"

"……그렇게 되면 부탁할게."

"약속이다?"

그녀가 새끼손가락을 내밀었다.

가벼운 말투임에도 그 눈빛은 이상하게 진지하고, 정면으로 하야토를 향하고 있었다.

하야토는 그 기백에 삼켜지듯이 새끼손가락을 감았다. 하루키가 후후, 하고 웃음을 흘리자 가슴이 뛰어 눈을 떼고 싶어졌다.

마음속이 엉망진창이었다.

히메코가 병문안을 피하고 있다는 사실이라든지, 이어져 있는 것이 새끼손가락뿐인 게 어쩐지 부족하다든지, 그런 것들이 빙글빙글 맴돌았다.

이윽고 그 자리에 우두커니 서서 주위에 방해가 되고 있다는 사실을 깨달았다.

"…………가자."

"응…… 아, 나 조금 긴장되는데."

짜내듯이 목소리를 꺼내고, 이리저리 표정이 바뀌고 있을 얼굴을 보여주지 않겠노라 등을 돌린 그때였다.

"왜 네가 여기 있는 거지?!"

"어…… 아얏."

"하루키?"

들은 적 없는 목소리가 하야토의 사고를 찢어발겼다.

모르는 남성이 심상치 않게 험악한 모습으로 하루키의 팔을 붙잡고 있는 것이 보였다.

누구야? 대체 무슨 일이지?

그런 생각보다도 먼저 몸이 움직이고 말았다.

"이봐 당신, 무슨 짓이야!"

"하야토!"

"윽!"

퍽! 메마른 소리가 주위에 울려 퍼졌다.

하야토는 과도할 정도로 힘을 실어서 하루키를 붙잡은 남자의 손을 뿌리치고, 덧쓰기라도 하듯 대신 그 손을 잡았다. 자기 쪽으로 감싸 끌어안으며 위협적으로 으르렁대는 음색은 하루키가 놀랄 정도로 낮았다.

하야토는 다시금 상대를 봤다.

모르는 남자였다.

시원스러운 인상을 주는 단정한 얼굴에 늘씬하니 키도 커서 시선을 끄는 미남이지만, 나이는 서른이나 그 이상. 적어도 앞자리가 한둘은 떨어져 있을지도 모른다.

여하튼 보기에도 또래는 아니어서 무슨 관계인지 짐작되지 않았다.

빤히 관찰하는 하야토 옆에서 하루키도 미간을 찌푸리며 작게 고개를 갸웃거렸다.

"아니 그게, 나는……."

수상쩍게 노려보는 하야토의 시선을 받은 남자는 그제야 간신히 자신이 저지른 일에 놀란 모양이었다.

당황하고 동요한 모습을 봐선 아무래도 충동적인 행동이었나 보다.

"하루키, 아는 사람이야?"

"아니, 전혀 모르는 사람."

하루키가 고개를 가로젓자 남자는 몹시 놀라고, 이내 미안하다는 듯 무척 진지한 얼굴로 머리를 숙였다.

"미안, 사람을 착각했어. 그게, 분위기가 무척 닮아서…… 갑자기 팔을 붙잡은 걸 용서해줘."

"으, 응, 저는 딱히 그게…… 아, 고개를 드세요!"

남성은 고개를 들더니 조심스럽게 하루키를 관찰했다. 입안으로 무언가 말을 굴렸다.

"그런가…… 고마워."

그리고 아무 일도 없었던 것처럼 종종걸음으로 떠났다.

'……대체 뭐야.'

하야토는 그런 그의 뒷모습을 수상쩍다는 표정으로 바라봤다.

무슨 일인지 알 수 없었지만 그 사람이 몹시 마음에 안 들었다.

그만 하루키를 붙잡은 손에 힘이 들어갔다.

"……하야토?"

"아! 미안해."

걱정스러운 표정으로 올려다보는 하루키의 시선에, 끌어안고서 밀착했다는 사실을 알아차렸다.

그 순간 그녀를 의식했다.

품속에 폭 들어갈 정도인 체구 차이라든지, 맞닿은 피부의 부드러움이라든지, 머리에서 나와 코를 간질이는 살짝 달콤한 향기라든지, 그런 자신과의 차이를 깨닫고 머리에 피가 쏠릴 뻔했다. 그래서 황급히 몸을 뗐다.

"어…… 아니, 아무 일도 아니면 괜찮은데."

몸을 뗄 때 하루키에게서 살짝 애절한 목소리가 들린 것은 기분 탓일까?

하야토는 정리가 안 되는 머리를 벅벅 긁적이고, 곧바로 길을 재촉했다.

"……갈까, 6층이야."

"응."

그리고 이번에야말로 등을 돌려 걸어갔다.

엘리베이터를 타고 6층으로.

병문안 자체는 몇 번이나 왔지만 하루키와 함께 오자 조금은 긴장감에 등줄기가 펴져 버린다.

긴장한 것은 하루키도 마찬가지인지 고양이처럼 등을 구부리고서 두리번두리번 주위를 살피고 있었다.

617——그렇게 적힌 방 앞에 멈춰 서서 노크했다.

"예— 열려 있어요, 하야토잖아."

"……어머니."

대답과 함께 문이 열리자마자 시야에 날아든 광경에 하야토는 머리를 부여잡았다.

여기저기에 흩어져 있는 마구잡이로 자수가 된 천에 품이 들어간 레이스, 그리고 침대 위의 책상에서 본을 뜨고 있는 어머니 마유미의 모습.

한동안 안 본 사이에 병실이 마치 의상 디자이너의 방처럼 완전히 변한 것이었다.

"……대체 뭐 하는 거야."

"아니 그게, 재활 겸 자수를 시작했더니 의외로 빠져버려서…… 기왕이면 같이 해보자 싶어서 수제 레이스에도 손을 대봤다가, 아예 옷을 만들어버릴까— 해서."

"나 참……."

하야토는 어이없어하면서도 어질러진 것들을 정리했다.

손에 든 자수와 레이스를 바라봤다. 어느 것이든 귀엽고 가게에서 파는 것과 비교해도 손색이 없을 정도의 완성도였다.

　그만큼 손을 마음껏 움직일 수 있다는 증명이었기에 살짝 가슴을 쓸어내렸다.

　"어머, 미안하구나. 그리고 올 거라면 집에 있는 봉제 세트도 가져다주면 좋았을 텐데."

　"다음에 가져올게. 그보다 무슨 옷을 만들려는 거야."

　"의외로 병원 생활이 한가해서. 기왕이면 공들인 드레스 같은 걸 만들어도 재미있지 않을까?"

　"만들어서 어쩌게, 그런 거. 누가 어디서 입으라고……."

　"그건 그렇지…… 그럼 차라리 코스프레 의상 같은 게 낫겠네…… 문화제 같은 데서 조만간 사용할 기회도 생기지 않을까? 응, 그렇게 하자."

　"하아……."

　하야토는 마음속으로 히메코에게 위로를 건넸다. 문득 옆이 조용하다는 사실을 깨달았다.

　"……어라?"

　"왜 그래?"

　주위를 둘러봤더니 같이 온 하루키의 모습이 보이지 않았다. 하지만 문 너머에서 어쩐지 주저하는 듯한 기색이 있는 것은 알 수 있었다. 불투명 유리 너머에서 그림자가 흔들리고 있었다.

'……자기가 먼저 말 꺼냈으면서.'

어이없어하면서도 문을 움직이자 그곳에서 자신의 길고 검은 머리카락을 손끝으로 빙글빙글 만지작거리는 하루키가 있었다.

하야토가 벅벅 머리를 긁적이며 빤히 내려다보고, 하루키는 곤란하다는 듯 부끄럽다는 듯한 얼굴로 올려다봤다. 한순간 그 동작에 두근대고 말았다.

"……아."

"나 참, 가자고."

그것이 들키지 않았으면 했던 하야토는 무뚝뚝하게 팔을 붙잡고 억지로 병실로 불러들였다.

"어머니, 사실은 오늘, 만났으면 하는 사람이 있어. 자."

"나, 나 아직 마음의 준비…… 저기 그게, 오랜만."

"어머…… 어머어머어머어머!"

하야토에게 등을 떠밀리는 형태로 앞으로 나선 하루키. 그 모습을 본 마유미가 눈을 반짝반짝 빛냈다.

마유미는 가만히 있지 못하겠다는 듯이 침대를 빠져나와 그녀의 손을 잡았다.

"그게, 생각보다 건강해 보이셔서, 으음……."

"어머어머어머, 이렇게나 귀여운 아이를…… 하야토, 너꽤 하잖아! 하야토의 어머니예요! 아아 정말, 저 아이도 참꾸미는 데 둔감해서…… 그래도 나쁜 아이는 아닌 거 알죠? 조금 참견이 심한 구석은 있지만."

"귀, 귀여…… 저, 저로서는 그게, 하야토의 그런 부분이 변하지 않아서 안심했다고 할까."

"어머어머! 벌써 이름으로 부르다니 사이가 좋구나! 우후후후, 어쩌면 그런 걸까? 그런 걸까?!"

"잠깐 진정해 어머니, 뭔가 착각하고 있어."

무언가가 맞물리지 않았다.

긴장 때문에 허둥지둥하는 하루키는 이상하게 잔뜩 들뜬 마유미의 기세에 눈이 빙빙 돌아가며 삼켜져 버렸다.

'그러고 보니 히메코랑 처음 만났을 때도 이랬던가……?'

하야토는 어쩐지 기시감이 느껴지는 대화에, 이마에 손을 대며 끼어들었다.

"어머니, 하루키야 하루키. 어릴 적에 자주 같이 놀았던 그 하루키."

"………………어? 하루키라니, 그 하루키……?"

"저기 그게 아주머니, 오랜만에 뵙네요. 니카이도 하루키, 예요……!"

마유미의 얼굴에 이해의 기색이 퍼졌다. 그리고 그녀는 굳어버렸다.

기기긱, 하는 소리가 들릴 것만 같은 모습으로 하야토를 본 뒤, 하루키의 모습을 빤히 관찰하더니 점점 눈이 커지고 감정이 폭발했다.

"에에에에에에엑~~~??!!?!"

거의 절규에 가까운 소리에 하야토와 하루키도 움찔했다.

하루키가 시선을 보냈지만, 하야토도 어깨를 으쓱이고 고개를 내저을 수밖에 없었다.

하루키를 붙잡은 마유미의 손에 한층 힘이 실렸다. 마유미가 바들바들 어깨를 떨었다.

"하, 하하하하하하루키, 남자아이인데 이렇게나 귀여워져 버린 거야—?!"

"미얏?!"

"어, 어머니?!"

"키, 키리시마네 어머니, 무슨 일인가요?!"

무언가 성대한 착각을 하고 있는 모양이었다.

그리고 놀란 세 사람 앞으로 자그마한 한 소녀가 뛰어들었다.

"미나모, 잠깐만 들어보라고?! 하야토가 있지, 굉장히 귀여운 아이를 데려왔다고 생각했더니 사실은 남자라서 어쩌지, 아니, 부모로서는 응원해야 하는 걸까?!"

"뭣, 하루키?! 하루키는 정말로 남자였나요?!"

"아, 아니야! 남자가 아니라…… 아니 미나모?! 진짜?!"

이미 마유미의 손에 희롱당한 뒤인지 난입한 미나모의 덥수룩한 머리카락은 깔끔하게 세팅되어있었다.

하루키는 처음 본 미나모의 모습에 놀라서 눈이 빙글빙글 돌았다.

"키리시마 씨, 대체 무슨 일…… 너 이 자식?!"

"윽?! 잠깐만, 페트병?!"

"할아버지?!"

"말리지 마라, 미나모! 저 녀석, 미나모한테 꼬리를 치고서는 질리지도 않고 다른 여자한테까지!"

거기에 미나모의 할아버지까지 달려와 하야토에게 페트병을 던졌고, 한층 더 혼돈에 빠져드는 병실의 소동은 "정숙!"이라며 뛰어든 간호사장에게 흠씬 혼이 날 때까지 이어지게 되었다.

십여 분 뒤, 617호실에는 조금 겸연쩍은 얼굴 다섯이 늘어서 있었다.

마음을 다잡은 마유미는 어흠, 헛기침을 하고 하루키를 돌아봤다.

"미안해, 아무래도 옛날에 그랬으니까 철석같이 남자아이라고 생각해서."

"아, 아하하. 사실은 히메도 남자라고 생각했던 모양이더라…… ."

"그야 그렇겠지, 항상 흙투성이에 생채기만 만들던 아이가 이렇게나 미인이 되어버려서…… 하야토도 엄청 놀라지 않았어?"

"……노코멘트."

하야토는 크게 뛰는 가슴을 애매한 대답으로 얼버무렸다.

마유미는 반들반들한 도토리를 보여주러 왔던 것, 직접 풀을 짜서 만든 함정에 걸려 넘어져서는 우는 것을 필사적으로 참았던 것 등등 하루키의 흑역사를 열심히 이야기했다. 하루키가 새빨개져서는 고개를 숙였다.

안도한 하야토는 누군가 자신에게 흘끗 시선을 향하는 것을 깨달았다.

"······아."

미나모는 눈이 마주치자마자 면목 없다는 표정으로 사죄했다.

"그게, 할아버지가 실례를 해서 미안해요."

"어— 아니, 미타케, 딱히 신경 쓸 필요 없어."

"흥, 미인을 데려온 건 변함이 없으니까 말이다! 미나모, 조심해라!"

"할아버지!"

여전히 미나모의 할아버지는 묘하게 고집스러웠다. 그르르 으르렁대며 하야토를 견제했다.

손녀를 생각하는 마음이라는 건 잘 아니까 다들 쓴웃음을 흘릴 뿐이다.

계속 지켜보던 하루키가 때를 봐서 머뭇머뭇 조금 긴장한 기색으로 미나모의 할아버지 앞에 나섰다.

"어흠."

헛기침을 한 번. 그 순간, 하루키가 두른 분위기가 바뀌었다.

"처음 뵙겠어요, 니카이도 하루키예요. 미나모와는 무척 친하게 지내고 있고, 특히 원예 쪽으로 신세를 지고 있어요.

앞으로도 모쪼록 잘 부탁드려요."

산뜻하고 단아한 미소와 함께 꾸벅 숙여지는 머리. 물 흐르듯 아름다운 몸짓으로, 완벽하게 청순가련한 소녀로서의 인사였다.

미나모의 할아버지가 눈을 끔벅거렸다. 그것이 자신에게 건넨 인사임을 인식하자마자 살짝 얼굴을 붉히며 뺨을 긁적이고 고개를 돌렸다.

"어, 어어, 그게, 앞으로도 손녀를 잘 부탁하마, 그럼 나는 이만!"

천천히 일어선 할아버지는 말을 빠르게 쏟아내고 방을 떠났다.

"……하루키, 정말로 여자 같았어."

"풉!"

"아, 아주머니?! 하, 하야토도―!"

"아, 아하하……."

마유미가 절절히 감탄을 흘리고, 하야토는 참지 못하겠다는 듯 웃음을 터뜨렸다.

항의하던 하루키가 동의를 얻고자 시선을 보냈지만 미나모는 쓴웃음을 건넬 뿐. 그녀는 정말이지, 하고 입술을 잠시 삐죽이더니 그대로 미나모를 빤히 관찰했다. 한숨이 흘러나왔다.

"그건 그렇고 놀랐어. 미나모, 이렇게나 귀엽게 변신하다니."

"아, 이건 그게……."

"그렇지? 그건 그렇고, 하루키랑 미나모가 친구였다니 놀랐어. 세상은 넓은 것 같으면서도 좁구나."

"하루키는 키리시마랑 같이 원예를 자주 도와주거든요."

"나는 어머니가 그 후로도 미나모의 머리를 만졌다는 데 놀랐어."

"오호호호호. 그러네, 셋 다 사이가 좋다는 건 좋은 일이지만, 으~음……."

"저, 저기~……?"

"어머니?"

"아주머니?"

마유미는 미간을 찌푸리며 의아하다는 목소리로 으~음 신음했다.

미나모는 무언가 실례되는 일을 저질렀나 하며 허둥댔지만, 금세 마유미가 "아니야"라며 손을 내젓고 시선을 하야토에게 옮겼다.

"키리시마야."

"후에?"

"나도 키리시마, 하야토도 키리시마…… 복잡하다고 생각하지 않아? 아, 그리고 미타케도 할아버지랑 두 사람 있네."

"잠깐, 어머니!"

마유미는 검지로 하야토를 가리키고 떽, 하며 나무랐다.

점차 이해가 되며 서서히 얼굴이 붉게 물들었다. 동급생

여자를 이름으로 부른다…… 그것은 사춘기 남자인 하야토
에겐 정말 쉽지 않은 일이었다.

'하루키는 뭐, 하루키지만…….'

그렇게 생각하며 시선을 앞으로 옮기자 무척 복잡한 표정
의 미나모가 우물우물 입 안으로 말을 굴리고 있었다. 그리
고 결심했다는 듯 주먹을 쥐었다.

"하, 하야토!"

"아, 예. 미나모…….'"

진지한 표정으로 몸을 앞으로 내밀며 이름을 부르자 하야
토도 그에 이끌려 그녀를 이름으로 불렀다. 어쩐지 부끄러
워져서 시선을 피하고 말았다.

게다가 오늘의 미나모는 전날과 마찬가지로 헤어스타일
을 제대로 세팅해서 귀여워진 상태다. 두근대는 것도 당연
하다.

하지만 그것을 달갑지 않게 여기는 사람도 있었다.

"흐~~~~~~응."

"뭐, 뭐야 하루키."

"딱히? 그냥 칠칠치 못한 표정이구나 싶어서. 오늘 미나
모, 엄청 귀엽긴 하단 말이지—?"

"무슨, 아무렇지도 않다고! 그게, 귀엽다는 건 인정하겠
지만."

"어차피 나는 하나도 안 귀엽다고요—. 그야 남자로 착각
하던 나랑 다르게 미나모는 작고 귀엽고 여자—라는 느낌

인걸? ……그리고, 가슴도 크고."

"가…… 아니, 그런 소린 안 했잖아!"

"흐—응."

"꼬맹이냐!"

토라진 하루키와 울컥하는 하야토.

그야말로 어린애들 싸움이었다.

미나모와 마유미는 흐뭇함에 살며시 웃음을 흘리고, 그것을 알아차린 하야토와 하루키가 결국 서로 마주 보더니 시선을 피했다. 그러나 싱글대는 시선은 더욱 강해질 뿐이었다.

하야토는 멋쩍고 근질근질한 기분에 총총히 일어섰다.

"얼굴은 봤으니까 오늘은 이만 가자고, 하루키………랑 미나모, 도."

도망치듯 방을 나간 하야토의 뒷모습을 지켜보던 세 사람은, 서로 얼굴을 마주 보고는 쿡쿡 웃었다.

"잠깐만, 하야토—. 아, 또 올게요, 아주머니. 미나모도 가자."

"아, 예! 실례했습니다."

"어머어머, 또 오렴."

서쪽 하늘이 어렴풋이 붉게 물들기 시작했다.

병원을 나와서 역으로 가는 하야토의 얼굴도 붉었다.

"우리 어머니가 그게, 이래저래 미안해, 저기 미나모……"

"아뇨아뇨, 신경 안 써요."

"그, 그런가."

미나모의 기분은 굉장히 좋았다.

하프 업으로 정돈된, 복슬복슬한 뒷머리가 기쁜 듯 흔들렸다.

하야토는 의문스럽게 생각했지만, 부끄러운 심정이 더 웃돌아서 머리를 내저었다.

그 모습을 가만히 보던 하루키가 문득 떠오른 의문을 입에 담았다.

"미나모 있지, 그 헤어스타일 엄청 귀엽네. 왜 항상 그렇게 안 해?"

"후에?!"

미나모가 어깨를 움찔 떨며 걸음을 멈췄다. 미간에 곤란하다는 듯 주름을 짓고 얼굴도 붉어졌다.

"단언컨대 이쪽이 평소보다 나아. 하야토도 그렇게 생각하지 않아?"

"뭐, 그건 그래."

"아우우."

하루키가 순수한 의문이 담긴 눈동자로 바라보자 미나모는 조금 주춤대면서도 이윽고 체념한 듯 목소리를 짜냈다.

"그게 이거 키리시마…… 하야토네 어머니가 해주신 거라서 직접 하는 건 그게……."

"……아― 그렇구나. 아주머니, 하야토랑 닮아서 참견쟁이시니까."

"아."

하루키는 납득했다는 듯 가볍게 손뼉을 쳤다.

"그럼 말이지, 나랑 같이 연습해보지 않을래? 나도 있잖아, 사실은 이런 게 익숙하지 않거든. 왜 그게, 하야토네 아주머니가 남자로 여겼을 정도니까."

"후에?! 어 저기 그게, 괜찮나요?"

"응, 친구잖아."

"아…… 후훗, 그렇군요."

하루키와 미나모는 얼굴을 마주 보며 함께 웃었다.

아직 어색한 부분도 있지만, 그래도 얼마나 친한지를 알수 있었다. 최근에는 자주 같이 화단에서 이야기를 나누는 모습도 보았다.

'사이좋은 여자들, 인가…….'

하야토는 흐뭇할 터인 이 광경에 어째선지 가슴이 따끔거렸다.

얼버무리듯 또다시 머리를 긁적였다. 어느샌가 역은 이미 눈앞에 있었다.

"저는 여기서 버스로 가니까요. 하루키, 하야, 토…… 내일 학교에서 봐요."

"……저기, 잠깐만."

다시 한번 미나모가 주저하는 기색으로 하야토의 이름을 부르고, 하야토는 조심스럽게 입을 열었다.

"그게, 학교에서는 계속 미타케라고 부르는 게 나으려나? 하루키 때도 그랬으니까, 그게, 주위에 묘한 오해라고 할까……."

"아…… 그렇군, 요…… 하지만……."

미나모는 지금 그 사실을 깨달았다는 듯 눈을 끔벅거리고 턱에 손을 댔다.

하루키는 조금 복잡한 표정으로 그런 미나모, 그리고 하야토의 얼굴을 교대로 바라봤다.

이윽고 미나모는 조금 부끄럽다는 태도로 말을 꺼냈다.

"이름으로 불리는 거, 좋아요. 그게, **가족** 이외에 이름으로 부르는 건 하루키 정도밖에 없으니까요."

"그런가, 알았어. 그럼 음, 미나모."

"예!"

미나모가 수줍게 미소 지었다. 하야토는 왠지 부끄러워서 머리를 긁적였다.

하루키는 두 사람이 미처 알아차리지 못하는 곳에서 미간을 찌푸리고, 무언가 생각에 잠겼다.

"그럼, 이만——."

"잠깐!"

"——후에?!"

"하루키?"

하루키는 버스 정류장으로 가려던 미나모의 손을 억지로 붙잡고 끌어당겼다.

"있잖아, 미나모. 지금부터 너희 집에 자러 가도 될까?"

"……하루키?"

하루키의 눈빛은 몹시 진지해서 이의를 허락지 않는 박력이 있었다.

하야토는 그 눈빛에 의식이 빨려들어 그런 두 사람의 모습을 그저 지켜볼 수밖에 없었다.

막간

눈을 뜬 마음에,
달라붙어 흔들린다

츠키노세의 서쪽 하늘이 점차 주홍빛으로 물든다.

동쪽 하늘에는 성미 급한 별이 반짝이기 시작했다.

산에서 아래로 불어드는 바람이 좌우로 묶은 사키의 옅은 아마포색 머리칼을 흔들었다.

"웅~, 바람이 좋네."

낮과 비교하면 무척 부드러운 햇살과 시원하게 부는 바람에 눈을 가늘게 뜨며 논두렁길을 걸었다.

사키는 무녀복 차림이었다.

눈에 띄는 모습이지만 츠키노세에서는 익숙한 광경.

마을 축제나 모임 같은 이벤트 일체를 담당하는 신사의 외동딸이라 자주 그런 일들을 돕기에, 무녀 모습으로 여기저기 심부름 다니는 모습은 츠키노세의 풍물시라고도 할 수 있을 것이다.

지금도 막 밭일을 마치고 돌아가던 주민이 그녀와 마주치자 손을 들며 말을 건넸다.

"오, 사키, 어디 볼일이라도 있니? 무척 기분이 좋아 보이는데…… 도회지로 간 키리시마네 도련님이 뭐라고 그러더냐?"

"으엣?! 아, 아니에요! 그, 그게, 겐 씨네 댁에."

"하핫, 그러냐. 조심히 다녀오너라."

"예, 예에~."

순식간에 얼굴을 새빨갛게 물들인 사키는 그것을 얼버무리듯이 걸음을 서둘렀다. 다시 한번 불어든 바람이 백의 소맷자락과 심홍색 하카마를 흔들었다.

'으으, 그렇게나 얼굴에 드러났나?'

그런 생각을 하며 스마트폰이 든 소맷자락을 눌렀다.

사키의 기분에 대한 주변의 인지도는 조금 전의 반응으로 미루어 알 수 있을 것이다.

다시 떠올린 것은 조금 전 그룹 채팅방에서 나눈 대화.

『무라오, 시간이 있을 때라도 괜찮으니까 겐 영감네 양 사진, 보내줄 수 없을까?』

『예, 그건 괜찮은데요. 어째서요?』

『하야토도 참, 겐 영감네 양들이랑 닮았다고 우기는 애가 있거든.』

『아니 그게, 복슬복슬한 덥수룩 머리가 쏙 빼닮아서.』

『그러니까 사키, 확인을 위해서라도 보내줬으면 해.』

『후후, 알겠어요. 좋네요.』

하야토에게 부탁받은 일이라면, 사키에게 부정이란 없다.

이런 별것 아닌 부탁은 처음이라 그만 대빗자루를 내던지고 갈 정도로 마음이 들떠버렸다.

상황은 잘 모르겠다.

하지만 츠키노세의 겐 영감네 양이 화제와 관련이 있다면

사키도 그 대화에 참가할 수 있을 것이다.

어떤 이야깃거리가 될까?

최근에 자주 대화를 나누게 된 하루키도 즐거움의 요인이었다.

사키는 발걸음도 가볍게 목적지에 도착했다.

"겐 씨—, 겐 씨 계세요—? ……으—음, 아무도 없나?"

말을 건네어도 반응은 없었다.

사키는 곤란하다는 표정으로 현관 울타리를 치우고 안으로 들어가서 뒤뜰을 들여다봤다. 칭찬받을 행동은 아니지만 츠키노세 시골에서 멋대로 들어간다고 타박할 사람 따위는 없었다.

"으~응, 안 계신가 보네."

"메에~."

"어머?"

"메에메에~."

겐 씨네 집은 츠키노세에 흔한 농가 구조였다.

다른 집과 차이가 나는 부분이라면 본채와 인접하듯이 세워진 양 축사.

부지 안에 풀어놓고 기르는 양들은 사키의 모습을 발견하자 메에메에 울음소리를 내면서 쓰다듬어달라는 듯 머리를 비볐다. 사람을 잘 따라서 자주 있는 일이었다.

"뭐, 괜찮겠지. 목적은 너희니까. 사진 찍게 해줄래?"

"메에메에!" "메에~." "음메에~~."

"후홋, 제대로 찍게 해주면 잔뜩 쓰다듬어줄 테니까~, 아니, 정말이지, 하카마 씹지 말고~."

사키는 그 후, 순서대로 양들을 쓰다듬어 준 뒤에 메에~라며 기분 좋게 우는 양을 스마트폰에 담고 그룹 채팅방에 업로드했다.

츠키노세의 몇 안 되는 불빛이 점차 꺼지고 상현달이 서쪽 하늘에 걸릴 무렵.

카구라마이 연습을 마친 사키는 샤워로 땀을 씻어내며 투덜거리고 있었다.

"정말이지~ 할머니도 참~."

오늘 연습도 열기가 실려 있었다.

최근에 하야토와 나누는 대화가 늘어서 예전보다 가까워졌다고 느낀 데다, 올해도 춤을 보러 와줄까 생각하면 무리도 아닌 일.

'춤에 색이 생겼구나, 누굴 생각하는 겐지.'

스승이기도 한 할머니가 그렇게 싱글싱글 미소로 지적하니, 사키가 토라질 만도 했다.

"자, 그럼 대답은 왔을까~?"

그런 답답한 심정도 샤워로 씻어낸 사키는 긴 머리카락이 촉촉한 상태로 자기 방에 돌아갔다.

침대 머리맡에 놓아둔 스마트폰에는 알림이 몇 개 와 있었다. 바로 확인했더니 이미 한창 대화가 오가는 중이었다.

『하루, 진짜 얌전히 있어야 된다? 베개 같은 거 던지면 안 되니까 말이지?』

『하루키, 자기 전에는 제대로 화장실 다녀오라고?』

『히메도 하야토도 좀, 나를 뭐라고 생각하는 거야?! 그보다도 옆에 미나모가 웃고 있는데요?!』

어떻게 된 상황인지 잘 모르겠지만 아무래도 하루키를 놀리고 있었다.

그 흐뭇한 대화에 사키의 뺨도 풀어졌다.

『안녕하세요. 어쩐지 즐거워 보이는 대화네요.』

『아, 사키! 들어봐, 하야토도 히메도 너무한다고?!』

『하루가 처음으로 친구네 집에서 잔다고 해서..』

『이 불안, 첫 심부름이랑 비교할 바가 아니야. 폐를 끼치지 않으면 좋겠는데…….』

『하루키 씨, 내일 학교 가니까 잠도 못 자고 있으면 안 되는 거 아시죠?』

『저, 정말―, 사키까지―!』

그런 대화에, 침대에 걸터앉아서 쿡쿡 웃었다.

스마트폰 화면 너머로 얼굴을 새빨갛게 물들인 하루키나, 그것을 싱글싱글 놀리는 히메코와 하야토의 모습을 쉽게 상상할 수 있었다. 그것이 참으로 즐거웠다.

하야토와 함께 가벼운 마음으로 대화를 나눌 수 있다니 불과 얼마 전까지는 상상도 할 수 없었다.

이 상황에 사키의 마음은 둥실둥실 떠 있었다.

이 모든 것이 하루키 덕분이었다.

『그러고 보니 양 사진, 어땠나요?』

『아, 바로 보낸 모양인데, 고마워 무라오.』

『아뇨, 이 정도야.』

고마워, 하야토의 그 말만으로도 사키의 머리에 꽃이 피었다. 히메코에게 지지 않을 만큼 단순했다.

하지만 그 후에 올라온 사진에 사키의 표정이 굳었다.

『오빠도 있지, 너무하지 않아? 이런 귀여운 아이가 겐 영감네 양이랑 빼닮았다고 그런단 말이지?』

무척 귀여운 여자아이였다.

하루키와 함께 찍은 사진인 것 같은데 기습적으로 찍혔는지 허둥지둥하는 모습이라, 그것이 그녀의 자그마한 동물 같은 애교를 연출했다.

그러면서도 복슬복슬한 머리카락은 공들여 땋인 채 기품을 드러내고 있었다. 굳이 따지자면 동안인 그녀에게, 요염한 색기라고도 할 수 있을 분위기를 안겨주는 것이다. 사키도 무심코 침을 꿀꺽 삼켰다.

'예쁘면서 귀여워──아니 누구?! 오, 오빠가 아는 사람이야?!'

사키는 당황하면서도 우선은 어떻게 된 상황인지 파악하고자, 저도 모르게 침대 위에 정좌해서 상황을 지켜봤다.

『아니 그게, 세팅하지 않은 평소의 복슬복슬 상태가 빼닮아서.』

『뭐, 하야토가 말도 이해는 돼. 나도 처음에는 납득해버렸으니까.』

이번에는 땋지 않고 삐죽 삐친 머리가 특징적인 그녀의 사진이 올라왔다.

이것도 하루키가 기습적으로 찍었는지 그녀는 부끄러운 듯 머리에 손을 대고 있었다.

조금 전의 사진과 비교하고, 헤어스타일 하나로 이렇게까지 인상이 달라지느냐며 놀라고 말았다.

사키의 가슴속은 복잡했다. 편안히 있을 수가 없었다.

무심코 자신의 머리카락을 잡아봤다.

츠키노세에서도 눈에 잘 띄는, 색소가 옅은 아마포색 머리카락.

괴롭힘을 당한 적은 없지만 주위와 다르다는 사실이 싫어서 눈에 띄지 않으려고, 평소에는 둘로 묶어서 늘어뜨리고 있을 뿐. 촌스러운 헤어스타일이라고도 할 수 있었다. 미간에 주름을 지었다.

『하루키, 혹시 싫어하는 미나모를 억지로 찍은 건 아니지?』

『무, 물론이지! ……아마도. 아까 찍은 뒤에 말없이 목욕하러 가버렸지만.』

『으~응, 하루, 그런 부분으로는 오빠만큼이나 섬세하지 못하네.』

『히, 히메도!』

『하루키는 무라오를 본받는 게 좋을 거라 생각해. 외모만 사기인 하루키랑 다르게 예쁘고 얌전한 인상 그대로고, 제대로 예의 바르면서 귀엽고, 게으른 히메코랑 다르게 신사 일도 열심히 돕는다며 마을 사람들한테 귀여움을 받고 있어. 정말로, 참한 애라니까.』

"으엣?! 쿨럭! 쿨럭쿨럭!"

사키는 그만 현실에서 기침을 터뜨리고 말았다.

예쁘고 귀엽다――하야토가 사키를 그렇게 이야기하자 동요를 감출 수 없었다. 하지만 하야토의 발언은 멈추지 않았다.

『하야토―, 외모만 사기라니 뭐야?!』

『오빠, 나 그렇게까지 게으르진 않거든, 보통이니까!』

『그 말 그대로야. 무라오를 본받아서 하루키는 조금 더 단아하게, 히메코는 생활 전반으로 부지런하게 해.』

『나, 나도 열심히 연기하면 제대로 할 수 있으니까!』

『사, 사키도 사실 평소에 방은 어질러졌고 침대에 손이 닿는 범위에 이것저것 있다든지 그렇지?!』

『아, 아하하…….』

그 후로도 계속해서 칭찬을 받았더니 얼굴을 넘어 귀 끝까지 달아오르고 말았다.

'아, 아으으…….'

사키의 가슴속은 한발 앞서 축제 상태가 되어 있었다. 무리도 아니었다.

지금도 손에 든 스마트폰 화면에서는 하루키와 히메코가

『편애다!』『나 그렇게까지 심하진 않으니까!』라고 항의의 목소리를 드높이고, 『너희는 무라오를 본받아!』라는 하야토의 대답이 튀어나왔다. 더없이 머리가 달아올랐지만 결코 나쁜 기분은 아니었다.

마음은 아무래도 둥실둥실 떠버려 침대 위에서 베개에 얼굴을 파묻고 다리를 바동바동. 언제까지고 이 상황에 몸을 맡기고 싶어졌다.

『그보다도 오빠, 아까부터 사키를 너무 칭찬해. 혹시 꼬시는 거야?』

하지만 히메코가 떨어뜨린 폭탄으로 사키의 시간이 멈춰버렸다.

너무나도 엄청난 이야기에 의식은 하얗게 날아가 버리고, 말의 의미가 곧바로 이해되지 않았다.

'오, 오빠가, 날 꼬셔……?'

심장이 말도 안 될 정도로 빠르게 뛰었다.

『아니야. 그런 소릴 하면 무라오한테 폐가 되잖아, 정말.』

『아, 그도 그런가.』

"읏!"

그리고 곧바로 표시된 하야토와 히메코의 대화에 자연스럽게 손가락이 움직였다.

『딱히 폐라고 생각하지 않아요. 친족분들 모임 같은 곳에서도 자주 '키리시마네 도련님이라든지 사위로 어떠냐? 나이도 가깝지, 부지런하다고'라면서 농담을 하고는 하시니까,

새삼스럽지도 않거든요. 게다가 저, 오빠가 말하는 것만큼 깔끔하지는 않을지도 모른다고요? 휴일 같은 날에는 하루 종일 사복으로 만화나 동영상을 보면서 뒹굴뒹굴 지낼 때도 있고, 무녀 복장으로 마을을 돌아다니는 건 무슨 옷을 입을지 생각하는 게 귀찮아서고, 게다가 울렁증 같은 것도 있어서, 그게, 오빠한테 이제까지 제대로 인사도 못 했다고 할까요…….』

그것은 수줍음을 감추는 행동이자, 사키 인생에서 가장 빠른 손가락 놀림이기도 했다.

입력 내용은 엉망진창이다. 곤란하다는 말을 부정하고 싶은 것인지 자신은 그렇게 대단한 인간이 아니라며 비하하고 싶은 것인지 알 수 없었다.

가슴은 마구 두근거리고 머리에 피가 오르는 것이 느껴졌다.

지금 막 입력한 글자를 다시 읽어봤다.

그러자 뇌리에 어느 소녀들의 얼굴이 지나갔다.

청초하고 가련한 용모의 하루키, 그런 그녀와 나란히 있어도 손색없이 화려하게 꾸미고서 애교 있는 히메코, 조금 전에 사진을 본 색기와 귀여움을 겸비한 소녀.

'으으, 도시에는 하루키 씨만이 아니라 아까 그분처럼 귀여운 아이가 잔뜩 있는 걸까……?'

사키의 마음에서 우는 소리가 배어 나왔다.

『음~, 그래도 나한테 무라오는 착실하고 좋은 아이처럼 보이거든.』

"……읏."

그러나 다음 순간, 사키의 마음속 빛깔이 바뀌었다.

'오, 오빠의 기대를 배신해서는 안 되겠지?'

하야토의 그 말을 보고 가슴에 퍼지는 것은 기쁨과 의욕, 그리고 결의.

『아―, 또 오빠 사키 꼬시잖아―.』

『그러니까 아니라고!』

『후훗, 오빠한테 칭찬을 받는 건 기쁘네요. 앞으로도 칭찬을 받을 수 있도록 노력할게요.』

사키는 '좋아, 앞으로도 열심히 하자'라며 가슴 앞으로 주먹을 쥐었다. 그 뒤로 히메코에게 야유를 듣는 하야토에게 딴죽을 거는 것도 잊지 않았다.

역시 사키에게 하야토의 말은 마법이었다.

침대에 앉아 있던 하루키는 스마트폰을 손에 들고 망연자실했다.

가슴속에서는 어떻게도 형용할 수 없는, 답답한 무언가가 소용돌이쳤다.

조금 전 히메코의 말에서 시작된 일련의 대화가 눈에 새겨져서 떨어지지 않았다.

"사키는……."

무척 장문이지만, 또한 무척 빠른 대답.

그 말의 구석구석에서 느껴지는, 당황 뒤에 있는 기쁨.

"하루키, 욕실 비었어요."

"아! 어, 미나모."

그리고 그 말에 사고가 중단되어 정신을 차리고, 미나모
네 집에서 자겠다며 밀고 들어온 것을 떠올렸다.

미나모의 방은 군데군데 나무의 온기가 느껴지는, 그녀다
운 일본식 모던 느낌의 차분한 방이었다. 원예와 관련된 책
이 충실한 점이 그녀다웠다. 침대는 있지만 오늘은 바닥에
이불 두 개가 깔려 있었다.

미나모의 기분은 무척 좋았다.

목욕을 마치고 따끈따끈 파자마 차림으로, 아직 젖은 머
리카락을 깡총깡총 움직이며 옆에 앉았다.

미나모에게 누군가가 집에 자러 오는 것은 처음이었다고
한다.

그 후에 미나미네 집으로 들이닥친 하루키는 이웃에서 미
나모를 잘 따르는 콜리 **렌토**를 같이 산책시키거나 그대로
장을 봐서 저녁을 만들거나 방에 이불을 깔고 수다를 떨거
나, 그렇게 별것 없는 일상을 함께 보냈다.

미나모는 그것이 더없이 기쁜지 표정과 기분으로 나타냈다.

"저녁 산책 때 **렌토**가 또 하루키 머리카락을…… 하루키?"

"어, 응, 목욕 말이지! 씹고 핥아대서 끈적끈적하지!"

"……."

"아, 아하하……."

하루키는 어쩐지 묘한 표정을 짓고 있었던 듯하다.

얼버무리려고 미소를 지었지만 미나모가 걱정스럽다는 표정으로 들여다봤다.

잠시 침묵이 흘렀다.

하루키에게도 무어라 말할 수가 없는 사항이었지만, 자신을 걱정해주는 미나모의 얼굴을 봤더니 조금은 약한 모습과 투정이 고개를 들었다. 스마트폰을 움켜쥐고는 자신의 감정 정리도 겸해서 더듬더듬 이야기를 꺼냈다.

"그게 말이지, 요전에 그 아이랑, 사키랑 대화를 나누게 되었는데 말이지."

"그러니까 하야토 동생의 친구, 였던가요. 싸우기라도 했나요?"

"아니, 그런 건 전혀. 굉장히 착한 아이야. 착한 아이라서, 그게, 나……."

"……."

"어―, 뭐라고 말하면 좋을지 모르겠네. 아하하……."

"하루키……."

생각하던 것을 꺼내봤지만 감정을 제대로 정리할 수가 없었다.

미나모는 그저 함께 어렵다는 표정을 짓고서 옆에 있어주었다.

그것이 조금은 든든했다.

하루키는 그런 미나모를 옆으로 보며 사키에 대한 생각에 잠겼다.

처음 사진을 봤을 때, 첫인상은 무척 예쁘고 매력적인 미소의 여자아이였다.

참으로 눈부셨다.

반대로 자신은 어떨까?

학교나 밖에서 짓는 것은 거울 앞에서 필사적으로 연습한, 만들어낸 싸구려 미소——가면.

진짜와, 가짜.

비교해버리면 그런 말이 가슴을 조이고 삐걱거리게 만든다.

하루키는 여자의 미묘한 마음에 둔감했다.

애당초 자신의 마음조차 잘 몰라서 아직 확신에 이르지 않았다.

어떤 의미로 그것은 다른 사람과의 교제를 의도적으로 피했던 하루키에게 당연하다고 할 수 있었다.

그렇기에 둔감하지만, 그럼에도 사키의 미소가, 마음이 누구를 향한 것인지도 모를 만큼 둔감하지는 않았다.

아직 갓 태어난 어린 감정을 제대로 길러가고 싶다는 것이 본심이지만 그러고만 있을 수는 없을지도 모른다. 셔츠 가슴께를 꽉 붙잡았다.

"하루키, 나쁜 짓을 하죠!"

"후에?! 나, 나쁜 짓?!"

"그래요, 나쁜 짓이에요!"

"어, 으─음, 미나모……?"

그때까지 하루키의 얼굴을 들여다보던 미나모가 갑자기 일어서서 하루키의 손을 붙잡았다.

나쁜 짓을 한다는 말의 의미를 잘 알 수 없었다.

하지만 미나모는 친근한 미소를 짓고서 손을 꾹꾹 잡아당겨 부엌 쪽으로 데려갔다.

그리고 냄비에 물을 끓이고 인스턴트 봉지 라멘을 꺼냈다.

벽의 시계를 흘끗 봤더니 열 시 반이 넘어가는 시각.

저녁은 진즉에 먹었지만 스프를 넣어 식욕을 자극하는 냄새가 훅 감돌자 배가 꼬르륵대고 말았다.

"쿡쿡, 이런 시간에 라멘은 나쁜 짓이에요."

"으, 이 시간에 이 냄새는 비겁해, 그야말로 위장 테러야."

"후후, 아무리 그래도 전부 먹긴 조금 그러니까 반씩 나눌까요."

"아하하, 그러네."

그리고 2분 반 뒤, 식탁 위에는 냄비받침 위에 놓인 냄비 그대로 라멘이 김을 올리고 있었다.

미나모는 그 냄비에 버터 덩어리를 떨어뜨렸다.

버터는 금세 여열에 녹아들어 닭 육수를 베이스로 한 짠맛 스프의 향기를 더욱 돋구고, 강렬하게 식욕을 자극했다. 이어서 날달걀도 투하하자 흰자가 열기에 서서히 하얗게 굳어지며 꽃을 피웠다. 노른자는 얼른 깨달으라는 것처럼 부들부들 자기주장을 시작했다.

하루키는 지금 당장 노른자를 으깨어 먹고 싶은 충동에 내몰렸지만 젓가락을 움켜쥐고서 꾹 참았다. 혼자가 아니라 미나모도 있었으니까.

그 모습을 보던 미나모는 싱글싱글 미소를 지으며 손을 맞댔다.

"잘 먹겠습니다."

"자, 잘 먹겠습니다."

"저, 노른자는 뜨거울 때 섞는 걸 좋아하거든요."

"아, 나도! 끈적끈적해진 걸 면에 휘감는 게 좋아!"

테이블 중앙에는 라멘이 든 냄비가 하나. 그릇은 없음.

누가 먼저라고 할 것도 없이 노른자를 뭉개어 면에 휘감고, 직접 냄비에서 꺼내 후루룩 먹었다.

그다지 예의 바른 행위라고는 할 수 없지만 이런 시간에 먹는다는 배덕감도 있어서 정말로 맛있었다. 몸을 내밀며 말없이 젓가락을 움직였다.

"맛있네요."

"응, 이런 시간이라서 더 그런가 봐."

"역시 누군가와 함께 있으면 맛있게 느껴져요."

"…………아."

하루키는 미나모가 기분이 좋은 이유를 깨달았다.

그것은 계속 혼자서 식사를 했던 하루키 본인도 아는 일이고, 오늘 충동적으로 미나모의 손을 붙잡은 이유이기도 했다.

친한 누군가와 먹는 것은 무척 따뜻하고 맛있고, 즐거운 일이었다.

하야토가 그것을 가르쳐주었다.

그래서 하루키는 미소로 답했다. 자신의 희망을 실어서.

"그럼 다음에는 우리 집에 자러 와. 뭣하면 시험 기간 중에 공부 합숙할까? 우리 집이 학교랑 가까우니까 말이지."

"어…… 괜찮나요?"

"당연하지──우리는 **친구**잖아."

"아…… 후후, 그러네요. 그럼 실례하도록 할게요."

"아하, 정말정말, **약속**이야."

"예!"

그리고 서로 얼굴을 마주 보고서 함께 웃었다.

흔한 친구 사이의 대화가 그곳에 있었다.

'친구──…….'

문득 사키를 생각했다.

츠키노세에 있는, 히메코의 친구.

그리고 최근에 친해진, 친구라고도 할 수 있는 소녀.

그녀는 지금 그 산골에서 혼자 있는 것이 아닐까?

하루키는 혼자가, 고독이 무척 허전하다는 사실을 잘 안다.

대체 어느 정도의 마음을 담아서 그런 미소를 지은 것일까?

그때 갑자기 하야토의 얼굴이 떠오르고 목구멍 안쪽으로

쓴맛이 지나갔다.

하루키에게 **친구**는 특별하다. **가족**보다 특별하다.

그래서 친구의 마음을 응원하고 싶다는 기분이 있었다.

그런데도 친구라는 말이 마치 저주처럼 마음을 좀먹어서, 가슴이 욱신 아팠다. 하루키는 여러모로 얼버무리듯이 라멘을 삼켰다.

미나모와──**동성 친구**와 함께 웃으면서.

아르바이트

종업식 날, 방과 후.

교내 도처에서 희비가 엇갈리는 외침이 울려 퍼지고 있었다.

그것은 하야토네 반도 예외가 아니라서, 하야토는 성적표를 한 손에 들고서 미간을 찌푸리는 중이었다.

"후후, 하야토 군은 어땠나요?"

"……좋지도 나쁘지도 않아."

"그런가요. 저는 학년 1등이에요, 1등. 제 승리네요!"

"예예, 그렇군요. 아니, 딱히 승부한 것도 아니잖아?"

"제가 이겼으니까, 하야토 군한테는 뭘 받아볼까요―?"

"받기는 뭘 받아!"

"어―?"

기말고사 자체는 하야토도 어찌어찌 괜찮게 치렀다.

전학 후 처음으로 치르는 시험이기도 해서 나름대로 기합도 넣었고 결과도 나쁘지는 않았다.

미간에 주름을 만든 원인은 시험 결과가 아니라 옆자리에서 득의양양한 표정인 하루키였다.

니카이도 하루키는 문무 양도, 완벽한 우등생이다. 그건 알고 있었지만, 평소부터 가깝게 지냈고 자주 장난을 치거나 덜렁대는 모습도 계속 봐왔다.

이렇게 자못 당연하다는 듯이 학년 1등을 달성했다고 하니 무슨 사기를 친 것이 아니냐는 착각마저 들었다.

"참고로 하야토 군은 몇 등이었나요? 보여주시겠나요, 에잇!"

"어, 잠깐, 야!"

하루키는 쓸데없이 좋은 반사 신경으로 하야토의 순간적인 틈을 찔러서 성적표를 빼앗았다. 그리고 그것을 본 뒤, 곤란하다는 표정으로 눈썹을 늘어뜨렸다.

"……그게, 미안해요."

"잠깐만, 왜 사과하는데! 결코 나쁜 성적은 아니잖아?!"

"저기 그게, 근소한 차이로 저한테 졌다든지, 눈 뜨고 볼 수 없을 정도로 나쁘다든지, 이과쪽 과목이랑 문과쪽 과목이 극단적으로 차이가 난다든지 그런 재미 요소가 전무해서……."

"바보냐! 그런 걸 요구하지 마!"

참고로 하야토의 성적은 251명 중 106등이었다. 전체적으로 봐서 평균보다 조금 위의 성적. 본인이 말하다시피 좋지도 나쁘지도 않았다.

오히려 좋은 편이지만, 특이한 점도 없고 재미가 없는 것도 분명했다.

"호오. 106등이라니, 전학 왔다는 걸 생각하면 꽤 괜찮지 않나? 참고로 나는 122등, 져버렸어. 그렇다면 하야토 군한테 뭔가 당해야 하나?"

"으윽, 카이도!"

"카즈키…… 아무것도 안 해, 그보다 하고 싶지도 않아."

어느샌가 찾아온 카즈키가 하루키의 손에 있는 하야토의 성적표를 불쑥 들여다보고 있었다.

하루키는 으잭 몸을 비틀어 카즈키에 대한 불쾌감을 감추지 않고 하야토에게 성적표를 확 돌려줬다. 그것을 본 카즈키는 더욱 싱글싱글 환하게 미소 지었다. 울컥한 하루키가 카즈키에게 시비를 걸었지만 시원스럽게 흘려 넘겼다.

또 "멋대로 들여다보다니 변태 자식!" "억지로 빼앗는 건 괜찮고?" "으그그……" 하며 말다툼이 시작됐다. 하야토는 기가 막힌다는 눈빛으로 한숨을 흘렸다.

최근에 완전히 친숙해진 광경이지만, 주위의 반응은 조금 복잡했다.

원인은 전날 카즈키가 하루키에게 했던 고백.

하루키는 거절했음에도 남들의 시선에는 사이가 좋은 것처럼 보이고, 심지어 그 사이에 분명히 하야토가 끼어 있다.

지금도 귀를 기울이면 "차고 차인 것치고는 사이좋네" "둘이서 키리시마를 놓고 다툰다든지?" "카이도의 위장 전술……" 같이 중얼거리는 소리가 들렸다.

하야토는 적잖이 복잡한 심정이었지만 뭐, 나쁘다고 여겨지지는 않았다.

머리를 벅벅 긁적이며 기분을 바꾸고 시끌벅적 말다툼 중인 두 사람 사이로 끼어들었다.

"예예, 너희는 또 뭐 하는 거야. 내일부터 여름방학인데."

"아, 그러고 보니 여름방학이네요. 하야토 군은 뭔가 예정을 세웠나요? 저는 텅텅 비었는데."

"나는 부 활동 정도? 아, 수영장 가는 날은 비워두겠는데, 언제로 정했어?"

"그러고 보니 아직 못 들었네."

"저, 아직 수영복을 안 샀거든요. 귀여운 디자인이라면 바로 비싸지고는 해서…… 천 면적은 적은데."

"하핫, 디자인 값 포함이니까 그렇겠지."

그들이 얼굴을 마주하고 있는 사이, 수영장 이야기를 꺼낸 장본인이기도 한 이오리가 슬며시 손을 들며 다가왔다.

"여, 하야토. 오늘 시간 있어?"

"딱히 다른 일은 없어. 뒤풀이라도 할까?"

"어, 아니. 그것도 괜찮겠지만, 그게 말이지…… 이번 성적이 좀 그래서……."

"……이오리?"

하지만 평소와 다르게 어쩐지 미묘한 분위기였다.

성적이 신통치 않다는데, 요점을 잘 모르겠다.

무슨 일이냐며 고개를 갸웃거리는데 갑자기 이오리가 손을 탁 맞대며 머리를 숙였다.

"미안해! 보충이 있는 날, 나 대신에 알바 좀 뛰어줄 수 없을까?!"

"알바?"

"그래, 7월 중에만 해주면 돼, 부탁할게!"

"어— 아니, 그게……."

이렇게까지 필사적으로 부탁하니까 하야토도 거절하기 힘들었다.

게다가 원래부터 알바에는 흥미가 있었다.

"나라도 괜찮겠어? 알바 같은 건 해본 적 없고…… 어떤 알바인데?"

"음식점 조리 보조랑 가벼운 접객인데, 그렇게 어려운 건 아니야. 요리 같은 거 잘한다고 그랬지?"

"아, **엄마** 같은 하야토 군한테는 딱일지도 모르겠네."

"웃! 푸홋, 엄마……!"

카즈키가 놀리자 하루키는 그만 웃음을 터뜨리며 어깨를 들썩거렸다.

"……엄마 같다는 건 뭐냐고. 뭐, 요리는 그럭저럭 할 줄 알지만, 어디까지나 내 스타일로 하는 건데?"

하야토가 지그시 노려봐도 카즈키는 싱글싱글 미소로 어깨를 으쓱이며 흘려 넘기고, 하루키는 슬쩍 시선을 피할 뿐. 하야토는 크게 한숨을 쉬었다.

'……뭐, 최근에 지출이 이어졌으니까 말이지.'

이래저래 고민이기는 했다. 시골 출신이라 사람에게 익숙하지 않아서 접객에는 맞지 않는다고 생각하지만, 밖으로 나오지 않는 조리 보조라면 괜찮겠다고 생각을 고쳤다. 그리고 이오리를 다시 봤다.

"알았어, 나라도 괜찮다면 할게."

"미안해! 바로 오늘부터라도 괜찮을까?"

"그건 상관없지만…… 위치가 어디야?"

"여기서 전철로 두 역 떨어진 『과자 시로』라는 화과자 가게, 거기에 딸린 순수 일본풍 카페야."

"음, 아아, 거긴가."

"오, 아는 곳이야?"

"장소만이라면."

문득 떠올랐다. 이오리가 말한 곳은 하야토의 어머니가 입원한 병원에서 가장 가까운 역으로, 그곳 근처에 이따금 사람들이 줄을 서 있는 과자 가게가 기억에 남아 있었다.

역에서는 조금 떨어진 곳이지만 역사가 오래되어 보이는 순수 일본풍의 가게였지. 차분한 분위기에 무척 전통 있는 느낌이었다.

아직 도시의 화려함에 익숙하지 않은 하야토도 그곳이라면 괜찮겠다고 안도의 한숨을 흘렸다.

그때 하루키가 "아!" 하며 소리 높였다. 무언가 깨달았다는 듯이 눈을 크게 뜨고서 이오리에게 다가갔다.

"과자 시로…… 거긴 혹시 저기, 여성용 전통풍 제복이 귀여운 곳이라는?!"

"전통풍…… 아, 거긴가. 우리 반에서도 자주 여자들 사이에 화제로 나온 적이 있어."

"오, 제복 말고 여자들 레벨도 높아."

"이오리, 말투 좀…….."

하루키는 무척 들떠 있었다.

하야토와 이오리의 얼굴을 연신 교대로 보고 "거기 제복은 몇 가지 패턴이 있거든" 하고 중얼거리고 있다. 무슨 생각인지 알기는 쉽지만, 여자다운 반응에 할 말이 곤란했다.

그렇지만 이번에 권유를 받은 것은 하야토이고 업무 내용은 조리 보조.

조금 당황하면서도 하루키에게 이야기를 건네어봤다.

"하루키, 알바에 흥미 있어?"

"알바라기보단 제복에, 말이지."

"제복, 이라."

"그야 나도, 귀엽게 보이고 싶은 마음도 조금은 있거든요."

누구한테, 라고 묻지는 않았다.

평소와 마찬가지로 짓궂은 미소를 짓고 있지만 그녀의 뺨은 어렴풋이 붉게 물들어 있었다.

그만 두근거리고 말았다. 그것을 얼버무리듯이 고개를 돌리고서 머리를 긁적였다.

그 모습을 보고 있던 카즈키가 싱글싱글 환하게 미소 지었다.

"하야토 군, 귀여운 여자애랑 안면을 틀 찬스일지도."

"오? 하야토, 여자애 노리는 건 좋지만 업무 중에는 자제해라?"

"으음!"

"그, 그런 짓 안 한다고, 그만 좀 해."

카즈키와 이오리가 같이 놀리자 하루키가 명백하게 기분 나쁜 표정으로 변했다.

하야토는 그만 좀 하라는 듯 한숨을 내쉬었다.

"하지만 의외네, 이오리가 그런 곳에서 알바를 하고 있다니."

"하핫, 나도 그렇게 생각해. 뭐, 실제로 우리 집이 아니었다면 거들어주려고 알바를 하진 않았을걸."

"……허? 우리 집…… 어?!"

"그러니까 귀여운 여자애는 헬프가 아니더라도 언제나 대환영이다, 니카이도?"

"후에?!"

이오리는 장난이 성공했다는 표정으로, 놀라는 하야토와 하루키를 향해 윙크를 보냈다.

◇ ◇ ◇

과자 시로는 에도 후기에 창업해, 180년 이상의 역사를 자랑하는 오래된 과자점이다.

살깃 무늬의 전통풍 상의에 하카마, 그리고 프릴이 달린 앞치마로 타이쇼 여학생의 레트로한 느낌이 특징적인 귀여운 제복으로 유명하다. 또한 하카마를 치마 스타일로 만든 현대풍 어레인지 버전도 있어서, 여자들 사이에서는 자주 화제로 언급된다.

당연히 하루키도 몇 번인가 그 이야기를 들은 적이 있었다.

귀엽지만 입는 사람을 탄다. 스타일이 나쁜 사람이 입으면 제복이 허사가 된다. 전통풍 디자인이기도 해서 신발 선택이 힘들다. 귀엽지만 그만큼 소화하기 힘들다는 네거티브한 의견도 자주 들었다.

기세 때문에 무심코 알바를 하겠다고 했지만, 그걸 생각하면 살짝 주춤하게 되어버린다.

"으으으……."

과자 시로의 1층 안쪽, 여자 탈의실 겸 휴게실인 10제곱미터 남짓한 다다미방에서 하루키는 알바 제복을 손에 들고 있었다. 눈썹을 여덟 팔 자로 만들며 신음을 흘리는 중이었다.

전통풍인 그 제복은 소문 이상으로 본격적이었다. 지나칠 정도로.

기모노는커녕 유카타조차 입은 적이 없는 하루키는 어쩌면 좋을지 알 수 없었다.

"저기, 괜찮아? 니카이도."

"아, 아하하…… 안 괜찮을지도, 그게……."

"옷 입는 거, 도와줄까?"

"부, 부탁할게요."

그런 하루키를 도우러 나선 것은 한발 앞서 알바 제복을 입은, 같은 반이자 이오리의 여자 친구이기도 한 이사미 에마.

늘씬하면서 밝은 색깔의 단발 보브컷 헤어스타일은 활발하면서 애교가 있는 인상을 주고, 제복에도 잘 어울렸다. 입는 느낌도 익숙해 보여서 이오리와의 오랜 인연이 엿보였다.

참고로 여기까지 안내해준 것도 그녀였다. 여기서 알바를 하고 있는지 안내도 환복도 이래저래 익숙한 모양이었다.

이사미 에마의 말에 따라서 블라우스 세 번째 단추를 풀었을 때, 하루키는 퍼뜩 무언가를 깨닫고 손을 멈췄다.

"……?"

이사미 에마가 고개를 갸웃거렸다.

하루키가 뺨을 물들이며 올려다봐도 모르는 건 모르는 거다.

확실히 동급생이 빤히 쳐다보는 상황에서 벗는 것은 저항을 느낄지도 모르겠지만, 환복이라면 평소에도 체육 시간에 함께 한다. 새삼스럽게 왜 이렇게 부끄러워하는 것일까?

하루키는 잔뜩 머뭇거리면서도 스르륵 어깨에서 상의를 내렸다.

블라우스가 바닥에 떨어지는 것과 이사미 에마가 침을 꿀꺽 삼키는 것은 동시였다.

빨강.

정열적인 빨강이었다. 어른스러운 색채와 디자인이지만 군데군데 검은색 레이스와 프릴 리본이 귀엽게 장식되어, 야한 느낌과 귀여운 느낌이 멋지게 어우러지고 있었다.

물론 상하의 세트로, 평소에 학교에서 보는 하루키의 청초한 모습과 갭도 대단했다. 물론 체육 시간 등을 통틀어서 이제까지 그런 것을 입은 모습은 본 적이 없었다.

"저, 저기……."

"으에?! 어, 어어, 응, 옷 갈아입어야지! 으음, 우선 소매를 통해서 길이를 맞추고, 허리끈으로 모양을 정돈해! 띠도 폭이 반이라 기본은 유카타랑 마찬가지야!"

"그게, 저, 유카타도 입은 적이 없어서……."

"띠 형태는 기본적으로 하카마에 가려지니까 적당히 하면 괜찮아, 바로 배울 수 있어!"

"으으, 어려워…… 제대로 입을 수 있게 될 때까지 부탁해도 될까요?"

"웃! 어, 어어, 에마 언니한테 맡겨! 하카마는 주걱이 달린 게 뒤쪽이고, 띠에 끼워서──."

"이, 이렇게 하나요? 귀엽지만 입는 건 엄청 어려워……."

이사미 에마는 허둥대는 하루키에게 순식간에 옷을 입혔다.

그녀의 얼굴은 도를 깨달은 것처럼 평정을 위해 노력하고 있었다.

그렇게 해야 할 만큼 조금 전 하루키의 표정이나 행동이 가련해서, "어, 나, 여자라도 괜찮을지도…… 어, 아니아니 아니, 남자 친구 있잖아?!"라며 마음속으로 묘하게 딴죽을 걸고 말 정도였다.

"겸사겸사 머리카락도 정돈해버릴까, 음식점이니까."

"아, 부탁해요. 이사미, 무척 익숙하네요."

"아하하, 사실 이오리하고는 지긋지긋한 소꿉친구라서, 중학생 때부터 갑작스러운 상황에 돕기도 했거든. 물론 아저씨한테 용돈이라는 명목의 알바비도 받았고."

"소꿉친구……."

"됐다, 이걸로 완성!"

"…………아."

이사미 에마는 환복을 마친 하루키의 등을 전신거울 앞으로 밀었다.

과자 시로의 제복 차림이 된 하루키는 멍하니 자신의 모습을 찬찬히 바라보고, 뜨거운 숨결을 후우 흘리며 수줍어했다.

감색 살깃 무늬에 적갈색 하카마, 그리고 빨간 앞치마는 레트로한 느낌으로 귀여웠다. 길고 윤기 있는 머리카락은 움직이기 편하도록 포니테일로 묶어서 역시 잘 어울렸다. 갈아입힌 이사미 에마도 만족스러운 표정으로 응응 고개를 끄덕였다.

하지만 하루키는 점점 미간을 찡그리고 불안스럽게── 이사미 에마로서는 도저히 이해할 수 없는 말을 흘렸다.

"나, 제대로 여자애처럼 보일까?"

"…………허? 아니아니아니, 무슨 소리야, 다른 여자들한테 싸움 거는 거야?!"

"미얏?!"

무슨 소리일까.

이사미 에마는 하루키의 어깨를, 무슨 소리를 하느냐는 것처럼 굉장한 기세로 마구 흔들었다.

지금 하루키는 전통풍 복장의 차분한 분위기에 점원으로서의 활동성이 겹쳐 평소와 다른 매력으로 넘쳤다. 가게에 내보내면 매출 증가는 틀림없을 것이다.

마치 웃기지 말라는 듯한 이사미 에마의 눈빛에 당황한 하루키는 잠시 머뭇거리더니, 쭈뼛쭈뼛 변명처럼 약한 소리를 흘렸다.

"그게 나, 옛날에는 굉장히 말괄량이라고 할까 악동이라서 그게, 히메…… 소꿉친구가 저를 남자아이로 생각했다는 거예요……."

"허? 히메라면 그 소꿉친구라던?"

"게다가 요전에 히메네 어머니도 남자아이라 생각했다면서 깜짝 놀라길래, 그게……."

"…………그렇구나."

이사미 에마는 천천히 크게 숨을 내뱉고 어느 정도 사정을 이해했다. 그것은 일찍이 자신도 느낀 적이 있는 감정이었으니까.

지금도 불안스럽게 눈빛이 흔들리는 하루키를 봤더니 남일처럼 여겨지지 않아서 돕고 싶어졌다.

카즈키 일이 있기는 하지만, 조금만 감이 좋은 사람이라면 하루키가 하야토에게 특별한 감정을 품고 있다는 것을 헤아릴 수 있었다.

필사적으로 주위를 속이려고 하는 모습은 보고 있으면 흐뭇하다. 틀림없이 그도 소꿉친구인 거겠지.

'그러고 보니……'

하루키가 종종 자랑스럽게 주위에 보여주던 소꿉친구 여자아이. 그녀도 하야토와 아는 사이일 것이다. 늘씬하고 붙임성 있어 보이는, 무척 귀여운 여자아이였다.

그것은 틀림없이 강력한 라이벌이다.

이사미 에마는 좋았어, 하고 기합을 넣고는 부끄러운 기분 탓에 어쩌면 좋을지 망설이던 일을 결의했다.

"니카이도 있잖아, 같이 귀엽고 어울리는 수영복 고르러 가자!"

"어? 수영복, 말인가요?"

"그게, 다음에 수영장 같이 간다고 그러지 않았어?"

"아, 예. 그러기는 한데요……."

"사랑은 전쟁이야! 다른 아이한테 지지 않을 월등한 전투복을 골라서 마음속의 상대를 박살내 버리자고? 알겠지?"

"사, 사랑?! 따, 딱히 그런 게, 나는 그저 그게, 특별히…… 아으으……."

"자자, 됐으니까!"

"……아, 예."

그리고 새로이 마음을 다잡은 이사미 에마는 갈팡질팡하는 하루키의 등을 밀며 휴게실 문을 열었다.

"아, 지금부터 이 알바도 굉장한 전장이 될 거야."

"미얏?!"

문 너머에서는 반쯤 고함같이 주문을 외치는 목소리가 날아다니고, 주방에 있어야 할 하야토도 바쁘게 홀을 오가고 있었다.

그곳도 확실히 하루키가 본 적 없는 전장이었다.

"괘, 괜찮을까……?"

"최대한 할 수밖에 없잖아, 자자!"

불안스럽게 중얼거리는 하루키에게 이사미 에마는 괜찮다며 싱긋 미소를 지었다.

하루키가 전장으로 돌입한 바로 그때.

"끝났다—!"

기말고사 종료를 알리는 종소리와 동시에 히메코는 해방감으로 양손을 들며 기쁨을 터뜨렸다.

"키리시마—, 기분은 알겠지만 답안지를 모아줘—."

"윽, 죄송해요……."

주위에서 쿡쿡 웃음이 새어 나오고 히메코는 부끄러워서 움츠러들었다. 모두들 항상 있는 일이라며 흐뭇한 시선이었다.

답안지를 모두 모은 교사가 나가자 교실은 환호성으로 뒤

덮였다.

히메코가 조금 서둘렀을 뿐, 수험생이라고는 해도 다들 기말고사로부터의 해방을 기뻐하고 있었기 때문이다. 오늘 이때만큼은, 다들 놀러갈 심산으로 여기저기서 대화를 펼치고 있었다.

그런 분위기 속에서 토리가이 호노카가 평소 멤버들과 함께 히메코 자리로 다가왔다.

"히메코, 다른 일정 있어? 다 같이 뒤풀이 가자는데."

"뒤풀이?! 뒤풀이라면 시험 끝나서 수고했어—라면서 하는 그거? 갈래갈래!"

히메코는 그 제안에 곧바로 넘어갔다. 정확하게는 뒤풀이라는 단어에 넘어갔다.

또래가 극단적으로 적었던 츠키노세에서 뒤풀이라면 축제나 집회 뒤에 어른들이 모이는 술자리라서 아이인 히메코에게는 연이 없었다. 학생들끼리 뒤풀이를 한다는 것은 만화나 애니메이션 같은 이야기 속의 일이었다.

눈을 반짝반짝 빛내는 히메코를 보고 다른 학생들은 흐뭇한 표정으로 뒤풀이 장소에 대해 이야기를 진행했다.

"있지, 어디 갈 거야? 노래방? 나 괜찮은 패밀리 레스토랑 알아!"

"아하하, 괜찮은 패밀리 레스토랑이라. 그것도 좋지만, 오래된 화과자 가게인데『과자 시로』라는 화려한 데가 있거든."

"데이트 장소로도 유명해."

"지금이라면 쿠즈키리*나 물만주처럼 계절감 있는 게 좋겠네!"

"그거 말고도 네리키리**나 킨교쿠*** 같은 것도 엄청 화려해!"

"그리고 무엇보다 거기, 제복이 엄청 귀엽거든―."

"오래됐는데 화려하고 제복이 귀여워?!"

시골에서는 일단 들어본 적 없는 가게에 대한 칭찬을 듣고 히메코의 기대감은 끝도 없이 높아졌다.

빨리 가자는 듯이 가방을 손에 들고서 재촉하는 히메코를 다들 싱글싱글 지켜보며 준비를 했지만, 문득 호노카가 "앗!" 하는 말과 함께 미간을 찌푸렸다.

"왜 그래?"

"거기, 인기 있는 가게니까 줄이 길 때가 있거든."

"줄이 생기는 거야?!"

"으, 응."

"그런가, 줄이 생길 정도로 인기 있는 가게구나!"

바야흐로 한여름, 뜨거운 태양 아래에 줄을 선다는 것은 무척 마음이 무거워지는 일이었다.

다른 여자들도 아 그랬지, 하며 표정이 어두운 기색으로

---

* 칡가루를 굳혀서 면 모양으로 자른 음식.
** 찹쌀가루를 반죽해서 만드는 과자.
*** 한천을 굳혀서 만든 투명한 과자.

물들었지만 히메코만큼은 달랐다.

줄이 생기는 인기 가게──그것은 츠키노세에서는 절대로 인연이 없는 존재로, 히메코에게는 텔레비전이나 정보기사 안에서만 보던 환상의 존재나 마찬가지. 히메코의 눈이 더더욱 빛났다.

"응응, 그랬지. 키리시마였지."

"히메코는 이래야지."

"좋──아, 언니들이 찹쌀떡 안미츠* 쏠게─!"

"어, 저기, 다들…… 어, 안미츠도 있어?!"

그런 히메코의 모습을 보고 반 친구들은 흐뭇한 표정을 지었다.

과자 시로는 히메코네 중학교에서 전철로 두 역 떨어진 거리에 있었다.

전철을 이용하면 금방이지만 그녀들은 도보를 선택했다. 여중생의 용돈은 유한하고 천장은 높지 않았다. 게다가 수다와 함께 간다면 그렇게 길게 느껴지는 거리도 아니었다.

"하아…… 여름방학이 기대되는 것 같으면서 기대가 안돼……."

"그런 소리 하기 없기, 근데 이해는 돼─. 학원이나 하기 강습 같은 걸로 꽉 차버리니까 말이지─."

---

* 팥과 과일, 우묵가사리 묵을 함께 먹는 음식.

"수험생이니까 어쩔 수 없지만, 어디서 숨을 좀 돌릴 필요가 있거든―."

"아, 아하하……."

수험생이다 보니 여름방학 얘기엔 아무래도 불만이 섞이게 마련이었다.

학원도 하기 강습도 아무런 예정도 없는 히메코는 애써 미소를 지으며, "어쩌지 나 전혀 그런 거 안 하는데?!"라고 허둥대며 시선을 헤맸다.

그리고 시선을 헤맨 곳에, 문득 여기서도 눈에 잘 띄는 희고 거대한 건물이―보였다. 그만 숨을 삼켰다.

'뭐, 뭘 먹을까―, 화과자는 저쪽에선 쑥떡뿐이었으니까 도시적인 걸 먹고 싶어.'

한순간 표정이 어두워진 히메코는 크게 고개를 가로젓고 필사적으로 지금부터 갈 장소에 대해서 생각했다.

"키리시마는 무슨 예정―…… 키리시마?"

"어?! 아, 응, 나는 고사리떡이라든지 쿠즈키리라든지, 매끈매끈한 게 좋을 거 같은데―!"

"아하하, 그쪽 생각이었나―. 그게 아니라, 여름방학 예정은 어떠냐고."

"어, 아, 그쪽이구나! 으―응, 고민은 되지만, 일단 츠키노세에 돌아가는 건 확정이려나? 친구가 무녀라서, 축제에서 춤추는 걸 응원해야 하니까."

"무녀?! 진짜 굉장하잖아!"

"신사의 딸이니까 말이지—. 아, 사진도 있어. 자, 이거."

"……후오?! 예뻐…… 어, 피부 하얘! 이거 설마 원래 머리?!"

"잠깐, 나도 보여줘!"

"뭐야, 우리랑 동갑이야?!"

아무래도 생각에 잠긴 사이에 화제가 바뀌어버린 모양이었다.

황급히 화제를 귀성과 사키 쪽으로 돌리자, 아이들이 생각하던 것 이상으로 빠져들었다. 친구가 예쁘고 굉장하다는 칭찬을 받자 히메코도 그에 이끌려서 콧대가 높아졌다. 무심코 계속해서, 이렇게나 착한 아이라며 이래저래 열변을 쏟아냈다.

"——그래서 있지, 오빠도 참 세심하질 못하니까 항상 사키는 내 뒤에 숨어버리고, 축제에서도 이상하게 칭찬해서 그런지 모르겠지만 곧바로 들어가 버리거든. 그래도 사키는 채팅방에서 오빠가 만든 요리를 칭찬하거나 조언도 하거나, 마음을 써서 이런저런 화제도 꺼내어 주는 착하고 참한 아이야—."

이야기는 어느샌가 사키와 오빠를 비교하는 불평으로 점점 넘어갔다. 세심하지 못하다, 몸가짐에 신경을 써라, 아침에 깨울 때 난폭하다, 오빠는 사키를 본받아라, 하는 얘기.

다른 아이들은 그런 히메코를 믿을 수 없다는 듯 눈을 크게 뜨고, 딴죽을 걸듯 생각을 흘렸다.

"아니, 히메 그거 진심으로 하는 말이야?"

"사, 사키 너무 기특해……."

"오빠도 그렇고…… 하, 하긴 키리시마의 오빠였지……."

"정말이지, 이 남매는……."

"어, 어라, 애들아……?"

조금 예상과 다른 반응에 히메코는 고개를 갸웃거렸다.

잘은 모르겠지만 어이없다는 분위기가 전해져서, 일단 오빠에 대한 불만에 동조해주는 모양이라며 납득하기로 하고 걸음을 옮겼다.

근처까지 오자 목적지는 바로 알 수 있었다.

"와아!"

"이런—, 역시 줄을 서 있네—."

"이런 시간이니까 우리처럼 점심 대신에 먹을 생각인 사람도 많은가 봐."

역에서 조금 떨어진 상점가 외곽, 그곳에 커다란 옛날 건물 느낌의 가게가 있었다.

순수 전통풍 가게인 과자 시로는 독특한 모습만이 아니라 앞으로 스무 명 정도의 줄이 있어서 눈에 띄었다.

"있지있지, 제일 끝 저긴가?! 저 사람 뒤에 서면—."

"어라, 히메코?"

"—어?"

당장에라도 뛰어가려던 히메코를 불러 세우는 사람이 있었다. 젊은 남자의 목소리였다.

이사 온 지 얼마 안 된 히메코의 지인은 적다. 누군가 싶어서 의아해하며 돌아봤더니 줄에 선 여성진도 무심코 돌아보고 말 정도로 키가 크고 상쾌한 미남──카즈키가 있었다.

카즈키는 싱긋 미소를 지으며 팔랑팔랑 손을 흔들고, 히메코는 환하게 미소를 꽃피우며 카즈키에게 달려갔다.

히메코는 낯가림이 심하지만 한번 마음을 터놓은 상대는 금세 따랐다.

전날 함께 놀았을 때도 하야토와 다르게 세세한 부분을 배려하는 신사적인 태도에 호감이 갔다.

"카즈키 씨!"

"안녕, 히메코, 우연이네? 나도 가게 상황을 잠깐 보러 오고 싶었거든."

"저는 반 아이들이랑 뒤풀이로…… 어라, 카즈키 씨 혼자 왔어요? 혼잡하니까 같이 들어갈래요? 그리고 빨리 줄을 서야죠!"

"어, 아니 나는."

"너희도 괜찮지─?"

히메코는 카즈키의 대답을 기다리지 않고, 억지로 그의 손을 붙잡고서 다른 아이들 앞으로 데려갔다.

생각하지 않았던 곳에서 지인과 만난 것이 기쁜지 생글생글 미소였다.

다른 아이들은 이래저래 따돌려진 이 상황에 입을 떡 벌리고 있었다.

당연했다. 카즈키는 지금 이 순간에도 주변의 여성들로부터 흘긋흘긋 뜨거운 시선을 받을 정도의 미남이니까. 하지만 히메코 본인에게서는 그를 향한 연모의 감정은 느껴지지 않았다.

특히 호노카는 전날 촬영한 영화관 앞에서의 사랑싸움 같은 사진으로 히메코를 놀리려고 한 적도 있었기에 더더욱 혼란으로 눈이 돌아갔다.

카즈키는 어깨를 으쓱이며 한숨을 한 번 쉬고 절절히 중얼거렸다.

"히메코는 말이지, 정말로 하야토 군의 동생이구나……."

"음, 그건 무슨 뜻인가요—?"

불만스럽게 입술을 삐죽이는 히메코와 달리 카즈키는 쓴 웃음으로 슬쩍 흘려 넘겼다.

어쩐지 어린아이 취급을 당했다고 느낀 히메코가 더더욱 입술을 내밀며 항의했지만, 다른 아이들은 카즈키 편에 서서 아직 보지 못한 사키가 이제까지 얼마나 고생했을지를 동정했다.

아무것도 안 하고 그저 서 있는 것만으로도 땀이 뿜어 나오는 더운 날.

혹독한 더위도 과자 시로의 인기를 가리지는 못했다.

히메코의 친구들은 히메코가 소개한 카즈키에게 질문의

폭풍을 퍼붓고, 카즈키는 거기에 시원스럽게 대답하며 줄에 서 있는 상태였다.

"키리시마네 오빠의 친구분이군요! 그럼 우리보다 한 살 연상인가."

"으그그, 전혀 모르는 중학교 출신…… 멀리서 다니시나 보네요. 그 고등학교, 이러니저러니 해도 이 부근에서는 최고의 진학교로 성적도 높으니까."

"부 활동은 축구부…… 그런데 히메코네 오빠는 원예부니까…… 어라, 어떻게 알게 됐나요?"

"하야토 군은 그게, 눈을 뗄 수가 없는 사람이라. 아무래도 히메코 오빠잖아. 이렇게 말하면 이해가 되려나? 히메코하고는 거리에서 오빠랑 같이 있는 모습을 보고 함께 놀았던 게 계기였어."

카이도 카즈키는 무척 인기 있다.

상쾌하고 사람 좋은 미소, 늘씬하고 큰 키에 부 활동으로 단련되어 탄탄한 몸, 그리고 사람을 **불쾌하게 만들지 않는** 화술. 첫 대면에서 미워하는 것이 어려웠다. 이야기도 술술 이루어졌다.

화제는 필연적으로 카즈키와 히메코에 대한 내용이었다.

전학을 온, 조금 나사가 빠졌지만 순박한 미소녀와 도시에서 만나서 친하게 지내는 오빠의 친구라는 미남.

오락이 제한되는 중학교 3학년, 수험생이자 한창때인 소녀들에게 이런 남녀 사이의 이야기는 흘려 넘길 수 없었다.

이윽고 여자 집단이기도 해서 대범해졌는지 아이들은 점점 거리낌 없이 파고드는 질문을 던져댔다.

"카이도 씨는 지금, 여자 친구 있나요?"

"읏! 아, 아니, 지금은 없는데…… 그게, 부 활동이 바쁘니까……."

그것은 카즈키가 드러낸 빈틈. 또한 아이들의 호기심에 기름을 붓는 말이기도 했다.

"지금은, 이라고 하면 이전에는 있었다는 거죠?!"

"어떤 애랑 사귀었나요?! 예쁜 쪽, 귀여운 쪽?!"

"다음 여자 친구를 만든다면 어떤 애가 취향인가요?! 아, 연하도 괜찮나요?!"

"저기 그게, 지금은 당분간 그런 건 됐다고 해야 되나, 그보다도……."

몰아붙이는 것 같은 아이들의 반응에 카즈키의 얼굴이 그만 실수를 했다며 불쾌하게 굳어버렸다.

이런 쪽의 이야기를 거북하게 여기는 카즈키는 필사적으로 부정하며 흐름을 바꾸려고 했지만, "에에, 아까워!" "그래도 카이도 씨는 무척 인기 있겠네요" "시험 삼아서 사귀어본다든지, 그런 것도 괜찮다고 생각해요!" 같은 말이 돌아올 뿐이라 제대로 풀리지 않았다.

곤란하다는 표정을 짓던 카즈키의 의식이 그녀들의 이야기에 들어오지 못하고 홀로 묘한 표정을 짓고 있는 히메코를 포착했다.

이내 아이들도 눈길을 돌려서 카즈키의 시선을 따라갔다. 이 자리에 어울리지 않는다고도 할 수 있는 히메코의 표정에 고개를 갸웃거렸다.

"히메코, 왜 그래?"

"……허? 어, 응. 저걸 좀 보느라……."

"저거……?"

히메코가 가리킨 것은 가게 앞에 있는 긴 입간판이었다.

그곳에는 크게 『빙수 시작했습니다!』라는 글자와 함께 시원한 진녹색 말차 빙수 그림이 그려져 있었다.

"모처럼 화과자 가게에 왔으니까 옆에 탄력 있는 납량 세트 말차 쪽이 좋겠다는 생각도 들지만, 이런 더운 날에 먹는 빙수도 무조건 맛있을 거라 생각하거든. 그래도 빙수라면 딱히 이런 가게가 아니더라도 먹을 수 있다고 생각했더니 으그그해져서……."

히메코의 얼굴은 참으로 진지했다.

전날 다이어트에 성공한 참이기도 해서 양쪽 다 주문한다는 선택지는 없었다. 애당초 용돈부터 쪼들렸다. 표정이 한층 더 험악해졌다.

히메코는 히메코답게, 어디까지나 금강산도 식후경이었다.

그런 히메코를 보고 기가 막힌다는 아이들 옆에서 카즈키는 큭큭 어깨를 들썩였다.

"정말이지. 뭔가요, 카즈키 씨!"

"하핫, 아무것도 아니야. 자, 우리 차례가 된 모양이야.

들어가자."

"으음~~~~!"

싱글싱글 기분 좋은 미소를 짓는 카즈키가 달래듯이 히메코의 등을 밀었다. 다른 아이들은 우두커니 서 있다가 허둥지둥 두 사람 뒤를 따라갔다.

눈치 빠른 그녀들은 히메코를 보는 카즈키의 눈빛이 자신들을 볼 때와는 다르다는 사실을 알아차리고, 말없이 들썩들썩하는 기분으로 마주 보며 고개를 끄덕였다.

히메코는 또다시 어린애 취급이라며 토라졌다가, 가게 안에 들어서자 경악하고 말았다.

"어서 오세——."

"하루?!"

"——히메?!"

히메코를 맞이해준 점원——하루키와 얼굴이 마주쳤기 때문이다. 둘은 서로를 손가락으로 가리키고 금붕어처럼 입을 뻐끔거렸다.

그런 히메코와 하루키의 모습을 싱글싱글 바라보는 카즈키. 그리고 다른 아이들은 그 점원의 모습에 눈을 동그랗게 떴다.

청초하고 가련한 외모에 윤기 있고 긴 머리카락을 묶어 올린 모습은 과자 시로의 제복인 살깃 무늬 옷에 무척 잘 어울렸다. 마치 그녀를 위해서 맞춘 것 같았다.

너무나도 어울려서 가게로 들어간 순간, 마치 영화나 드라마의 세계로 들어온 것 같은 착각마저 느꼈을 정도였다.

하지만 그게 다가 아니었다.

"어, 어어어어째서 하루키가 여기에?! 아니, 그 제복 엄청 귀여운데!"

"오늘 갑자기 도와주게 돼서…… 제복, 이상하진 않아?"

"응응 괜찮아, 제대로 여자애로 보여. 내용물을 들키지만 않으면 괜찮아!"

"하핫, 니카이도는 내숭이 특기니까 걱정할 필요 없지 않을까?"

"웃, 카이도! 왜 여기 있는데, 설마 히메를 홀리려는 거야?!"

"아하하, 카즈키 씨랑은 저기서 우연히 만났어. 그래서 겸사겸사."

"그런 거야…… 어, 아야! 밟지 말라고, **종업원!**"

"으그극…… ."

아이들의 눈앞에서는 히메코와 하루키, 그리고 카즈키의 허물없이 무척 친해 보이는 대화가 펼쳐지고 있었다. 특히 하루키가 카즈키의 발을 공격하는 장면이 그녀들을 동요시켰다. 아이들이 히메코의 손을 잡고서 주위를 둘러쌌다.

"히메코! 니카이도 선배랑 아는 사이였어?!"

"중학교 3년 내내 계속 1등에 전국 모의고사도 상위였고 운동도 다 잘하면서 얼굴도 예쁘다던 그 사람이잖아!"

"작년까지 우리 중학교에서 모르는 사람이 없었는데…… ."

"어? 어? 니카이도 선배라면…… 하루 말이야? 유명인?

무슨 소리야?!"

거친 콧김에 눈에는 핏발이 서서, 제아무리 히메코가 뒷걸음질 쳐봐도 포위당한 채 빠져나갈 수 없었다.

니카이도 하루키는 유명인이다.

그것은 작년에 졸업한 중학교에서도 마찬가지. 게다가 누군가의 발을 밟는다는 재학 중에는 볼 수 없었던 모습까지 눈앞에서 봤으니, 흥분하는 것도 무리는 아니었다.

"손님, 안쪽 자리를 정리했으니까 그쪽으로 오세요! 야, 하루키!"

"아, 예! 으응! 그럼 안내할게요, 이쪽으로."

그때 젊은 남자의 질타하는 목소리가 울렸다.

정신을 차린 하루키는 한순간 민망하다는 표정을 지었다가 일로 돌아가고, 그제야 남들의 시선을 깨달은 아이들도 뒤를 따랐다. 그런 가운데, 히메코만이 또다시 놀라서 소리 높였다.

"왜 오빠까지 여기 있는 거야?!"

""""뭐?!""""

히메코가 가리킨 곳에는 반소매에 앞치마와 두건이 이상하게 어울리는 남성 점원——하야토가 고개를 절레절레 머리를 긁적이고 있었다. 그 앞에서 하루키가 덕분에 살았다는 듯 머리를 숙이는 중이었다.

아이들은 새로이 추가된 정보에 서로 눈을 마주 보며 놀라고, 카즈키는 큭큭 웃음을 참으며 어깨를 들썩였다.

◇ ◇ ◇

과자 시로의 홀은 회반죽을 바른 검은색 기둥과 대들보, 그리고 하얀 벽이 특징적인 차분한 분위기였다.

하지만 그런 차분한 내부와는 달리, 하루키는 바쁘게 이리저리 뛰어다니고 있었다.

손님에게 주문을 받는다. 그것을 주방에 전달한다. 완성된 음식을 자리로 옮긴다.

업무 자체는 단순했다. 하지만 처리할 숫자가 많았다.

"주, 주문 들어갑니다! 6번 자리에 크림 안미츠 하나, 쿠즈키리 파르페 둘!"

"그래, 이쪽도 이것저것 완성됐어! 경단 맛 비교 세트랑 납량 세트가 1번, 크림 안미츠 두 개는 4번!"

"어······ 으, 응, 알았어. 그게, 1번은······."

"1번은 창가 테이블. 그건 내가 가져갈 테니까, 니카이도는 카운터 4번 부탁할게!"

"네, 넵!"

어지러울 정도로 바빴다.

첫 알바인 데다 연수는커녕 제대로 된 설명도 없이 실전에 투입되었기 때문이다. 그래도 다행인지 불행인지 하루키에게는 그것을 소화할 수 있을 만큼의 능력이 있었다.

학교 교실 정도 넓이의 28석 가게 안을 돌기에는, 하루키와 이사미 에마 두 사람만으로는 어찌 생각해도 인원이 부족했다. 필연적으로 하야토도 이따금 홀로 얼굴을 내미는 신세가 되었다.

크림 안미츠를 한 손에 든 하루키가 홀 쪽으로 흘끗 시선을 향하자 히메코의 모습이 시야에 들어왔다.

'히메도 참, 저렇게나 친구가 생겼구나…….'

조금 전에 가게를 방문한 것에는 놀랐다. 카즈키와 함께라서 더더욱. 무심코 하아, 한숨을 흘리고 말았다.

히메코는 지금, 조금 전에 막 주문을 해놓고서는 메뉴를 바라보며 으―음하고 진지한 표정을 짓는 중이었다. 평소와 다르지 않은 그 모습에 굳어 있던 하루키의 입가도 풀어졌다.

그리고 시선을 옆으로 옮기자 보인 것은, 히메코의 친구들에게 질문 공세를 받으며 싱글싱글 **평소 같은 미소**를 짓는 카즈키. 풀어졌던 입가가 다시 굳었다.

"니카이도, 괜찮아?"

"아! 어, 응, 괜찮아. 아, 4번 카운터였지, 바로 다녀올게!"

"……아."

그만 멍하니 서 있던 하루키는 이사미 에마가 말을 걸자 정신을 차리고 황급히 내숭――꾸며낸 미소를 지으며 홀로 돌아갔다.

이사미 에마는 많은 의미가 담긴 한숨을 내쉬었다.

원래 모습으로 돌아온, 다시 내숭을 부리는 하루키는 애교를 흩뿌리며 홀을 뛰어다니고 있었다. 처음이라고는 여겨지지 않는 익숙한 모습에 업무 이해도 빨랐다. 남녀 불문하고 시선을 모으는 것도 당연하리라. 질투조차 생기지 않았다.

그리고 이사미 에마는 조금 전까지 하루키가 바라보던 장소로 시선을 옮겼다.

눈에 잘 띄는 한 그룹. 조금 전에 입구에서 들린 하루키의 놀란 목소리를 떠올렸다.

수다 소리가 한층 큰 것도 있지만, 이런 자리에서도 카즈키의 외모는 도드라지게 눈에 띄었다.

게다가 카즈키 맞은편에 앉은 니카이도 하루키의 소꿉친구라는 소녀도 강하게 시선을 끌었다. 다른 소녀들이 카즈키에게 열심히 말을 던지는 옆에서 안중에도 없다는 듯이 메뉴에 진지한 태도가 한층 더 흥미에 박차를 가했다.

딱히 붕 떠 있다거나 고립된 것은 아니다. 메뉴만 보고 있는 모습에 딴죽을 걸자 그녀는 허둥지둥하며 웃음을 이끌어내기도 했다. 틀림없이——과거의 하루키와 다르게 대하기 편한 성격일 것이다. 이사미 에마의 미간에 주름이 새겨졌다.

"……이사미?"

"아! 키리시마 군, 어, 아, 미안해, 무슨 일이야?"

"아니, 6번 크림 안미츠랑 쿠즈키리 파르페가 나와서……아, 내가 가져가는 게 낫겠네."

"……아."

멍하니 서 있던 이사미 에마를 보고 웃음을 지은 하야토는 그대로 대답도 듣지 않고 주방에서 홀로 튀어나갔다.

"이런. 안 되지, 안 돼."

정신을 차린 이사미 에마는, 우선은 일이라는 듯 홀로 돌아갔다.

하루키가 봐도 하야토는 유능했다. 그리고 무척 세심한 데다 이런 상황에도 익숙한지 적극적으로 홀도 도와주었다.

하지만 그럼에도, 숨 돌릴 틈도 없을 만큼 바빴다.

익숙하지 않은 나막신의 끈이 엄지발가락과 검지발가락 사이에 파고들어서 통증을 호소했다.

"경단 맛 비교 세트 손님은──."

"어, 우리 주문했던가?"

"아니, 둘 다 빙수였잖아."

"시, 실례했습니다!"

익숙하지 않은 일에 집중력이 깎여나가서 점점 자잘한 실수를 저지르게 되었다.

머리를 숙여 인사한 뒤 카운터에 있는 이사미 에마와 눈을 마주쳤다. 그녀가 시선으로 맞는 자리를 가리켜 주었다.

"죄송합니다, 기다리셨죠! 경단 맛 비교──."

필사적으로 얼굴에 미소를 붙였다. 붙임성 있는 미소가 특기인 것이 다행인가.

주문을 모두 처리하고, 한숨을 돌리면서 주위를 둘러봤다.

가게 안은 북적이며 새로운 손님의 발길은 끊어질 기척이 없었다. 하야토도 이사미 에마도 한곳에 머무르지 않고 계속 뛰어다녔다.

홀만 담당하는 하루키와 달리 하야토는 주방에서 조리 보조, 이사미 에마는 카운터도 맡고 있었다. 자신도 질 수는 없었다.

히메코랑 친구들은 진즉에 돌아갔다.

2차라는 말에 눈을 빛내며 이끌려가던 모습을 보니 장래가 걱정되었지만, 지금은 알바가 먼저다. 좋았어. 고개를 내젓고 기합을 다시 넣었다.

지금 막 계산을 마친 그룹이 쓰던 테이블의 식사를 모으기 시작했다. 양은 많지만 조금 익숙해지기도 해서, 가게 안의 혼잡한 모습을 흘끗 보고는 단번에 겹쳤다.

그 판단이, 잘못이었다.

"하루키, 위험해!"

"——어?"

하루키의 시야가 회전하고 뒤늦게 쨍그랑하는 큰 소리가 울려 퍼졌다.

의식이, 시간이 한순간 끊어졌다.

무슨 일이 벌어졌는지 상황을 파악할 수 없었다.

다만 커다란 무언가에 감싸여서——본능적으로 안심해 버릴 것 같은 냄새가 코를 간질였다.

"아야——…… 괜찮아, 하루키?"

"어, 어라…… 하야토?!"

하루키의 눈앞으로 하야토의 얼굴이 날아들었다.

한순간 심장이 두근대고 뺨이 뜨거워졌다. 황급히 시선을 피하자 근처 바닥에 흩어진 말차 도자기 잔 파편이 시야에 들어왔다.

"미, 미안해!"

"괜찮아괜찮아, 다친 곳은?"

"없는, 것 같아…… 아!"

아무래도 넘어져 버린 듯했다. 그 상황을 이해하자마자 황급히 밑에 깔려 있는 하야토한테서 펄쩍 뛰어 몸을 일으켰다.

상황을 재빨리 파악한 이사미 에마가 빗자루와 쓰레받기, 대걸레를 들고 달려왔다.

"죄송합니다, 바로 정리할 테니까요! 괜찮아? 그리고 정리 도와줘, 니카이——어— 그게, 키리시마 군!"

"미, 미안, 나."

"응, 알았어. 웃차…… 시끄럽게 해서 죄송합니다!"

하야토도 그에 호응해서 손님에게 머리를 숙이고 작업에 착수했다.

하루키만이, 무엇을 해야 할지 알 수 없어서 머뭇대고 말았다.

어쩌면 좋을지 알 수가 없었다. 생각지 않은 일이 겹쳐서

처리 능력의 한계를 넘어서 버렸다.

그런 하루키는 개의치 않고, 바닥은 척척 손을 움직이는 두 사람 덕분에 순식간에 깨끗해졌다. 손님의 흥미도 눈앞의 단맛으로 돌아갔다.

──완전히 발목을 붙잡고 말았어.

허둥대기만 하는 자신과, 척척 일을 하는 하야토나 이사미 에마의 차이를 느끼고 말았다.

한심하다는 생각에 코 안쪽에서 찡한 것이 복받쳤다.

"……어?"

그때, 머리에 손바닥이 툭 올라왔다.

"하루키, 멍때리지 말고 끝까지 **같이** 해내자고."

"…………아."

돌아보니 하야토가 웃고 있었다.

그것은 하루키가 옛날부터 잘 아는──함께 놀 때 보여주는 진심에서 우러나오는 미소였다. 나약한 부분이 점점 따뜻한 심정으로 녹아들었다.

'……정말이지, 하야토는!'

확실히 바쁘고, 힘들다. 실수도 저질렀다. 하지만 그게 어쨌다는 것인가?

둘이 함께라면 알바든 게임이든 뭐든 즐겁다.

그것은 이미 7년도 더 전에 알고 있던 일이다.

자연스럽게 입꼬리가 올라갔다. 그리고 하루키의 얼굴이 **진짜** 미소로 돌아왔다.

"죄송해요, 폐를 끼쳤습니다!"

하루키도 머리를 숙이고 일로 돌아갔다.

뾰로통한 표정으로 돌아본 그녀의 작은 손이 찰싹, 하야토의 등을 가볍게 때렸다.

살짝 어린아이 취급을 했다는 사실에 대한 반항이었다.

햇볕은 무척 부드러워졌지만 아직 뜨거운 한낮의 잔재가 남은 오후 다섯 시.

하야토와 하루키는 전철을 이용하지 않고 지친 몸을 끌며 귀갓길에 접어들었다.

발걸음은 무겁지만 알바를 해냈다는 달성감도 있어서 그들의 얼굴은 충실감으로 넘쳤다.

"어떻게든 됐네―, 생각보다 더 하드했지만."

"정말. 뭐, 알바비도 더 얹어줬으니까 상관없지만."

"모리가 다른 알바도 쉬는 날일 줄은 몰랐다고 미안하댔지?"

"그러니까 그렇게까지 바쁠 수밖에."

"그러게―."

하야토와 하루키는 돌아갈 때에 머리 숙여 사죄하던 이오리의 모습을 떠올리고 서로 얼굴을 마주 보며 웃음을 흘렸다. 아무래도 오늘은 평소보다 더 심했나 보다.

"그래서, 하야토는 어떻게 할 거야?"

"응?"

"여름 동안만이라도 알바를 해달라는 이야기."

"어──…… 해볼 생각이야."

"전에 말했던 바이크 사려고?"

"그것도 있기는, 한데."

"한데?"

하야토는 문득 멈춰 섰다. 곤란하다는 표정으로 과자 시로가 있는 방향을──병원이 있는 방향을 보고 쓴웃음을 흘렸다.

"일을 한다는 게──돈을 번다는 게 말이지, 큰일이라는 걸 느꼈거든."

"…………아."

음색은 밝았지만 그의 표정은 복잡했다. 그리고 하루키는 그런 하야토에게 건넬 말을 아직 가지고 있지 않았다.

"얘기가 답답해졌네, 슈퍼 들르자. 오늘은 스태미나에 좋은 걸 사야겠다."

"……그러네."

그리고 하야토는 애써 밝은 목소리로 말하고는 걸어갔다.

앞서 걷는 하야토의 뒷모습을 바라보며 하루키는 툭하니 중얼거렸다.

"돈, 인가……."

애타게 바라고, 손을 뻗어

츠키노세의 서쪽 산이 점차 주황색으로 물든다.

사키의 일과에 따라 깨끗하게 청소된 경내에서, 그녀의 길게 늘어진 그림자가 춤추고 있었다. 카구라마이 연습이었다.

본래 이런 장소에서 연습하는 것이 아니지만 진짜 무대가 가까워지자 자연스럽게 몸이 움직이고 말았다. 본전에 세워둔 대빗자루도 열심히 춤추는 그녀를 지켜보고 있었다.

막힘없는 동작으로 펼쳐지는 그 아름다운 춤은 그야말로 신들에게 바치기에 걸맞았다.

또한 사키가 이제까지 얼마나 정열을 쏟아서 수련했는지도 엿보였다.

신에게 가호를 빈다.

사실 사키의 진지한 그 표정에서 알 수 있듯이, 그녀는 자신이 섬기는 신을 향한 기도를 담아 춤을 추고 있었다.

——히메네 어머니가 건강해지시길.

그것은 사키의 진지한 마음이기도 했다.

친구와 연모하는 사람의 이사, 그것은 그들의 어머니가 병원을 옮겼기 때문이다.

그들의 어머니가 회복된다면 츠키노세로 돌아올지도 모

른다──그런 바람도 포함되어 있었다. 그런 이유 덕에 연습에는 한층 더 열기가 담겼다.

"응……?"

마침 그때, 본전 계단에 놓아둔 사키의 스마트폰이 몇 번인가 울렸다. 우웅우웅 진동하며 옆에 세워둔 빗자루를 때리고 있었다.

그리고 화면을 들여다본 사키는 저도 모르게 와아, 눈을 반짝였다.

『이거 봐! 굉장해, 예뻐! 화과자! 금붕어! 잔뜩, 정원, 수박에 물화분!』

『우와, 히메 이거 뭐야, 굉장해~!』

히메코가 연속해서 올린 것은 보기에도 화사하고 예쁜 화과자들의 사진.

수조에서 헤엄치는 금붕어 킨교쿠에 수박이나 망고를 사용한 찹쌀떡, 그리고 수국 같은 계절의 꽃들을 본뜬 라쿠간*.

보는 것만으로도 즐겁고 기분이 좋아지는 것들이었다. 그것들을 직접 본 히메코는 흥분이 가라앉지 않는 모양이었다.

『시험 뒤풀이로 오래된 화과자 가게에 갔거든! 여기에 말차가 붙어서 세트로 500엔! 줄 설 만도 하지?!』

『어, 히메 줄 선 거야~?! 굉장해, 이제는 도시의 성인 여성이야…….』

---

* 곡물 가루와 설탕을 틀에 굳혀서 만드는 과자.

『이걸로 이제 나도 한여름의 경험을 해버렸다는 느낌이야. 응, 의외로 싱거운 일이었네…….』

『으으, 좋겠다. 츠키노세는 쑥떡뿐이니까…….』

『그래그래, 주변에서 따온 쑥에, 마을에서 재배한 팥으로 만들었지―.』

츠키노세에서 과자라면 쑥떡이었다.

초봄, 친족 집회에서 만난 것을 떠올렸다.

냄비 가득히 부근에서 따온 쑥을 찌고, 찹쌀가루 등과 절구에 찧어서 모양을 만든다. 상당한 중노동이었던 것도 기억한다.

'그러고 보니 오빠, 그때도 친족 아주머니랑 같이 열심히 쑥떡을 만들었던가…….'

사키는 문득 그 사실을 떠올리고 가슴이 욱신, 후회로 물들었다.

그때는 설마 이사를 간다고는 생각도 하지 않았다.

『그럼 사키, 츠키노세로 돌아갈 때 그 과자 선물로 가져갈게.』

『아! 와아, 기대돼! 금붕어 킨교쿠 부탁할게, 히메!』

『말차도 테이크아웃할 수 있으면 좋겠다. 화과자의 단맛과 쌉싸름한 맛이 있지, 절묘하거든!』

『으, 엄청 기대해 버리겠어~.』

사키는 고개를 내젓고 다시 대화에 집중했다.

그리고 금세 이야기로 꽃을 피우고, 멀리 떨어져 있지만 분명하게 이어져 있다는 사실을 실감했다. 그만큼 오랫동안 사귄, 둘도 없는 친구니까.

『아, 그래도 화과자 선물은 오빠한테 부탁하는 게 나을지도. 알바하고 있으니까 사내 할인 비슷한 게 있을지도 모르고.』

하지만 이 친구는 이따금 중요한 이야기를 놓치는 경우가 있었다.

이사도 그렇고, 지금 막 꺼낸 이야기도 그랬다.

『아, 알바?! 어, 오빠, 알바해?!』

『응응, 그렇단 말이지— 깜짝 놀랐거든. 자, 여기.』

"어?!"

히메코가 하야토의 알바 모습을 찍은 사진을 올렸다.

그리고 사키의 가슴이 크게 뛰었다.

고풍스러운 반소매에 두건, 그리고 앞치마. 일본풍 복장으로, 미소와 함께 접시를 한 손에 들고서 뛰어다니는 모습.

그것은 사키가 츠키노세에서 멀찍이서 보았던 모습이기도 했다.

『아, 아하하, 그게 저기, 어쩐지 굉장히 익숙하네.』

『뭐, 오빠는 옛날부터 마을 잔치에서 비슷한 일을 했으니까 말이지—. 아, 그래그래. 알바하던 거 오빠만이 아니었어, 자!』

"어?!"

그리고 사키는 또다시 숨을 삼켰다.

이번에는 하루키의 사진이었다.

타이쇼 모던 느낌의 살깃 무늬 하카마에 앞치마는 청초한 하루키의 분위기에 무척 잘 어울렸다. 뒤통수에 하나로 묶은 머리카락을 흔들며 종업원으로 일하는 모습은 활동적인 인상을 주어, 평소와 다른 매력이 있었다. 그녀에게 접객을 받고 싶어서 다니는 사람도 있지 않을까 생각할 정도로 귀여웠다.

사키는 호오, 하고 고민스러운 한숨을 흘렸다. 동시에 크게 뜬 눈이 흔들렸다.

사키의 사진 안쪽으로 하야토의 모습이 보였기 때문이다.

우연이겠지만 필연이기도 했다.

같은 장소에서 어깨를 나란히 하고서 일하는 것이니까.

'나는…… 멀리서 보고 있었을 뿐이니까…….'

가슴이 욱신거렸다. 무척 부럽다고 생각했다.

하루키에게 대항 의식은 있지만 개인적으로 나쁜 감정이 있는 건 아니다. 그룹 채팅방에서 이야기를 나누게 되어 사이도 급속하게 깊어졌다. 그녀의 진짜 모습에는 호감이 갔다.

하지만 하야토와 엮이면 이야기는 별개다.

특히 최근에는 조금 걸리는 일들이 이어져서 가슴이 술렁대는 경우도 많았다.

그렇지만, 아니 그렇기에. 사키는 한번 하루키와 얼굴을 마주하고서 차분하게 대화를 나누고 싶다는 생각이 커졌다.

『우와! 언제 이런 사진이?! 히메가 찍었어?!』

그때 『†하루키†』라는 글자와 함께 게임의 요정 같은 아이콘이 튀어나왔다. 아무래도 하루키가 들어온 모양이었다.

곧바로 자기 사진을 보자마자『생각한 것 이상으로 하드해서 지쳤어!』『계속 서 있느라 다리가 막대기 같고 허리도 아팠어!』『제복은 귀엽지만 실제로는 소맷자락이 치우는 데 엄청 방해돼!』라는 불평을 쏟아냈다. 그 모습에 히메코도, 그리고 사키 본인도『아하하』라고 쓴웃음으로 답했다.

화제가 항상 하루키가 꺼내는 게임이나 조립 모형이 아니라 알바 이야기일 뿐, 최근에 나누던 대화와 그다지 다르지 않았다. 분위기도 점차 누그러졌다.

……한 번씩 하루키가 하야토에게 도움을 받았다며 분한 듯 이야기하면, 흐뭇한 심정과 살짝 부럽다는 기분이 샘솟을 뿐. 그런 자신에게 질려버렸다.

『그러고 보니 하루, 사내 할인이라든지 그런 건 있어? 츠키노세로 돌아갈 때, 사키한테 선물을 할 생각인데.』

『으─응, 어떨까. 모르겠는데. 그런가, 너희는 여름방학에 츠키노세로 돌아가는구나…… 응~ 나는 그동안 알바에 힘을 쏟아야 되나─?』

"…………어?"

사키는 무심코 이상한 소리를 내고 말았다.

하야토와 히메코의 귀향에 맞추어서 함께 올 것이라 생각했다. 믿고 있었다.

하지만 냉정하게 생각하면, 츠키노세에서 과거 **니카이도 가문의 상황**을 생각했을 때 하루키의 대답은 당연하다고 할 수 있었다.

『그런가, 하루는…….』

『아하하, **돌아갈 곳이 없을** 테니까 말이지. 그래서 말이지, 사키. 지금 우리 할아버지네 집, 어떻게 됐어?』

『아! 으음, 무척 오랫동안 아무도 살지 않았으니까 그게, 이래저래 통풍이 좋아서 여름에는 지내기 편한 곳이 되었다고 할까…….』

『그렇구나――…….』

그것은 츠키노세의 주민이라면 누구라도 아는 일이었다.

니카이도 하루키에게 돌아올 장소 따위는 없다.

그리고 어떤 얼굴로 돌아가면 좋을지도 알 수 없다.

『그러면 저희 집에서 묵는 건 어떨까요? 여긴 다행히도 신사라서 쓸데없이 넓고 방도 남거든요.』

하지만 사키는 반사적으로 그런 내용을 입력했다.

지독히 개인적인 이유였다. 상대의, 하루키의 상황 따위는 생각하지 않았다.

완전히 오지랖이며――이기심이다. 하지만 말을 꺼내지 않을 수는 없었다.

『아니 그래도 나는――.』

『저, 하루키 씨랑 만나고 싶거든요.』

『――어…….』

만나서 이야기하고 싶은 것, 전하고 싶은 것이 잔뜩 있었다.

하지만 그것은 혼자만의 이유에 불과하다.

『아, 아하하…… 나도 사키랑 만나고 싶으니까 긍정적으로 검토해볼게.』

『예, 모쪼록.』

그것을 알고 있으면서도, 사키는 말을 꺼내지 않을 수가 없었다.

◇ ◇ ◇

"츠키노세, 인가……."

스마트폰을 한 손에 든 하루키의 혼잣말이 하야토의 방으로 녹아들었다.

가슴속은 복잡했다. 사키에게도 하루키는 복잡한 상대임에 틀림없을 텐데.

놀랐지만, 그 권유가 기쁘다는 것도 사실이었다.

"사키는 정말……."

정말, 착한 아이라고 생각했다.

요전의 대화에서는 마을 사람들이 귀여워하고 하야토와의 관계에 대해서 놀렸다고 한다. 그렇구나, 확실히 잘 어울릴지도 모른다. 최근의 그룹 채팅방을 보고 있으면 그것을 잘 알 수 있었다.

하지만 그 모습을 상상하자 어찌 된 영문인지 가슴이 삐걱댔다.

그리고 과거 츠키노세에 있었을 때의 자신을 다시 떠올

렸다.

──정말이지, 성가신 걸 떠넘기기는.

──어떤 더러운 피가 섞여 있을런지.

──너는 마오의 아이니까 돌봐주기는 하겠다만, 우리 손녀는 아니다.

하루키에 대한 조부모의 비난이 지독히 심했던 것을 기억한다.

"『빌린 것은 갚아라』, 인가……."

그것이 조부모와 어머니의 말버릇이었다.

하야토와 빚을 '공유하더라도' 빚을 '지지는' 않는 이유이기도 했다.

미간에 주름을 만들며 주위를 둘러봤다.

파이프 침대에 철제 시스템 책상, 책장을 겸비한 기능성 중시의 다목적 수납 선반. 하양과 파랑과 회색으로 정리된 방은 전형적인 남자 고등학생의 방 같았다.

그런 방 한편에 놓여 있는 하루키의 스포츠백은 위화감 없이 녹아들었다.

"……다음에, 속옷도 넣어둘까."

익숙한 모습으로, 하루키는 미간을 찌푸린 채로 뺨을 부드럽게 풀며 중얼거렸다.

"으~응……."

거실로 돌아온 하루키는 부엌에서 팔짱을 끼고서 신음을

흘리는 하야토를 발견했다.

그의 눈앞에 있는 것은 국산 돼지 어깨살 약 1킬로그램. 100그램 88엔에서 다시 반값이라는, 저렴한 그 가격에 그만 혹해서 사버린 오늘의 전리품이었다.

"하야토, 어떤 걸로 할지 정했어?"

"……생각 중이야. 유통기한이 가까워서 말이지."

"그러니까 할인 중인 거지. 으음, 평범하게 돈가스라든지—…… 아, 튀김은 고민되네."

"돼지고기 스테이크도 괜찮겠지만 채소도 소비해야 해."

"아하하, 시험 끝나서 잔뜩 수확했으니까."

생각 없이 사버린 고기를 앞에 두고 서로 얼굴을 마주 보며 쓴웃음.

그것은 강가에서 놀며 물에 빠뜨리거나, 산의 사당 문을 망가뜨려 버리거나, 울타리를 실수로 열어서 닭이 도망치게 만들어버리거나…… 그럴 때에 보았던 웃음과 똑같았다.

계속.

앞으로도 이어진다고 생각했던 것.

"아, 계속 생각해봤자 끝이 없겠네. 돼지고기 스테이크 만들 거라도 잘라둘까."

"……아."

"어! …………하루, 키?"

반사적인 행동이었다.

하루키는 옆에서 떨어지려던 하야토의 손을 붙잡았다.

"……저기, 그게."

"으, 응?"

이유 따위는 딱히 없었다. 굳이 들자면 만지고 싶었다, 그렇게라도 말해야 할까.

하지만 솔직하게 그런 소리를 할 수 있을 리도 없어서 얼굴을 붉혔다. 필사적으로 변명을 생각했다.

"미, 미네스트로네!"

"……허?"

"그게, 여름 채소를 잔뜩 쓴 요리로 추천이래, 미나모가."

"아, 으음…… 근데 나 그거 만들어본 적 없는데?"

"괜찮아, 내가 미나모랑 같이 만든 적 있으니까."

"어느새."

"시험 기간 중에 조금. 그러니까 하야토는 돼지고기 스테이크, 부탁할게."

"알았어."

하루키는 스스로도 느껴질 만큼 빠르게 말하고 있었지만, 하야토도 그에 딴죽을 거는 촌스러운 짓은 하지 않았다.

그리고 둘이 부엌에 나란히 서서 요리에 들어갔다.

미네스트로네를 만드는 건 간단한 듯 수고가 든다.

냄비 바닥에 올리브오일을 뿌리고 잘게 썬 마늘로 기름에 향을 더한다. 양파, 당근, 셀러리를 추가해서 타지 않도록 볶는다. 그런 향미 채소가 흐물흐물해지면 원예부에서 딴 가지에 주키니 호박, 토마토를 더하고 육수랑 월계수와 함께 끓여서 끝.

하지만 채소는 전부 주사위 모양으로 잘라야 하고, 나무 주걱으로 계속 볶는 것은 무척 끈기가 필요하다. 손목도 아프다.

한편으로 돼지고기 스테이크는 지극히 심플하다.

취향대로 잘랐다면 소금 후추. 그리고 간장, 미림, 설탕, 굴 소스에 다진 생강과 마늘로 뿌릴 소스를 준비하는 정도.

곁들여 먹을 양배추 손질도 금세 마친 하야토는 하루키를 도와서 채소를 썰고 있었다.

"이제 끓이기만 하면 끝, 이야. 고마워, 하야토. 큰 도움이 됐어."

"뭘 그 정도 가지고. 그럼 이쪽도 구워볼까."

그러면서 하야토는 달군 프라이팬에 식용유를 뿌리고 고기를 얹었다. 촤아, 기름이 튀기는 경쾌한 소리가 울렸다.

양면을 적당히 구운 다음, 조금 전의 소스와 함께 뚜껑을 덮고 찌듯이 마무리하면 끝이었다.

그리고 따분한 시간이 생겼다. 그렇다고 불에서 눈을 뗄 수는 없었다.

그 뜻밖의 시간에, 하루키는 평소처럼 잡담을 던지는 느낌으로 하야토에게 마음을 던졌다.

"저기, 나 있잖아…… 츠키노세에 가도 괜찮을까?"

하야토의 표정이 굳어졌다. 그 대답은 무척 어려운 것이었다.

"……………………모르겠는데."

"아하하, 그렇겠지. 할아버지, 야반도주나 마찬가지였다고 들었으니까."

"뭐, 하루키가 가면 다들 흥미진진해서 물어보러 오겠네."

"나한테 물어봐도 모르지만 말이지—."

"……아마 알고서도 물어보는 사람이 있을 거야."

"아핫, 그렇겠네."

현재, 하루키네 할아버지의 집은 비어 있었다.

관리하는 사람이 없는 집은 최근 5년 만에 완전히 망가져 버렸다. 츠키노세에서는 모두가 그 전말을 알고 있었다.

"사키가 있지, 나랑 만나고 싶대서. 하야토랑 히메하고 같이 온다면, 우리 집에서 묵으면 어떻겠냐고 말해줬거든."

"괜찮지 않을까? ……신사라면, 그게, 여러모로 안심이겠네. 신주님 집안사람들이라면 무라오도 포함해서 이상한 소리는 안 할 테니까."

"뭐 응, 기쁘긴 한데. 그래도, 역시 무슨 낯짝으로 가느냐는 느낌이라……."

"하루키……."

대답하기 힘든 화제였다.

하지만 마침 그때, 삐— 하고 밥솥이 취사 완료를 알렸다.

"아, 밥 담고 다른 식기도 준비할까."

"응, 오케이."

이야기는 그것으로 끝이라는 듯이 마무리되었다.

하지만 그것으로 충분했다. 처음부터 푸념이나 마찬가지였으니까. 대답이 나올 일도 아니었고, 들어준 것만으로도 조금 상쾌해졌다. 얼른 식기를 준비했다.

"아…… 하야토—, 미네스트로네, 어떤 그릇에 담지?"

"괜찮은 거 없나? ……뭐, 정 없으면 국그릇이라도 괜찮지 않을까."

"아하하, 엄청 이상해."

"그리고 있잖아, 하루키."

"응?"

"주변에서 어떻게 생각할지는 모르겠지만…… 나는, 하루키랑 같이 츠키노세에 갈 수 있다면 기쁠 거야."

하야토는 주걱을 한 손에 들고서 밥을 담으며, 등 뒤로 그런 말을 했다.

하루키의 움직임이 멈췄다. 멈춰버렸다.

별것 아닌 듯이 건넨 그 말이 가슴으로 쿵 떨어졌다. 요란스러울 만큼 술렁이기 시작했다.

"…………그런가."

하루키는 고개를 숙이고 작은 목소리로 대답했다.

하야토의 얼굴을 정면으로 보려면 잠시 시간이 필요할 것 같았다.

"오빠, 하루! 정말이지, 거기서 알바를 하고 있다니, 오늘 깜짝 놀랐다니까!"

저녁 식사 때, 히메코는 얼굴을 마주하자마자 입술을 삐죽 내밀고서 항의했다. 아무래도 친구들에게 이런저런 말을 잔뜩 들은 모양이었다.

하지만 하야토와 하루키는 알바 중, 카즈키가 여자들에게 질문 공세를 당하는 사이에도 히메코가 메뉴나 다른 테이블의 단맛에 정신이 없던 모습을 목격했다.

무슨 소리를 들었든 의식의 태반은 그쪽으로 가 있었음이 틀림없었다. 다름 아닌 히메코니까. 그래서 하야토와 하루키는 서로 얼굴을 마주 보며 쓴웃음 지었다.

히메코는 저녁 메뉴를 입으로 옮기더니 금세 뾰로통하던 표정을 원래대로 돌렸다.

"와, 이 된장국 같은 거 맛있어! 마신다기보다 먹는다는 말이 맞는 느낌이지만!"

"아, 아하하. 히메, 그거 미네스트로네야. 이탈리아의 채소 스프."

"어? 아, 응, 미네스트로네, 말이지! 알고 있어! ……근데 왜 국그릇이야? 오빠가 했지 이거 바보야 센스 없어?"

"……적당한 그릇이 없었다고."

불평하면서도 맛은 무척 마음에 든 모양이었다.

오늘 저녁의 메인은 마늘과 생강으로 맛을 낸 달콤짭짤 소스의 돼지고기 스테이크와, 토마토의 산미로 악센트를 주고 여름 채소의 감칠맛을 꽉 농축시킨 미네스트로네였다.

진하게 맛을 낸 돼지고기 스테이크도 잘게 썬 양배추가

입 안을 산뜻하게 해주어서 밥과의 상성이 발군이었다.

하야토와 하루키도 알바로 공복이었기도 해서 술술 들어 갔다.

"아, 맞다."

"왜 그래, 히메코?"

셋이서 저녁을 먹고 있는데 문득 히메코가 무언가 떠오른 것처럼 소리를 냈다.

어찌 된 영문인지 곤란하다는 듯 미간을 찌푸리고 있었다.

"그러고 보니 수영장 말인데, 반 애들이 나도 가야 한다고 그랬거든."

"……그 아이들이 카즈키 때문에 오려고 그러는 게 아니라?"

"글쎄…… 어째서일까?"

서로 얼굴을 마주 보고 고개를 갸웃거렸다.

그녀들의 의도는 알 수 없었다.

히메코는 "수영복 사야겠어"라며 눈을 반짝였다.

제 4 화

딱히 민폐라고는

어느 더운 여름날.

그날, 드물게도 히메코는 아침 일찍부터 일어났고 하야토 는 거실에서 패션쇼를 보게 되었다.

"오빠, 이건 어때?"

"어— 음, 괜찮지 않나?"

"아니 정말, 아까도 같은 말 했잖아!"

"뭐 어쩌라고……"

하야토는 지긋지긋하다는 말투로 대답했다.

눈앞에서 몸을 빙글 돌린 히메코의 모습은 하얀색 브이넥 이너에 하늘색 캐미솔 원피스를 합친 복장이었다. 그 전에 본 것이 검은색 깔끔한 티셔츠에 검은색 스키니 팬츠, 그보 다 더 전에는 어깨를 크게 드러낸 하얀색 오프 숄더 상의에 와이드 팬츠.

어느 옷이든 깔끔한 느낌의 캐주얼 복장으로, 늘씬한 히 메코를 어른스럽게 연출해서 잘 어울렸다. 거리를 걸으면 틀림없이 길을 가는 사람들의 시선을 모을 것이다.

하지만 하야토에게 그런 히메코는 그저 친동생이었다. 모 두 비슷한 느낌의 복장이라 무어라 할 수도 없고, 세 번째 쯤 가면 질려버리는 것도 당연했다.

"자자, 히메. 하야토잖아? 세련된 말을 기대하는 게 잘못이라니까."

"으음, 그건 그래. 오빠니까."

"……너희 말이지."

하루키가 아하하 웃으며 복도에서 얼굴을 내밀었다.

히메코와 함께 옷을 고민하던 모양인데, 하야토는 "둘이서 고를 거라면 나한테 묻지 말라고"라며 마음속으로 악담을 퍼붓고 말았다.

"그래서 하야토, 일단 물어보겠는데 나는 어떨까?"

이번에는 하루키가 봐달라며 어필했다.

이너인 검정 탱크톱이 잘 보이는, 로고가 박힌 시스루 셔츠에 챙이 달린 모자. 그 부분만 보면 츠키노세에 있던 무렵을 연상시키는 보이시한 복장이지만 아래쪽은 프릴을 겹친 느슨한 미니 주름치마였다.

소년의 활발함과 소녀의 귀여움이 공존하는 기묘한 언밸런스가 참으로 **하루키다운** 매력을 연출했다.

그리고 하루키가 빙글 몸을 돌린 순간, 길이가 짧은 치마가 펄럭이며 다리 안쪽에 있는 옅은 파란색이 보였고——하야토는 황급히 시선을 피했다.

"어— 음, 괜찮지 않나?"

조금 전에 동생에게 건넨 것과 같은 말이었지만, 그의 얼굴은 조금 전과 달리 새빨갰다.

그 사실을 아는지 모르는지, 하루키는 어깨를 움츠리며

쓴웃음.

"봐봐, 히메. 하야토는 이렇게——."

"아니 하루, 지금 그건, 팬티가 보여서 그런 거 같은데?"

"——미얏?!"

히메코는 하루키를 시큰둥하게 쳐다봤다.

하루키가 황급히 치맛자락을 누르며 바닥에 털썩 앉았다.

"아무리 오빠라도 그런 여름답게 상쾌하고 귀여운 걸 본다면…… 말이지?"

"…………노코멘트."

"으으으~."

하루키가 눈물을 글썽이며 두 사람의 안색을 살폈다. 어이없어하는 히메코와 귀를 새빨갛게 물들이고서 머리를 긁적이는 하야토. 둘의 그런 차이가 더더욱 수치심에 박차를 가했다.

"어— 그게, 시간 괜찮을까? 이사미랑 만나기로 했잖아?"

"그, 그그그그러네! 그럼 우리 다녀올게!"

"와, 벌써 이런 시간이야. 가자, 하루."

"……조심히 다녀와."

""예—!""

하야토의 도움에 마침 잘됐다며 일어선 하루키는 히메코를 데리고 집을 뛰쳐나갔다.

그런 두 사람의 뒷모습을 배웅한 하야토는 하아, 하고 일부러 크게 한숨을 내쉬었다.

하야토는 하루키와 히메코가 나가자마자 집안일에 착수했다.

창문 쪽으로 시선을 향하자 한여름의 태양이 눈부시게 빛나고 있었다.

좋은 날씨였다. 밖은 오늘도 사람을 늘어지게 하는 더위가 기승을 부리는 듯했다.

거실과 부엌 청소에 쓰레기 분류, 그리고 세탁.

할 일의 항목은 많지만 평소에 조금씩 소화하고 있기도 해서, 그렇게 시간을 들이지 않고 마친 뒤 방으로 돌아왔다. 에어컨이 돌고 있어서 시원했다.

"……."

분명 쾌적한 방임에도 하야토는 미간에 주름을 만들었다.

그 원인은 바닥에 떨어져 있는 컬러풀한 여성용 의류.

조금 전에 히메코와 함께 대화를 나누며 고르던 하루키의 옷일 것이다.

"……정말이지, 왜 내 방에서 갈아입냐고."

하야토는 흩어져 있는 옷을 보고, 히메코의 방에 두면 섞여버리지 않겠냐던 하루키의 말을 떠올렸다.

하아, 한숨을 내쉬며 머리를 벅벅 긁적이고는 "적어도 개어놓으라고"라고 하면서 손에 들었다.

블라우스, 치마, 캐미솔.

귀여운 디자인부터 예쁘고 어른스러운 것, 조금 야한 것까지 다양한 옷들 모두가 남자라면 입지 않을 법한 것들뿐이었다.

하지만 그 옷들 모두가 하루키에게 어울린다는 사실은 상상하기 어렵지 않았다.

불과 얼마 전까지 촌스러운 것만 가지고 있었으면서——그런 말이 목구멍 안쪽에서 밀려 올라오고, 그것을 깨달아억지로 집어삼켰다.

문득 최근에 시작한 알바가 뇌리를 스쳤다.

아직 몇 번밖에 안 나갔는데도 순식간에 가게의 간판 같은 존재가 되었다.

기운차게 홀을 뛰어다니고, 생글생글 솜씨도 붙임성도 좋게 접객하는 모습은 남녀노소를 불문하고 매료시켰다. 연일 성황인 것은 하야토의 기분 탓도 여름방학이라서 그런 것도 아니리라.

"……그러고 보니 이오리가, 하루키를 보려고 오는 우리 학교 학생이 늘었다고 그랬던가."

원래부터 과자 시로는 학교에서도 자주 화제로 올라올 정도로 귀여운 제복이라는 평판이 있었다.

그런 곳에서 학교의 유명인이기도 한 하루키가 알바를 하고 있다면 소문이 도는 것도 어쩔 수 없다. 게다가 그곳에서 볼 수 있는 것은 학교에서의 얌전한 우등생이 아니라 이곳에서만 볼 수 있는 하루키의 종업원 모습.

어쩐지 남성 손님이 늘었다고 생각했더니 정말로 그랬던

거겠지. 입소문으로 이래저래 퍼져서 여름방학 중의 부 활동을 마치고 돌아가는 학생들이 방문한다든지 그러는 모양이었다.

그리고 그들이 하루키에게 보내는 시선을 떠올리자 어째선지 가슴이 술렁거렸다.

조금 전의 모습이 눈에 새겨져 있었다.

"정말이지, 쉽게 보일 정도로 짧은 건 입지 말라고. 혹시나——."

——다른 녀석들한테 보이면 어쩌려는 거야.

그런 생각과 함께, 최근에 본 하루키의 모습이 떠올랐다.

스마트폰을 사러 갔을 때의 청초한 서머 드레스, 영화를 보러 갔을 때의 강렬하고 귀여운 헤어스타일과 원피스, 그리고 알바에서 손님에게 열심히 서비스하는 종업원 차림.

그런 다양한 모습은 머릿속에서 어떤 인물을 이끌어 내고 말았다.

대여배우, 타쿠라 마오.

하루키의 어머니.

하야토는 그 비밀 고백을 듣고, 하루키에게 조금 미안하다고 생각하면서도 타쿠라 마오가 출연한 드라마나 영화 프로모션 비디오 따위를 몇 편 보았다.

확실히 화제로 언급되는 만큼, 요염한 색기만이 아니라 각양각색의 역할을 연기할 만큼의 존재감이 있었다.

——하루키처럼.

그런 생각에 이르렀다가, 그것을 부정하듯이 머리를 긁적였다.

생각을 전환해서 좀 전의 하루키와 히메코를 다시 생각하기로 했다. 고개를 내젓고 침대에 드러누웠다.

"수영복을 사러, 말이지……."

오늘은 하루키, 히메코, 이사미 에마. 셋이서 수영복을 고르러 간다고 했다.

전날 히메코가 수영장에 따라가겠다고 한 뒤로 어쩌다보니 그런 흐름이 되었다나. 여자들 사이의 이야기니까 잘은 알 수 없었다.

물론 하야토가 같이 가는 것은 처음부터 계획에도 없었기에 홀로 어쩐지 소외감을 느낀 것도 사실이었다.

몸을 뒹굴 뒤집었다.

그러나 책상 옆에 놓여 있는 스포츠백이 시야에 들어왔다. 하루키의 사복이 들어 있는 가방이었다. 그곳에 있는 것이 자못 당연하다는 것처럼 존재하고——미간에 주름을 지었다.

"여자……구나, 하루키는."

곤란하다는 듯, 그럼에도 확인하는 듯한 목소리가 새어나왔다.

쓰다듬으면 비단처럼 매끄럽고 감촉이 좋은 긴 머리카락, 닿으면 부드럽고 어쩐지 달콤한 향기가 나는 하얀 피부, 하야토에게만 마음을 허락한 눈빛. 그리고 과거에는 결코 보여준 적이 없었던, 수줍어하는 표정. 최근에 우연한 계기로 느끼고 만 **하루키**와의 차이.

그것이 어떻게 해도 가슴을 흔들어서 참을 수가 없었다.

수영복을 입는다는 것은 그걸 주위에 드러낸다는 것과도 마찬가지.

그 모습을 보고 싶다며 생각하는 한편으로 다른 누구에게도 보여주고 싶지 않다는 마음도 있었다. 독점욕에서 오는 질투 섞인 말을 집어삼키고 얼버무리듯이 벅벅 머리를 긁적였다.

자신의 감정을 어쩌면 좋을지 버거워서 휘둘리고 있었다.

"아― 진짜! …………응?"

그것도 의외로 나쁘지 않다고 느껴버리는 스스로에게 어이가 없어서 욕지거리를 내뱉었을 때, 책상 위의 스마트폰이 착신을 알렸다.

『여, 하야토. 지금 뭐 해? 한가하지? 나도 오늘은 에마한테 차였으니까 말이지, 하야토도 한가하잖아?』

"이오리…… 나는 딱히 항상 하루키랑 같이 있는 게."

『니카이도 이야기는 한마디도 안 했다고―.』

"…………칫."

저질렀다는 느낌이었다.

무심코 항의의 의미를 담아서 혀를 차자 스마트폰 너머에서 『아하하』라며 놀리는 웃음소리가 들렸다. 그래서 하야토의 대답은 조금 뾰로통한 음색이 되었다.

"그래서, 뭔데."

『아니 그게, 점심이라도 같이 먹으러 가지 않을래—? 라는 권유.』

"점심……."

그다지 내키지는 않았다. 수영장에서 지출할 일도 있고, 요리를 할 줄 아는 하야토는 가능한 한 스스로 만들어서 식비를 아끼고 싶었다. 냉장고 안의 유통기한이 가까운 재료가 뇌리를 스쳤다.

어떻게 거절할지 생각하고 있었는데, 이어지는 이오리의 말에 곧바로 넘어갈 수밖에 없었다.

『무한리필 고깃집 60분 888엔.』

"뭐라고?"

『부위는 한정되지만 소고기에 밥에 김치, 카레랑 아이스크림도 무한리필이야.』

"천 엔짜리에 거스름돈이 남는데도?!"

정확하게는 소고기와 무한리필과 888엔이라는 부분에 넘어갈 수밖에 없었다.

하야토도 식욕 왕성한 남자 고등학생이다. 예외 없이 고기에는 눈이 돌아갔다.

게다가 츠키노세에서 고기를 실컷 먹을 수 있는 구이나 바비큐라면 그저 함정에 걸린 멧돼지나 사슴이었다. 그리고 가끔 오소리.

외식이라면 근처의 비싼 휴게소 푸드 코트를 떠올리는 하야토에게 무한리필, 고깃집, 888엔이라는 3연속 콤보는 마음을 기울이기에 충분한 파괴력을 지녔다. 입 안으로는 이미 고기의 맛을 떠올리고 말았다.

『만날 장소랑 시간 말인데──.』

"어, 어어……."

이미 목소리는 들뜨고 온몸이 들썩거리는 하야토는, 스마트폰 너머에서 이오리가 큭큭 유쾌하게 웃는 것도 신경 쓰지 않았다.

『그건 그렇고 뭐, 카즈키가 말한 그대로의 반응이었네.』

붕 떠 있다가도 그 이름을 듣자마자 미간을 확 찌푸리고 말았다.

딱히 싫다는 것은 아니지만 마음에 들지도 않았다. 조금 생각하는 바도 있었다.

"카즈키가? 무슨 소리야."

『히메코의 오빠인 하야토라면 반드시 낚일 거라던데. 아, 카즈키도 부 활동 끝난 다음에 합류한대. 그럼 이따 봐!』

"아니, 히메코 오빠인 게 무슨…… 끊었냐…… 나 참……."

무어라 형용할 수 없는 기분이었다.

머리에는 평소 게으르고 칠칠맞지 못한 히메코의 모습과 종잡을 수 없이 싱글싱글 미소를 짓는 카즈키가 떠올랐다. 고개를 내저어 두 사람을 의식 밖으로 몰아냈다.

책상 위의 시계를 봤더니 열 시를 넘은 시각이었다. 아직 시간에는 여유가 있었다.

그리고 시선을 조금 움직이자 보이는 것은 하루키의——소꿉친구 가산점을 제외하더라도 귀엽다고 판단할 수밖에 없는 여자의 스포츠백.

앞머리를 한 번 붙잡고 미간을 찌푸렸다.

"…………왁스, 어디 있었더라."

하야토는 언짢은 표정으로, 전날 히메코가 머리를 가지고 놀던 것을 떠올리며 세면대로 향했다.

약속 장소는 몇 번이나 하루키랑 히메코와도 간 도심지의 역 앞이었지만, 평소와 다르게 동쪽이 아니라 서쪽 입구였다.

새 오브젝트가 있는 광장을 중심으로 노래방이나 영화관, 전문점같이 놀이에 특화된 색깔이 있는 동쪽 입구와 달리 서쪽 입구는 오피스나 음식점이 많았다. 같은 거리인데도 무척 다르게 보일 정도였다.

점심시간이기도 해서 역과 붙어 있는 백화점 지하에서는 달콤한 향기가, 거리 쪽에서는 맛있는 향기가 감돌고 그에 이끌려서 가게로 빨려 들어가는 사람들이 우글거렸다. 하야토도 그만 침을 꿀꺽 삼켰다.

처음 오는 장소이기도 해서 제대로 만날 수 있을지 걱정이었지만 다행히도 기우인 듯했다.

"……저건 뭐야."

저도 모르게 눈을 크게 뜨며 혼잣말을 했다.

약속 장소는 바로 알 수 있었다.

정확하게는 약속 상대 중 하나——카즈키가 있는 곳을 바로 알 수 있었다. 늘씬하고 큰 키에 상쾌하고 멋진 마스크는 혼잡한 인파 안에서도 무척 눈에 띄었다.

"에— 뭐 어때, 괜찮잖아."

"안 된다니까, 게다가 나는 지금부터 친구랑 약속이 있다고."

"카즈키치한테 **친구**——? 꺄핫, 그거 뭐야 완전 웃기는데—!"

카즈키만이 아니라 친근하게 이야기를 건네는 화사한 여자까지 있다면 더더욱.

주위를 오가는 사람들도 그들을 주목하며 걸음을 옮기고 있었다. 하야토도 그중 하나였다.

카즈키에게 들러붙는 여자를 관찰했다.

나이는 비슷하거나 조금 위일까? 슬림하고 키가 크며, 얼굴 생김새도 선명해서 어른스러운 분위기였다.

길고 밝은 색깔의 머리카락을 묶어서 올렸으며 복장도 핑크색 니트에 데님 핫팬츠. 노출도도 높아 화려한 인상을 받았다.

하루키와는 정반대의 학급 카스트 상위에 위치하는, 이른바 인싸 그룹에 소속된 갸루라고 불리는 부류의 여자였다.

'……거북한데.'

무심결에 미간을 찌푸리고 말았다.

츠키노세에서는 볼 수 없었던 인종인 그녀들의 분위기는

독특했다.

익숙하지 않은 약어나 단어를 금세 떠들어대지만 무엇 때문에 그러는지도 잘 알 수 없었다. 대응하기 곤란하다는 것이 하야토의 본심이었다.

그녀는 카즈키와 무척 거리가 가까워 보였다.

연신 찰딱찰딱 만지고, 말도 허물이 없는데 아는 사이일까?

스마트폰을 꺼내어 시간을 확인했더니 약속 시간까지 아직 15분이나 남았다.

'……이오리도 아직 안 왔네. 저건 카즈키가 금방 어떻게 하겠지.'

하야토는 말려들었다가는 못 버틴다며 모르는 척하기로 정한 뒤 주위로 시선을 움직였다.

역 앞이기도 해서 많은 사람들이 오가고 있었다.

츠키노세의 모든 주민보다도 많은 사람들이 순식간에 개찰구에서 쏟아져 나오고, 그리고 빨려 들어갔다. 마치 역 건물이 살아서 숨을 쉬는 것 같았다.

그 흐름에 어쩐지 현기증이 나며 인파에 취해버렸다.

"…………윽."

움직임이 없는 벽 쪽으로 시선을 향했더니 쇼케이스가 있었다. 수영복을 입은 마네킹 몇 개가 서 있다.

『여름의 시선을 독점!』

『바다를 배경으로 한다면 역시 이것!』

『7월 말까지 전 품목 30% 세일!』

쇼케이스에는 그런 광고 문구가 나열되어 있었다. 아무래도 붙어 있는 역의 백화점 쇼케이스인 듯했다.

한순간 하루키의 모습이 뇌리를 스쳐서 하야토의 표정이 기묘해졌다.

"오옷?!"

고개를 내젓고 거리쪽으로 눈을 돌렸다가, 그만 소리를 질렀다. 그곳에는 각양각색의 간판이 보였다.

하야토도 이름을 아는 다양한 라멘, 규동, 카레, 햄버거 체인점부터 이집트, 터키, 베트남 요리 같이 각국의 진귀한 요리가 나오는 곳까지 다양했다. 식욕에 호기심까지 자극하는 광경이었다.

'카프리초사에 비리야니, 가스파초…… 이름은 들은 적 있는데 어떨까? 아니, 오늘은 고기, 소잖아 소!'

하야토는 소고기에 대한 애착이 강했다.

시골이라서 소는 유통의 어려움 탓에 가격이 높아지는 터라 먹을 기회가 극단적으로 적었다. 섣달 그믐날의 스키야키 정도가 전부였다. 그런 소고기가 무한리필이라니.

'으음, 우선은 우설을 레몬으로, 였던가. 그 다음은──.'

"하야토 군!"

"──아! 카, 카즈키……."

어느샌가 카즈키가 다가왔다. 들러붙던 여자도 함께였다.

조금 전에 소리를 높여버린 걸 떠올렸다. 그것 때문에 알아차린 걸까?

카즈키의 얼굴은 안도한 표정이지만 목소리는 어쩐지 씁쓸한 기색을 띠고 있었다.

하야토는 떳떳하지 못한 기분도 있어서 "미안해"라며 시선을 돌리다가 여자와 눈이 마주치고 말았다.

저질렀다, 그렇게 생각했을 때에는 이미 늦었다.

하야토를 인식한 그녀가 눈을 끔벅거리더니 스윽, 가늘게 떴다.

"호오, 정말로 카즈키치한테 **친구**가 있었구나? 고등학교 들어가서 생긴 걸까?"

"어, 아니 무슨…… 저기?!"

그녀는 단번에 거리를 좁히는가 싶더니 거침없이, "흐응" 하고 콧소리를 울리며 평가하는 시선을 보냈다.

하야토는 그녀들 같은 인종의 이런 거리감이 거북했다.

굳은 표정으로 거리를 벌리려고 했지만, 그녀는 그런 것 따위 알 바 아니라는 듯 더더욱 파고들었다.

"카즈키치의 **친구**라…… 얼굴은 뭐, 잘 꾸미면 나란히 설 만한 것 같기도? 하지만 어쩐지 헤어스타일 같은 건 촌스럽 다고 해야 되나, 겉만 꾸몄을 뿐이라고 해야 되나. 미묘하 게 별로야."

"허, 허어…… 으음, 그게, 시골 사람이라 이런 건 익숙하 지가 않아서."

"푸흡, 시골 사람? 웃기네—! ……그래서?"

"그래서…………라니?"

"여자 친구— 아니, 여자를 노리는 거야? 카즈키치는 인기 있으니까 말이지—. 아, 아니면 나랑 카즈키치의 **소문**을 듣고서? 그건 좀 곤란한데—…… 그래서, 어느 쪽이 목적이야?"

"아이리!"

무례한 질문이었기에 카즈키가 거친 목소리로 나무랐다.

하야토는 아이리라고 불린 그녀의 말이 무슨 뜻인지 썩 알 수가 없었다.

애초에 그녀들 같은 인종의 말은 영 이해가 되지 않았다. 아는 것이 자못 당연하다는 전제로 이야기를 진행하는 그 부분이 거북했다.

하지만 무언가가 걸렸다. 그녀의 눈빛이 이상하게 진지한 것이었다.

마치 카즈키를 지키는 것 같은, 하야토의 진의를 살피는 것 같은, 상황에 따라서는 용서하지 않겠다는 것 같은— 그런, 필사적이라고도 할 수 있는 감정이 느껴졌다.

그래서 하야토는 고개를 갸웃거리고 미간을 찌푸리며 무뚝뚝하게, 하지만 성의를 담아서 오늘의 목적을 이야기했다.

"목적은 음, 무한리필 고깃집인데."

"…………………아?"

"하야토 군……."

아이리라 불린 갸루가 어리둥절해서는 눈을 크게 떴다.

그 모습에 무언가 이상한 소리를 했나 싶어 미간을 찌푸린 채로 확인했다.

"맞잖아, 카즈키. 여기서 12시 20분 약속이었잖아?『음메 음메 규마루 타로』였던가?"

"어, 어어 그렇지. 만나서…… 아니, 아이리?!"

"……풉. 꺄하하하하하하하하하하하!"

아이리는 못 참겠다는 듯이 배를 붙잡고 웃음을 터뜨렸다.

하야토는 미간에 주름을 깊게 잡았지만, 그런 하야토의 반응이 더 우습다는 듯 아이리는 눈에 눈물을 글썽이며 돌아봤다.

"아니, 이거 진짜로 카즈키치의 **친구**였단 말이야?! **그 일** 같은 걸 알고서?!"

"**그 일**이 뭔데. 본인도 말하기 싫어하잖아. 친구니 뭐니 해도 나는 그렇게까지 카즈키한테 흥미가 없다고."

"푸흡! 뭐야 그거 웃겨—! 카즈키치, 이런 대접 받아도 되는 건가?"

"……하야토 군은 이런 녀석이야."

카즈키가 어깨를 으쓱이며 쓴웃음을 흘리자 그것을 본 아이리는 "호오"라며 웃었다. 그것은 분명히 미소였지만 하야토가 모르는 날카로운 느낌을 머금고 있었다.

그런 표정으로 빤히 쳐다보는 건 하야토도 달갑지 않았다. 그것이 표정으로 드러나자 더더욱 그녀의 웃음은 날카로워졌다. 하지만 그녀는 이상하게 얌전한 음색으로 중얼거렸다.

"후후, 나 있지, 누가 그런 눈으로 보는 거 처음이야."

"……그야 **첫 대면**에 그렇게 뻔뻔스럽게 대한다면 이런 눈빛이 될 수밖에."

"**첫 대면**인가. 으응———…… 날 모르는구나?"

"적어도 카즈키 녀석한테 들은 적은 없는데."

그런 하야토의 쌀쌀맞은 말에 아이리는 유쾌해서 참을 수 없다는 표정을 지었다.

"너, 재미있네! 번호 가르쳐줘!"

"어, 아니, 사양해둘게."

"아이리, 하야토 군이 싫어하잖아!"

"우와, 거절당한 거 처음! 웃겨—! 그런 소리 말고, 하야톳치였던가——어, 아— 정말!"

아이리가 스마트폰을 꺼낸 마침 그때, 경쾌한 멜로디가 흘러나왔다.

그것을 듣자마자 아이리는 "으젝"이라며 노골적으로 싫다는 표정을 지었다.

"여보세요—, 어, 당겨졌어?! 저기 그게, 예정으로는…… 아뇨, 괜찮다면 괜찮은데, 아뇨, 그건 바로 갈게요 할게요, 하지만!"

무어라 굉장한 기세로 전화 상대와 대화를 나누기 시작했다. 하지만 말투가 조금 전까지와는 전혀 다르게 무척 정중해서 그 차이에 어리둥절하고 말았다.

알바 같은 것일까? 그런 생각을 하는 하야토의 소맷자락

을 카즈키가 꾹 잡아당겼다.

"어, 아, 아니, 카즈키?"

"……됐으니까 가자."

아이리를 두고 가도 되겠냐고 시선으로 묻자 그는 쓴웃음과 함께 어깨를 으쓱이고 다른 장소로 유도했다.

하야토도 어쩔 수가 없어서 뒤를 따랐다. 거기서는 굳은 미소를 지은 이오리가 한 손을 들고서 기다리고 있었다.

"이오리, 와 있었냐. 좀 도와주지."

"아니, 무리지. 사토 아이리잖아, 쟤."

"하아, 이오리까지…… 아는 사람이야?"

하야토가 퉁명스럽게 말하자 이오리는 과장스럽게 고개를 절레절레 내젓고 어깨를 으쓱였다.

──사토 아이리.

이오리의 입에서 들어도 역시나 기억에는 없었다. 적어도 같은 반에는 없다.

하야토가 고개를 크게 갸웃거리자 이오리와 카즈키가 어이없다는 한숨을 흘렸다.

"몰라? 사토 아이리, 지금 한창 인기 있는 모델이야. 에마도 자주 패션을 참고하던데."

"허, 모델?!"

그만 이상한 목소리가 나왔다. 완전히 예상 밖의 말이라 놀라서 눈을 부릅뜨고 말았다.

듣고 보니 확실히 그럴 만했다. 어쩌면 히메코는 잘 알지도 모른다.

하지만, 그래도 여전히 의문스러운 것은 있었다. 특히 조금 전의 눈빛이라든지.

하야토와 이오리가 의아하다는 시선을 향하자 카즈키는 허둥대며 후우, 크게 심호흡. 그리고 체념한 것처럼 양손을 가볍게 들었다.

"아는 사람, 이라기 보다 내 전 여친이거든."

""…………허어?!""

너무도 의외인 카즈키의 고백에 하야토와 이오리는 깜짝 놀란 눈빛으로 서로를 마주 보고 말았다.

그 후, 세 사람은 말없이 이동했다.

거리에 난립한 상가 건물의 2층 전체. 그곳에 목표로 한 가게가 있었다.

음메음메 규마루 타로는 저렴한 것이 포인트인 체인점 고깃집이었다.

제한 시간은 60분으로 짧지만 무한리필 평일 런치 888엔은 식욕이 왕성한 남자에게 무척 매력적이다. 여름방학이기도 해서 세 사람 말고도 비슷한 학생 손님이 많았다.

"……."

"……."

"……."

그곳의 객실 한편에서 세 사람은 그저 고기를 굽고, 먹고 있었다. 말은 없었다.

하야토는 본전을 뽑아야만 한다는 사명감으로.

카즈키는 부 활동을 마친 공복감으로.

이오리는 그런 두 사람에게 자극을 받은 느낌으로.

무한리필이라는 자리는 전장이었다. 조금 전 카즈키의 '전 여친' 일도 잊어버릴 정도로.

치익치익 고기의 기름이 익는 소리가 울렸다.

이따금 망 아래로 흘러내린 기름에 불이 붙어 타올랐다.

그곳에서 피어오르는 향기가 끝도 없이 식욕을 자극했다.

싸구려 고기지만 소고기다. 망 위에는 물론 채소 따위는 없이 고기뿐이었다. 영양 밸런스 따위는 알 바 아니라는 듯, 그저 한결같이 구운 고기를 앞다투어 먹었다.

열기와 식욕을 자극하는 소스와 쌀밥의 상승효과로 누구의 젓가락도 멈추지 않았다.

무한리필인 것이다. 먹는 것이 목적인 것이다. 하지만 60분이라는 시간은 의외로 짧다.

그리고 시간을 꽉 채워서 먹었을 때는, 세 사람 사이에 기묘한 연대감이——우정이 생겨나 있었다.

"으윽, 너무 많이 먹었어…… 하지만 본전은 뽑았겠지…….."

"나도 하야토 군한테 이끌려서 과식해버렸다고…….."

"걷는 게 힘들어…… 목에서 이것저것 나올 것 같아…… 그래도 여기 평일 무한리필 런치, 한 번은 오고 싶었거든."

가게를 나선 세 사람은 소화를 위해 딱히 목적지도 없이 어슬렁거렸다.

대로 양옆으로는 많은 건물이 서 있고 도처에 간판이 걸려 있었다.

다수는 음식점이지만 선술집이나 호프, 바같이 명백하게 하야토와 인연이 없는 가게도 볼 수 있었다. 그것만으로도 신기해서 그만 두리번두리번하고 말았다.

그때 이오리가 말을 건넸다.

카즈키가 아니라 하야토에게 이야기를 건넨 것은, 조금 전 **전 여친** 일이 아직도 영향을 미치고 있기 때문일까.

"그래서, 어떻게 할래?"

"응?"

"일단 당초의 목적은 달성했지만 모처럼 모였으니까, 어디서 놀다 갈까?"

"어―, 그것도 괜찮네. 근데……."

"근데?"

모처럼 이렇게 도심지까지 외출했으니 이대로 돌아가는 것은 아깝다. 게다가 집으로 돌아가도 혼자. 따로 할 일도 없었다.

그래서 이오리나 카즈키와 노는 것은 찬성이지만 문제가 있었다.

"나는 여기에 뭐가 있는지 모르니까, 나한테 물어봐도 뭘 하면서 놀 수 있는지 모른단 말이지."

"그러고 보니 그랬지."

확실히 그렇다며 이오리가 쓴웃음을 흘렸다.

하야토도 몇 번인가 이곳에 오기는 했지만 그때는 사전에 무엇을 할지 어디로 갈지를 제대로 정해둔 상태였다. 그래서 갑자기 놀자고 해도 어려웠다.

'그러고 보니 옛날에, 하루키하고는 목적도 없이 놀았었지…….'

옛날 일을 떠올리다가 당시와 지금은 놀이의 종류도 다르지 않느냐고 스스로에게 딴죽을 거는 사이, 카즈키가 얼굴을 들여다봤다.

"요전에 간 영화관이나 노래방 말고도 오락실에 볼링장에 배팅 센터같이 정석적인 곳은 얼추 다 있어. 일단 나는 샤인 스피리츠 시티가 추천이야. 여기서는 조금 걸어가야겠지만."

"거기 좋네. 가게도 다양하고 이벤트 회장이나 수족관, 플라네타륨까지 있으니까. 나도 에마랑 자주 가."

"샤인 스피리츠 시티…… 이름만이라면 들은 적 있기는 한데."

"으음, 거긴 말이지──."

샤인 스피리츠 시티──쇼핑센터를 비롯하여 음식점이나 이벤트 홀에 다양한 놀거리랑 테마파크 등이 모인, 이른바 복합 상업시설이라는 모양이다.

츠키노세 시골에서는 일단 볼 수 없는 곳이라서 하야토는 설명을 들어도 썩 와닿지가 않았다.

고개를 갸웃거리자 싱글싱글하는 카즈키가 놀리듯이 말을 건넸다.

"하야토 군도 니카이도랑 데이트하려면 어디에 뭐가 있는지 알아두는 편이 낫지 않을까? 좋은 곳이 잔뜩 있으니까!"

"무슨! 그, 그러니까 나랑 하루키는 그런 사이가 아니라고! 그렇게 잘 아는 건 아까 그 전 여친이랑 가서 그런 거야?!"

"야, 하야토!"

"아…… 미안."

하루키와의 관계를 놀리자 그만 화가 난 하야토는 되받아치듯이 전 여친 이야기를 다시 끄집어냈다. 아무리 그래도 배려가 부족한 그 말에 이오리가 나무라고 하야토도 머리를 숙였다.

하지만 카즈키는 아무 일도 없었던 것처럼, 오히려 신경을 쓰게 만들어서 미안하다는 느낌으로 어깨를 으쓱이며 쓴웃음 짓고 샤인 스피리츠 시티로 걸음을 옮겼다.

흘러가는 인파 가운데서 카즈키는 띄엄띄엄 이야기를 꺼냈다.

"뭐, 그건 사귀었다기보다 서로를 이용했다는 느낌이었어. 지금 생각하면 지위가 있는 사람이랑 사귀어서 우월감에 잠기고 싶었을 뿐이었지. 최악이었어."

"카즈키……?"

"그래서 이래저래 주변을 휘둘러대다가, 진학과 함께 관계도 청산했어. 샤인 스피리츠 시티에 대해서도 조사하기는 했지만 결국 같이 가진 않았어."

"…………."

그리고 침묵이 찾아왔다.

지독히 혼잡한 거리였기에 카즈키의 표정은 알 수 없었다.

하야토의 얼굴이 확 일그러졌다.

'……나 참.'

기가 막힌다는 듯 한숨이 새어 나왔다. 하야토도 카즈키에게 휘둘린 적이 있었다.

그를 바탕으로 알 수 있는 것은 하나. 그게 아무것도 아니라는 거다.

카즈키는 이래저래 아는 척을 하지만 그저 서투른 녀석일 뿐이었다.

──하루키와 똑같이.

그래서 하야토는 조금 답답한 기분으로, 앞서가는 카즈키의 등을 찰싹 때렸다.

"아얏! 하야토 군……?"

"바보냐."

"…………아."

어이없다는 표정으로 쓴웃음 지으며 옆에 나란히 서자, 카즈키의 눈이 크게 뜨이며 흔들렸다.

이오리도 나란히 따라오며 씨익 미소를 지었다.

"좋아, 그럼 오늘은 내가 추천하는 곳을 소개할게."

"맡길게, 이오리. 아, 돈은 많이 쓰지 않는 곳으로 부탁해."

"……하핫, 그건 괜찮네!"

카즈키도 상쾌한 미소를 짓고서 두 사람에게 대답하고 목적지로 향했다.

샤인 스피리츠 시티는 교외에 있는 만큼 상당한 부지 면적을 자랑했다.

60층 랜드마크 타워를 중심으로 다양한 건물이 펼쳐져 있어서 그것만으로 하나의 거리 같은 것을 형성했다.

하야토가 아는 복합 상업시설이라면 츠키노세의 농산물 직판장이나 지역 특산품 매점이나 푸드 코트가 뒤섞인 휴게소 정도였다. 너무나도 상상을 웃도는 규모에 눈을 동그랗게 뜨고 말았다.

"여기구나…… 굉장한데……."

"이것저것 있지. 하루 종일 돌아도 다 못 보니까 몇 번을 와도 즐길 수 있어."

"저, 저기, 여긴 입장료 같은 건 안 받아?"

"이것 참, 그런 걸 받았다가는 쇼핑하러 오질 않잖아."

"그, 그도 그러네."

"하핫, 역시 하야토 군은 히메코랑 무척 닮았구나. 응응, 남매야."

"시끄러워, 카즈키. 게다가 히메코랑 닮았다니 뭐냐고."

여름방학이기도 해서 세 사람과 마찬가지로 샤인 스피리

츠 시티에 온 또래들이 넘쳐났다.

그중에서도 이상하게 여자들의 모습이 눈에 띄었다. 다들 한결같이 같은 장소로 향하는 모양이었다.

무슨 일이냐며 고개를 갸웃거리자 이오리가 납득했다는 듯 말했다.

"아, 여자들 대상 이벤트 같은 게 있나."

"이벤트?"

"시티 안에 있는 광장에서 가끔씩 이것저것 하거든. 방송 같은 데서도 종종 나오는 장소니까 연예인을 만날 수도 있어. 가볼래?"

"연예인……."

그 말을 듣고 하야토는 얼굴을 찌푸렸다.

──타쿠라 마오.

유명한 여배우, 하루키의 어머니. 그녀의 얼굴이 떠올랐다.

그리고 그다지 좋은 표정이 아닌 것은 하야토만이 아니었다.

"아하하, 나는 좀 사양하고 싶은데…… 아까 아이리를 만났으니까, 그게…….."

"아─ 그러네. 그럼 다른 곳으로 갈까."

"……그래."

하야토는 카즈키에게 어울리며, 이벤트 회장과는 다른 방향으로 걸음을 옮기게 되었다.

◇ ◇ ◇

하루키와 히메코, 이사미 에마가 수영복을 사러 온 곳은 샤인 스피리츠 시티의 전문점 거리였다.

통로가 각 건물을 연결하고 지하 1층에서 지상 3층에 이르는, 회랑 형태의 쇼핑 센터.

전문점 거리라는 이름 그대로 다양성이 풍부한 가게가 늘어서 있고, 각 가게에서는 여름이기도 해서 수영장이나 바다와 관련된 페어가 진행되고 있었다.

그곳 한편에 있는 가게에서 하루키는 뺨이 굳어진 상태였다.

"하루, 이 사이드타이 비키니 같은 건 어때? 모처럼 사는 거니까 모험해보자!"

"아, 아래쪽은 끈으로 묶는다고?! 그것도 조금 마음의 준비가, 그게……."

"에마 씨는 이런 거 어때요?! 조금 차분한 게 훨씬 어른스러워서 남자 친구도 확 해서 꽉 해버릴 거예요! 남자 친구도!"

"아, 아하하, 그러려나?"

뺨이 굳어진 것은 하루키만이 아니라 이사미 에마도 마찬가지였다. 그만큼 히메코가 잔뜩 들떴다.

'뭐, 뭐 하지만 나쁜 분위기는 아니지?'

약속 장소에서 이사미 에마와 만났을 때, 히메코는 평소처럼 낯을 가리느라 머뭇머뭇했다. 그리고 그런 히메코를 보는 이사미 에마의 눈빛도 험악했다.

하지만 샤인 스피리츠 시티는 샤인 스피리츠 시티. 히메코는 규모에 깜짝 놀라서 흥분해버리고, 거기서 이사미 에마가 선뜻 『남자 친구랑 자주 와』라는 말을 건네자 감정의 리미터가 풀려버렸다.

남자 친구라는 단어가 어지간히도 히메코의 심금을 울린 모양이었다. 그리고 히메코는 그녀를 따르게 되었다.

여전히 히메코는 간단했고, 이사미 에마는 거기에 쩔쩔맸다.

("이, 이 아이는 왜 데려온 거야!")

("수영복 살 거면 같이 가는 게 좋겠지~ 싶어서…… 이, 이렇게까지 흥분할 줄은 몰랐지만…… 미안해.")

("그게 아니라…… 아— 정말, 나쁜 아이는 아닌데!")

하루키는 뺨이 굳은 이사미 에마에게 미안하다는 듯 쓴웃음으로 답했다.

"그것 말고도 어울릴 것 같은 게 있어, 하루는 이거, 에마 씨는 여기!"

"잠깐, 이거 엉덩이가 훤히 보이잖아?!"

"이쪽은 색깔은 얌전하지만 끈을 묶는 레이스업…… 하지만 이건 이것대로, 으으음."

"남자 친구한테!" "남자 친구라면!"이라는 말을 연호하는 말투가 부담스러웠지만 패션 센스는 확실했다.

게다가 천진난만한 미소와 함께 애교를 펼치니까 이사미 에마도 그냥 흘려버릴 수가 없었다. 곤란하다는 표정으로 웃음을 흘렸다.

"아! 저기 가게는 코르셋 뷔스티에? 어쩐지 재미있는 형태의 페어도 있어!"

"잠깐만, 히메! 가져온 건 다시 돌려놔야지!"

"포, 폭풍 같은 아이……."

히메코가 빨리 가자며 연신 재촉했다. 이미 다리는 바삐 움직이고 있었다.

하루키와 이사미 에마는 서로 얼굴을 마주 보며 미간에 주름을 만들었다. 문득 진지한 표정을 지은 이사미 에마가 한순간 히메코를 흘끗 본 뒤 살며시 귓속말했다.

"나, 나는 니카이도 편이니까."

"아, 아하하."

하루키는 히메코에게 휘둘리기만 하는 이사미 에마를 보고 애매하게 웃었다.

그리고 잠시 후.

"큰 수확이었네, 하루, 이사미 씨!"

"그러네, 이래저래 고민했지만 좋은 걸 골랐어."

"아, 아하하……."

힘없이 웃는 하루키와는 대조적으로 히메코는 안색이 반들반들, 이사미 에마도 이러니저러니 해도 득의양양한 미소를 짓고 있었다.

수영복 선택은 난항이었다.

숫자도 종류도 대책 없이 많아서 어떤 것을 고르면 좋을지 알 수 없었다.

하루키는 희희낙락해서 고르던 히메코와 이사미 에마를 보고 "이것이 여자의 쇼핑……"이라며 전율했다.

문득 전날 하야토와 함께 스마트폰을 고르러 갔을 때를 떠올렸다.

'그러고 보니 하야토, 뭘 고를지 몰라서 스마트폰을 안 썼다고 했던가.'

그 사실을 다시 떠올리고 하루키는 유쾌하게 웃음을 흘렸다. 그때 이사미 에마가 말을 걸었다.

"점심, 어떻게 할까?"

"으─음……."

시간을 확인했더니 오후 두 시를 조금 넘기고 있었다. 점심시간은 진즉에 지났다.

하지만 공복감보다도 피로감이 강해서, 신기하게도 배는 고프지 않았다. 그것은 이사미 에마도 마찬가지인지 서로 얼굴을 마주 보게 되었다.

히메코가 갑자기 "으응?" 하며 의문의 목소리를 흘렸다.

"왜 그래, 히메?"

"아니, 뭐가 있는 거 같아서…… 저기."

히메코가 시선으로 가리킨 곳에는 어딘가로 향하는 사람

들의 흐름이 생겨 있었다. 게다가 그녀들과 같은 또래의 여자들뿐이었다.

아니나 다를까, 히메코는 호기심으로 덧칠된 표정을 짓고 있었다. 하루키는 "아하하"라며 쓴웃음을 흘렸다.

"저긴 시계 광장 쪽이네. 아마 뭔가 이벤트를 하는 게 아닐까?"

"이벤트?!"

히메코의 눈동자가 한층 더 빛을 발했다.

그런 천진난만한 미소로 불쑥 다가오자, 이사미 에마는 허둥대면서도 "한번 가볼까?"라고 말할 수밖에 없었다.

샤인 스피리츠 시티의 시계 광장은 전문점 거리에 있는 거대한 시계탑이 상징인 오픈 스페이스였다.

지하 1층에서 지상 3층까지 훤히 뚫린 구조이면서, 날씨에 좌우되지 않는 공간이기도 해서 다양한 이벤트가 열리고 있었다. 방송 등 미디어에서도 자주 다루어지는 장소였다.

히메코도 시계 광장을 보고 "어라, 본 적 있어!"라고 흥분한 기색으로 소리 높이다가 주변에서 쿡쿡 웃으며 주목이 모이자 움츠러들고 말았다.

시계 광장은 또래 여자들로 북적거렸다.

다들 지금부터 시작될 이벤트에 대해서 열중하며 속삭이고 있었다.

스테이지 위에 설치된 대형 모니터에 뜬 것은 익숙한 로고.

"어라, 우리가 쓰는 통신사 로고인데."

"너희도 거기구나. 대체 뭘까?"

"……뭐, 보기만 하면 공짜니까."

통신사와 그녀들의 관계가 제대로 이어지지 않았다. 고개를 갸웃거리며 구석 쪽에 조심스레 자리 잡았다.

하지만 그 의문은 스테이지로 올라온 화려한 소녀의 등장과 함께 해결되었다.

『다들―! 오늘은 아이리가 카메라가 엄청난 신기종이랑, 아이리풍 사진 합성 앱 사용 방법을 공개해 버릴 거야―!』

와아, 귀를 찢을 듯한 새된 환호성이 시계 광장에 울려 퍼졌다.

하루키는 너무나도 엄청난 갈채의 음량에 몸을 움찔 떨었다.

"하루, 아이리야, 아이리! 와, 진짜야, 진짜! 하루!"

"어, 말도 안 돼, 그래서…… 아, 같이 찍은 걸 합성해준다는데…… 큭, 추첨인가!"

"아, 그렇구나……."

살짝 질린 기색인 하루키와 다르게 히메코와 이사미 에마는 완전히 흥분했다.

앞쪽에서는 스태프가 나와서 정리 번호를 나누어주는 모습이 보였다.

사토 아이리는 몇 개월 사이에 두각을 드러낸, 하루키도 아는 독자 모델이었다.

히메코한테 빌린 잡지에도 자주 실려 있어서 기억하고 있었다.

인기 있어 보이지만, 하루키에게는 얼굴은 안다는 수준의 인식이었다. 두 사람만큼 감정이 있는 것도 아니었다.

"저기, 나 조금 피곤하니까, 저쪽에서 쉴게. 히메랑 이사미, 둘이서 다녀와."

"어, 하루 괜찮아?!"

"아, 니카이도──."

하루키는 대답을 기다리지 않고 그 자리를 뒤로했다.

떠날 때에 흘끗 무대를 봤다. 그녀의 눈빛은 어쩐지 딱딱했다.

시계 광장의 상황을 아슬아슬하게 알 수 있을 정도까지 떨어진 하루키는 후우, 크게 숨을 내쉬며 등을 벽에 기댔다.

사토 아이리에게 별다른 생각은 없었다.

하지만 **연예인**에게는 생각하는 바가 있었다.

'⋯⋯⋯⋯어머니.'

한 손을 가슴에 꽉 댔다. 무언가 치밀어 오르려는 것을 필사적으로 억눌렀다.

불과 얼마 전에도 경원시되기만 했다. 이번에는 저도 모르게 얻어맞은 뺨에 손을 댔다.

사토 아이리는 모델이다.

여배우도 아니니까 관계없다. 접점도 없을 터다.

하지만 혹시 여기서 어머니와 만났다가는──그런 생각

을 하자 빨리 집으로 돌아가고 싶다는 생각으로 머릿속이
가득 차 버렸다.

　어째서인지 돌아갈 장소로 떠올린 것은 자신의 집이 아니
라 하야토의 아파트였다.

　게다가 당연하다는 듯이 맞이해주는 하야토의 모습까지.

　"……쿡."

　그런 생각을 해버린 스스로가 우스워서, 그만 이상한 웃
음을 터뜨리고 말았다.

　전날에는 갑자기 어머니를 눈앞에 두고서 도망쳐버렸다.
기습적이라 각오를 다질 시간이 없던 것도 있었다. 혹시 지
금 만나더라도, 설령 나중에 **징계**가 기다릴지라도, 나는 태
연하게 받아들일 수 있다——그런 생각을 했을 때였다.

　"너는 아이리한테 안 가니?"

　"어?!"

　"너희 또래한테 인기 많을 텐데…… 뭐, 취향을 타는 성격
이긴 하겠구나."

　"…………당신은?"

　문득 누군가 말을 걸어서 어깨를 움찔했다.

　고개를 들자 하루키의 눈에 서른은 넘는 것으로 보이는,
정장을 바르게 차려입은 남자가 들어왔다. 단정한 얼굴에
늘씬한 키.

　주위에는 아무도 없었다. 있더라도 의식은 시계 광장으로
향하고 있었다.

상황이 상황이다 보니 경계심을 끌어올리기는 했지만 무언가가 걸렸다.

"이런, 오늘도 너를 발견한 건 우연이야. 그게, 병원에서는 실례를 했네."

"…………아."

남자는 곤란하다는 표정을 짓고 익살스럽게 양손을 들었다.

문득 병원에서 만난 것을 떠올렸다.

의외의 상대지만, 어째서 자신에게 이야기를 건네러 왔는지는 알 수 없었다. 그때도, 그리고 지금도.

찬찬히 관찰했다.

다시금 기억을 더듬어 봐도 본 적이 없는 상대였다. 자연스럽게 얼굴도 굳어 버렸다.

"하하, 노려보진 말라고. 귀여운 얼굴이 아깝잖아."

"……그건 미안하네요, 원래 이런 얼굴이라서요. 헌팅이라면 거절할게요."

"아니아니, 어― 나는 그게, 이 이벤트의 관계자라서 말이야."

"관계자가 저한테 무슨 볼일인가요?"

"너는 지금도 충분히 예쁘지만 갈고닦으면 굉장히 빛날거라 생각해. 그야말로 저기에 있는 아이리보다도. 연예계에 흥미라든지, 혹시 없을까?"

"……읏! 아뇨, 전혀, 요만큼도……!"

"아, 미안미안! 이건 직업병 같은 거라서."

"다른, 사람을, 찾아, 보세요!"

하루키는 점점 짜증이 치밀어 올랐다. 모든 것이 마음에 안 들었다.

어쩐지 경박한 남자의 태도도, 튀어나오는 화제도. 생각하고 싶지도 않았다.

그 감정을 감추려고 하지도 않고 발길을 돌려 이 자리를 떠나려는데, 등 뒤에서 남자의 날카로운 목소리가 날아들었다.

"——타쿠라 마오."

"읏?!"

어깨가 크게 튀었다.

돌아보자 그는 조금 전과 전혀 다르게 진지한——아니, 심각한 얼굴로 확신과 함께 하루키를 응시하고 있었다.

의식이, 감정이 뒤흔들렸다.

타쿠라 마오——그것은 하루키에게 특별한 의미를 지닌 말이자 이름이다.

그 관계는 결코 공표되지 않았고 되어서는 안 된다. 비밀인 것이다.

그렇기에, 하루키는 어째서 눈앞의 남자가 하루키를 앞에 두고 그 이름을 말했는지 이해할 수 없었다. 아니, 예측은 가능했다. 하지만 생각하고 싶지 않았다. 머릿속은 엉망진창이었다.

동요의 극치였다. 움켜쥔 손바닥에 손톱이 파고들어서 피가 배어 나왔다.

급속하게 머리가 식어가는 것을 자각했다.

귀가, 뇌가, 마음이 남자의 말을 부정하라고 외쳤다. 하지만 어쩌면 좋을지 알 수 없었다. 필사적으로 생각해도 좋은 말이 떠오르지 않고 초조함만이 더해졌다. 의식이 빙글빙글 정리되지 않았다.

"너는——."

그럼에도 남자가 말을 계속하려던 순간, 하루키는 반사적으로 몸에 밴 착한 아이의 가면을 뒤집어쓰고야 말았다.

"무슨 말씀이시죠?"

"——윽?!"

무척 단아하고 맑은 음색이었다.

팽팽하던 그 자리의 분위기를 하루키가 순식간에 덧칠했다.

마치 아무런 사정도 모르는 듯한 천진무구한 소녀의 의문이며, 그렇게 여길 수 밖에 없게 하는 박력 또한 있었다. 그녀가 싱긋 미소 지으며 고개를 갸웃거리자 남자는 그만 숨을 삼켰다.

그것은 보는 이 모두를 매료시키는, 오랫동안 기른 경험이 이루어낸 완벽한 **의태**였다.

남자의 의식이, 눈빛이 하루키에게 못 박혀서 압도당하고 말았다.

"그건 여배우의 이름이죠? 저, 그런 거 잘 몰라서…… 그리고 흥미도 없어서요. 그게, 죄송해요."

"…………어, 아, 그게."

하루키 자신도 곤혹스러웠다. 어째서 이렇게 되었는지 알 수 없었다.

감정이 마구 흐트러졌음에도 불구하고 의식만은 이상하게 차갑고 맑아서, 어떻게 하면 이 상황을 무난하게 벗어날 수 있을지 계산──연기했다.

스스로도 어이없을 만큼 우스꽝스러운 연기였다.

하지만, 이 자리의 분위기를 확실하게 지배해 버렸다.

"그럼, 저는 이만."

하루키는 청초하게 미소 짓고 몸을 빙글 돌려서 이 자리를 뒤로하려고 했다.

마치 남자가 이 자리에서 하루키를 보내주는 것이 자연스럽다고 느끼게 만드는, 물 흐르는 듯한 아름다운 동작이었다. 실제로 남자는 홀려 있었다.

"…………윽! 아니, 너!"

그리고 정신을 차린 남자의 말을 등으로 받아내는 것과 동시에, 하루키는 전력으로 달려갔다. 본능적인 행동이었다.

'──────────윽!'

머릿속은 조금 전 이상으로 엉망진창이었다. 피부에 소름이 돋는 감정을 떨쳐내듯이 달렸다.

흘러가는 풍경과 함께 가슴으로 흘러드는 것은 갈망, 실의, 공포, 소외감. 혹은 고독, 비탄, 그리고 **착한 아이**로 있으라는 말──수도 없이 마주한, 방해되는 것을, 싫어하는 것을, 취급하기 곤란한 것을 보는 어머니의 눈빛이 뇌리를 가득 채웠다.

하야토와 재회한 뒤로는 인연이 없어졌던 그것들이 억지로 비집고 나왔다.

진즉에 익숙해졌다고 생각한 것들이었다.

그런데도 이제까지는 없었을 만큼 심장이 마구 뛰었다.

등줄기에는 기분 나쁜 땀이 폭포처럼 흘러내렸다.

새파래진 입술은 너무 깨물어서 피가 나왔다.

'나는, 혼자가, 안 돼, 아니야, 부탁이야, 민폐가──.'

옆에서 봐도 명백하게 심상치 않은 모습일 것이다.

심지어 이렇게 인파가 많은 몰에서 전력 질주를 하니 눈에 띄지 않을 리가 없다.

하지만 지금 하루키에게는 그런 자신을 객관적으로 볼 여유도 없었다.

"하루키!"

"……어?"

하루키의 귀에 날카롭지만 친숙한──지금 가장 듣고 싶었던 목소리가 날아들었다.

한순간 의식이 날아갔다. 다리가 멈췄다. 정신이 들자 팔을 붙잡힌 상태였다.

"왜 그래, 무슨 일이야?!"

"하야, 토……?"

돌아보자 숨을 헐떡이는 하야토가 있었다.

왜? 어째서 여기에?

상상도 못 한, 너무나도 자신의 형편에 맞는 전개에 상황을 이해할 수 없었다.

하지만 하루키를 보는 눈빛은 너무나도 진지했다. 그것이 조금은 냉정을 되찾게 해주었다.

자세히 보니 하야토의 등 뒤로 뒤늦게 쫓아오는 카즈키와 이오리의 모습이 보였다. 아무래도 함께 놀고 있었나 보다.

붙잡힌 팔을 봤다. 그리고 얼굴을 봤더니 이마에 땀이 있었다.

"…………."

"아하하, 그게……."

그것이 그들보다도 자신을 우선시해준 증거 같아서, 살짝 기쁨을 느꼈다. 그런 스스로에게 살짝 기가 막혀 웃음이 나오자 마음도 풀렸다.

서로 얼굴을 마주 봤다. 조금 전의 자신이 평범하지 않았다는 자각은 있었다.

무언가 설명을 해야 할 것 같아 입 안으로 말을 굴렸지만, 제대로 정리되지 않았다.

그래서 하루키는 곤란하다는 표정으로, 그냥 지금의 속마음을 솔직하게 털어놓기로 했다.

"……나도 모르겠어."

"…………허?"

그리고 어떤 사실을 깨달았다. 쿵쿵 냄새를 맡았다. 미간
에 주름을 짓고 토라진 목소리를 흘렸다.

"고기 냄새, 치사해."

"어— 아니, 이건 말이지……."

"……후홋."

당황하기 시작한 하야토를 보고, 하루키는 곤란하다는 눈
썹 모양 그대로 짓궂은 웃음을 흘렸다.

샤인 스피리츠 시티에는 시계 광장과는 별개로 야외에 대
형 전시홀이 존재한다.

비즈니스 쇼나 전시회, 캐릭터 이벤트 외에도 동인지 판
매회가 열리기도 해서, 이오리는 이벤트 공지를 보고『코스
프레인가……』라며 진지한 표정으로 중얼거리기도 했었다.

이곳은 시티 내에서는 소외된 장소라서 아무런 행사도 없
을 때는 지금처럼 한산했다. 남들의 시선을 피해서 쉬기에
는 절호의 장소라고도 할 수 있었다.

"괜찮아? 자."

하야토는 페트병 차를 건네고 하루키 옆에 앉았다.

"아, 응, 고마워…… 어라, 카이도랑 모리 군은?"

"히메코랑 이사미하고 합류해서, 이벤트가 끝난 다음에
이쪽으로 오겠대."

"……그런가."

아무래도 이래저래 배려를 해준 모양이었다.

서로 아무런 말도 없이, 살며시 차에 입을 댔다.

나무 그늘에 들어오도록 계산해서 배치한 벤치에 쏴아 하고 건물풍이 불어 들었다.

하늘을 올려다보니 흘러가는 하얀 구름.

츠키노세와는 다르게 나무들이나 산이 아니라 무기질적인 빌딩이나 인공 건축물이 주위를 둘러싸고 있었다.

눈에 비치는 광경은 옛날과는 다르다.

하지만 옛날과 같은 모습으로, 하야토가 아무 말도 없이 함께 있어준다.

──그날, 재회하고 새로이 나눈 약속처럼.

흘끗 옆얼굴을 봤다.

정말로 특별해지고 싶다고, 강해지고 싶다고, 그렇게 선언을 해놓고서 이런 꼴. 좀처럼 잘 되지 않았다. 그런 자신이 한심했다. 크게 한숨을 한 번 쉬었다.

"……음."

좋아, 하며 하루키는 차를 들이키고 약해진 마음도 함께 꿀꺽 삼켰다.

하지만 하야토는 그것을 허락해주지 않았다.

"──타쿠라 마오, 야?"

"으음?! 쿨럭, 쿨럭쿨럭쿨럭, 으윽……."

"미, 미안해, 타이밍이 나빴어!"

"쿨럭, 괘, 괜찮아……."

기습이었다. 그만 목이 막혀서 하루키는 눈물을 글썽이며 하야토를 노려봤다.

그러다가, 걱정스럽게 바라보는 눈빛이 날아들자 겸연쩍은 표정으로 눈을 돌리고 말았다.

"하루키……."

하야토의 눈동자는 하루키를 걱정하고 있었다. 기쁘기도 하고, 동시에 미안하다고도 생각했다.

하루키는 머뭇머뭇 조금 전에 있었던 일을 이야기했다.

"……나도 있지, 잘 모르겠어. 아까 사토 아이리의 이벤트 회장에서 나와 타쿠라 마오를 아는 것 같은 사람이 말을 걸어서, 영문을 알 수가 없어서, 그래서……."

"그랬나……."

"아하하, 역시 제대로 설명이 안 되네. 내 존재를 아는 사람 따윈 츠키노세 사람 말고는 한정적일 테니까, 머리가 새하얘져서, 그게……."

그것은 하루키의 기탄없는 마음이었다. 아하하, 고개를 숙이고 메마른 목소리를 흘렸다.

스스로도 대체 무슨 일인가 싶어 제대로 설명할 수 없었다.

상대에 대해서도──애당초 어머니에 대해서도 제대로 모르기 때문이었다. 미간을 찌푸리고 말았다.

"……어머니가 있지, 쓰러져서 입원한 건 두 번째였어."

"어, 하야토……?"

"그게, 목숨에 별다른 지장은 없지만 후유증이라고 할

까, 손끝이 마비까지는 아니라도 제대로 움직이진 않거든. 지금 필사적으로 재활을 하는 참인데."

"…………"

갑작스러운 화제전환.

게다가 **남**에게 쉽사리 이야기할 내용도 아니었다.

하루키가 놀라서 하야토의 얼굴을 올려다봤지만 그의 눈은 어딘가 먼 곳을 향하고 있었다.

그리고 이어지는 말은 어쩐지 빨랐다.

"아마 재활이 끝나도 전처럼 생활할 수는 없을 거야. 이래저래 휘둘릴 거라고도 생각해. 하지만 그런 건 딱히 상관없다고 할까, 그게, 어—, 뭐라고 할까!"

"와앗, 하야토—?!"

거기까지 단숨에 쏟아낸 하야토는, 그 심경을 표현하듯이 하루키의 머리를 마구 휘저었다.

갑작스러운 일에 하루키가 항의의 목소리를 높여도 하야토는 여전히 다른 곳을 보고 있었다. 그리고 얼굴을 귀까지 새빨갛게 물들이고서 퉁명스럽게 말했다.

"민폐라면 얼마든지 끼쳐도 돼. 하지만, 걱정시키지는 말아줘."

"허? 아…… 아으으……."

그것은 하야토의 솔직한 마음이 담긴 말이었다.

조금 전 하루키의 설명과 마찬가지로 엉망진창이지만, 그럼에도 어디까지고 그의 본심이 전해지는 말.

그렇기에 하루키의 마음으로 스르륵 스며들었다.

그것이 잘 느껴졌다. 가슴을 채웠다.

"……."

"……."

머리에 얹은 하야토의 손바닥에서 전해지는 열기는 너무도 따뜻해서, 하루키의 싸늘한 마음을 녹였다. 직접 닿아 있는 머리는 익어버리고, 더욱 전파되어 몸 전체가 뜨거워졌다.

그것이 어째선지 기뻤다. 하지만 부끄러워서 어쩌면 좋을지 몰라 허둥대고 말았다. 이대로 분위기에 잠겨 있고 싶어졌다.

둘이서, 얼굴을 새빨갛게 물들이고서 한동안 딴 곳을 보았다. 손바닥과 머리로만 이어져 있었다. 그 광경은 상상하는 것만으로도 우스꽝스러웠다.

그래서 하루키와 하야토는 함께 웃음을 흘렸다.

그것은 어릴 적부터 수도 없이 존재했던 광경과도 같았다.

변함없는 대화에 분위기가 풀어졌다.

기분이 풀린 하루키는 애써 넘기듯이, 얼버무리듯이, 그리고 응석을 부리듯이 투덜거렸다.

"아— 정말이지 하야토는 또, 나를 히메랑 똑같이 취급하잖아."

"……그러네, 생일도 빨라서 한 살 차이니까."

"건방지기는…… 뭐, 상관없지만. 이런 거 다른 사람한테 하면 안 된다? **민폐**를 끼칠 테니까."

"안 한다고—. 하루키는 그게, 나한테 하루키니까."

"아핫, 그게 뭐야."

"……뭐든 어때."

한층 더 간지러운 분위기가 흘렀다. 어쩐지 굳어 있던 서로의 표정도 녹아내렸다. 가슴은 간질간질. 하지만 나쁘지 않았다.

"하루—! 하루하루하루, 있잖아, 굉장했어, 가까이서 있지, 추첨은 꽝이었지만 있지, 악수, 처음으로, 정말로, 연예인이랑!"

"“웃?!”"

그때 흥분한 듯한 히메코의 목소리가 들렸다.

허둥지둥 튕기듯이 거리를 벌리고 고개를 홱 돌렸다.

자세히 보니 손을 붕붕 흔드는 히메코만이 아니라 카즈키에 이오리, 이사미 에마의 모습도 보였다. 아무래도 무사히 합류해 이벤트도 끝난 모양이었다.

벅벅 머리를 긁적이며 일어선 하야토가 손을 내밀었다.

"우리도 갈까."

"……응."

하루키는 어릴 적과 같은 미소를 짓고서 그 손을 잡았다.

그저 달에 바라고,
노래하다

낮의 열기가 가라앉기 시작하는 저녁 무렵.

츠키노세의 산, 그 중턱에 있는 오래된 신사가 점차 주홍빛으로 물들었다.

츠키노세 신사의 역사는 오래되었다. 지금의 신전도 에도 시대에 세워진 당시의 모습이 남아 있다.

그런 신사의 사무소 바로 뒤에는 갑자기 근대적인 가옥이 있고, 그곳의 부엌에서 사키는 바늘에 실을 꿰는 듯한 진지한 표정을 짓고 있었다.

"간장 네 큰 술, 미림 네 큰 술, 술 네 큰 술, 설탕 네 큰 술⋯⋯⋯⋯."

표정만이 아니라 손도 긴장해서 굳은 상태로, 정확히 계량한 조미료를 냄비에 넣었다.

향기가 둥실 퍼지며 코를 간질이자 사키는 가볍게 표정을 풀었다.

"그렇게까지 정확하게 안 재도 괜찮아―, 시간도 걸리잖니―."

"돼, 됐으니까, 엄마는 가만히 있어~!"

"예예, 뚜껑 잊어버렸다―."

"어?! 지, 지금부터 하려던 참이었어~!"

지적을 받고서 황급히 나무 뚜껑을 냄비 안으로 넣었다.

사키가 어머니의 감수 아래 만들고 있는 것은 고기감자조림이었다.

얇게 자른 고기를 기름으로 볶고 크게 썬 감자와 당근, 채썬 양파를 넣어서 더욱 볶는다. 거기에 육수와 조미료를 넣고 실곤약도 추가한 뒤, 거품을 걷어내고 조린다.

가정적인 요리의 정석 중 하나. 그것은 틀림없이 하야토에게도 그럴 것이다.

'으으으…… 제대로 완성할 수 있을까?'

우선은 견실하게 레시피 그대로. 이상한 모험은 하지 않는다.

요즘 사키는 이렇게 저녁 식사의 메뉴 하나를 만드는 경우가 많았다. 그것은 내년, 고등학교 진학과 함께 마을을 떠나기 때문이라는 이유가 있었다.

츠키노세에서는 결코 드문 일이 아니었다. 가장 가까운 고등학교까지 편도 두 시간이기에, 마을을 나가는 사람도 많다. 보통 기숙사가 있는 곳을 선택하는 것이 관례라서 식사 걱정은 없지만.

'나, 나도 요리를 도울 수 있게 될 테니까~!'

동기는 하루키였다.

계속 받기만 해서 미안하다며 최근에 하야토와 미나모에게 적극적으로 배우고 있다나.

이제까지는 채소를 썰거나 껍질을 벗기거나 조미료나 도

구를 가져다줄 뿐이었지만 최근에는 간단한 조리는 맡게 되었다고 한다.

그 모습을 상상한 사키는 조금, 아니 솔직히 무척 질투했다.

이것만큼은 어쩔 수도 없다는 것을 알면서도 1년이라는 나이 차이가 답답하다고 생각했다.

보글보글 소리를 내는 나무 뚜껑을 봤다. 맛의 완성도가 신경 쓰였다.

제대로 만들고 있을까? 맛있다고 생각해줄까? 애당초 어떤 맛이 취향일까?

"남자라면 역시 밥이 잘 들어가는 진한 맛이 좋지 않을까? 하야토 군, 멧돼지를 해체한 뒤에 파티에서 소스를 잔뜩 뿌린 고기를 밥에 얹었지─?"

"어?! 엄마~!"

마치 마음을 읽은 것 같은 어머니의 딴죽에, 사키는 항의의 목소리를 높였다.

저녁 식사 후.

여름축제가 가깝기도 해서 사키는 카구라마이 연습을 빼놓지 않았다.

하지만 오늘 연습은 생기가 부족했다.

"엄마도 참, 고기에 대해서 말해줬어도 됐을 텐데~!"

연습 후 샤워로 땀을 씻어낸 사키는 기분이 나쁜 걸 숨기지도 않고 복도를 저벅저벅 걷고 있었다.

원인은 고기감자조림이었다. 멧돼지 고기는 조금 누린내가 났다.

"뭐가『멧돼지는 술이랑 향신료로 사전에 누린내를 제거해야지─』야~!"

사키가 조사한 인터넷 레시피에는 특색이 강한 멧돼지고기 밑처리는 실려 있지 않았다. 애초에 유통을 생각하면 멧돼지를 사용한다고 가정하지는 않는다.

완전히 사키의 어머니가 돼지 대신에 준비한 함정이었다. 츠키노세 특유의 함정.

참고로 사키는『하야토 군한테 선보이기 전에 깨달아서 다행이네─』라며 놀림을 당한 뒤『아닌걸!』하며 완전히 토라졌다.

"…………아."

자기 방으로 돌아온 사키는 침대 위에 놓아둔 스마트폰에 알림이 떠 있는 것을 봤다. 그룹 채팅방인 듯했다.

오늘은 무슨 화제가 튀어나올까?

오늘 하야토는 뭘 했을까?

오늘은──하루키와 무언가 극적인 일은 벌어지지 않았을까?

조금 전까지의 어머니에 대한 분노는 어디로 갔는지, 머릿속은 기대와 불안과 갈망이 마구 뒤섞여버려서 화면을 여는 것을 주저하고 말았다.

침대 위에 정좌해서 스마트폰을 가슴 앞에 양손으로 들고 심호흡.

"좋아! ……………………으으응?"

기합을 넣고 채팅 로그를 훑어보고는 한순간 버그인가 눈을 의심했다. 그만큼 히메코가 열심히 폭주하고 있었다.

『연예인을 눈앞에서』『실물로 가까이서』『텔레비전에서 본 장소』『카메라 처음 봤어, 커다래』『찍혔을지도 몰라』『옷 좀 더 제대로 고를 걸 그랬어』『오빠 탓이야.』

보아하니 아무래도 외출한 곳에서 이벤트가 있었고 연예인을 실물로 봤나 보다. 그래서 이렇게나 들뜬 모양이었다. 그 흥분이 길게 이어지고 있었다.

사키는 이렇게 평소의 **히메코다운** 들뜬 모습에 쿡쿡 웃음을 흘리고, 굳어 있던 표정을 풀었다.

최신 부분까지 스크롤을 내리자 화제는 완전히 바뀌어버렸지만, 그럼에도 히메코의 기세는 변하지 않았다. 하지만 그것은 히메코만이 아니었다.

『치사해, 치사해치사해치─사─해─! 오빠만 고깃집 치사해! 안심, 갈비, 우설, 야─앙!』

『먹었구나…… 안창살, 부채살, 우둔살…… 본능이 이끄는 그대로 먹었구나…….』

『그건 그냥 배가 부른 정도를 넘어서, 한계에 대한 도전이었지. 시간제한도 있으니까 전략도 필요하고 무엇보다─체중이나 요요 같은 걸 신경 쓰는 사람은 돌격할 수 없거든.』

227

『으기기긱……!』

평소에 주고받는 농담 같은 내용이었다.

히메코도 하루키도, 정말 고기를 먹고 싶거나 하야토를 혼내고 싶은 게 아니라 혼자서 무한리필을 간 하야토에게 토라져서 **투정을 부릴 뿐**이라는 사실을 깨닫고 말았다. 하야토도 그것을 알고 있을 것이다.

이것은 사키가 과거에 츠키노세에서, 멀리서 손가락을 빨며 잔뜩 보았던 광경 그 자체. 그 안으로 들어가고 싶다며 바라 마지않던 곳이기도 했다.

부러웠다. 하루키가.

재회하자마자 친구이자 누구보다도 거리가 가까운 동생 히메코와 같은 거리감인 하루키가.

아무것도 하지 않는다면 아무것도 변하지 않는다는 사실을 뼈저리게 알았다. 필요한 것도 안다. 적극성이다. 크게 숨을 내쉬고 좋아, 라며 가슴 앞으로 주먹을 쥐었다.

『안녕하세요. 오빠, 고기를 먹으러 갔나요? 히메랑 하루키 씨한테는 비밀로.』

『무, 무라오?!』

『아─, 사키! 오빠 있지, 우리한테는 몰래 무한리필 고깃집에 갔어, 무한리필! 아무 말도 안 하고! 너무하지?!』

『게다가 말이지, 우리한테는 "요요가─" "피하지방이─"라면서 위협했다고?!』

두근두근하며 조금 짓궂은 코멘트를 입력했다.

미움을 사면 어쩔까 두려웠지만 히메코도 하루키도 그 이야기에 응해주고, 하야토도 목소리를 높여주었다. 거기에서는 평소의 사키답지 않은 딴죽에 허둥대는 느낌이 전해졌다.

그것이 어쩐지 우스워서 아주 조금, 하야토가 연상인데도 귀엽다고 생각해버렸다. 마음 편한 사이이기에 가능한 대화, 사키가 동경하는 뻔한 대화가 그곳에 있었다.

표정이 풀어지고 가슴이 술렁거렸다. 그래서 아주 조금 자신의 바람을 섞어서 채팅에 올렸다.

『그럼 짓궂은 오빠는 사죄로, 츠키노세에 돌아오면 계속 바비큐 굽는 담당을 맡아주실까요.』

조마조마하며 대답을 기다렸다.

이제까지의 사키였다면 말하지 않았을, 대담한 제안이었다.

『와, 바비큐! 나 꼬치로 꿴 고기 먹고 싶어, 소스 잔뜩 뿌린 걸로! 그리고 달콤짭짤한 특제 스페어립도!』

『나는 닭에 향초를 채워서 통째로 구운 거 먹고 싶어! 아, 그러고 보니 하야토 말이지, 요전에 불붙이는 방법에 요령이 있다고 그랬지. 그거, 계속 신경이 쓰였거든!』

『히메코, 그거 엄청 수고스러운…… 아니, 알았으니까 춤추지 마, 아래층에 울려서 화낼 거야!』

히메코의 기분도 순식간에 좋아진 모양이었다.

사키는 여전히 단순한 친구의 모습에 "아하하"라며 쓴웃음을 지었지만, 갑자기 무언가가 마음에 걸렸다.

바로 알 수는 없었다. 그럼에도 결코 무시해서는 안 된다며 본능이 호소했다.

그리고 사키의 생각이 거기까지 다다르기 전에, 하루키가 해답을 이야기했다.

『그러니까 사키, 나도 츠키노세에 갈 생각이야. 이래저래 부탁할 수 있을까?』

"……아."

그만 스마트폰을 손에 들고서 맥 빠진 목소리를 내고 말았다.

니카이도 하루키가 츠키노세에 온다──호기심과 흥미에서 나온 배려 없는 시선이나 말과 맞닥뜨리더라도 방문하겠다는, 각오를 다진 말이었다.

『……하루키도 가는 거야?』

『와, 하루도 가는구나! 그러면 같이 축제용 유카타 같은 것도 보러 가자!』

『응응, 모처럼 가는 거니까. 유카타도 괜찮겠네.』

『후후, 그럼 저는 최대한 대접해드릴게요.』

하루키 안에 있는 어떤 종류의 강함을, 변화를 명확하게 느꼈다.

심장이 두근두근, 채팅창 너머로 들릴까 걱정될 정도로 날뛰었다. 사키는 스스로 생각하던 것 이상으로 동요해 버렸다.

『그럼 구체적인 날짜 말인데요, 축제 날은──.』

그것을 들키지 않기 위해 이야기를 다른 쪽으로 유도했다.

다행히도 화제에 넘어간 키리시마 남매가 방치된 츠키노세의 집 청소가 어쩌느니 그런 이야기로 들어가서 안도의 한숨을 내쉬었다.

하지만 그것도 잠시. 문득 개인적으로 날아든 메시지 때문에, 동요는 한층 더 심해지고야 말았다.

『츠키노세에 갔을 때, 할 이야기가 있습니다.』

무엇에 대해서, 인지는 적혀 있지 않았다. 하지만 쉽게 상상이 가고 말았다.

한순간 머리가 새하얘져 버린 사키는, 이날 하루키가 보낸 메시지에 대답하지 못하고 그저 달을 바라보게 되었다.

제5화

유년기의 마음, 그 끝

수영장에 가는 날.

그날은 구름 한 점 없이 쾌청했다.

오늘 방문한 곳은 코지엔. 정확하게는 국내 유수의 규모를 자랑하는 코지엔 유원지에 딸려 있는, 여름에만 운영하는 수영장이다.

어린이용 얕은 수영장부터 깊이가 3미터 이상으로 발이 닿지 않는 수영장, 유수풀, 파도풀까지 다양한 종류의 수영장이 갖추어져 있었다.

수많은 배관이 설치된 공장이나 요새 같은 거대한 워터슬라이드가 눈길을 끌었다. 그 위용이 역에서 나오자마자 시야에 날아들어 깜짝 놀랐다.

""굉장해······!""

일단 츠키노세에서는 볼 수 없는 거대 어뮤즈먼트 시설이었다.

이런 걸 보면 누구나 압도당할 만하다. 하야토와 히메코는 떡하니 입을 벌리고, 반짝반짝 기대감으로 눈을 빛냈다.

"오빠, 저거 탈래! 잔뜩 탈래! 다섯 종류나 있어, 잔뜩 있으니까, 전부 재패! 돌래! 빙글빙글! 잔뜩!"

"지, 진정해 히메코! 게다가 파도풀을 거슬러서 수영한다든지 유수풀에서 튜브를 타고 논다든지 할 수도 있다고."

"와, 와와와, 와—, 그것도 좋아! 어어어어어어쩌지 오빠! 뭘 어떻게 하면 될까?!"

"그냥 전부 하면 되지 않을까?!"

""우아?!?!?!?!""

그런 키리시마 남매 사이로 무척 들뜬 하루키가 끼어들었다.

참고로 신이 난 하야토와 히메코를 본 카즈키와 이오리는 서로 얼굴을 마주 보고서 어깨를 으쓱이고, 이사미 에마는 "……저 두 사람, 정말로 남매구나"라고 중얼거렸다.

"유료지만 플룸라이드 계열의 놀이기구도 있는 모양이네! 응응, 딱히 수영을 못 해도 이건 충분히 즐길 수 있지 않을까? 않을까?!"

어쩐지 필사적으로 느껴지는 모습에 문득 그 이유까지 생각이 미친 하야토와 히메코는 갑자기 자애로 가득한 표정으로 바뀌었다.

"그러네, 하루키. 이거라면 맥주병이라는 부끄러운 사실을 들키지 않고서도 즐길 수 있겠어."

"괜찮아 하루, 수영 못 할 수도 있지. 조금 깊은 곳이라든지 수영을 해야만 하는 곳에 갔을 때 따돌림당하는 게 다니까. 뭐, 산에서 자란 우리도 수영은 할 줄 알지만……."

"부, 부끄러워??! 따돌려?! 으, 으그그……."

하루키의 얼굴이 수치심과 분노로 일그러지고 모두의 입

에서 웃음이 새어 나왔다.

한여름의 태양은 눈부시게 빛나며, 오늘도 무척 더워질 것이라 말했다.

바로 티켓을 사서 입장, 남녀가 나뉘어서 탈의실로 들어 갔다.

역시나 옷을 갈아입을 땐 남자보다 여자 쪽이 더 시간이 걸린다.

이럴 때 히메코를 기다리는 경우가 많은 하야토는 항상 불만이 가득했지만, 오늘은 시야에 날아드는 광경으로 가 슴이 두근거리고 있었다.

"하아, 다시 봐도 굉장하네……!"

저수지는커녕 작은 댐 정도 규모의 수영장 전체가 레크리 에이션을 위한 시설인 것이었다. 자신들과 같은 젊은이들 이 잔뜩 찾아와서 물을 만끽하고 있었다.

즐거워하는 그들의 분위기를 마주하고 하야토도 더욱 들 떴다.

똑같이 들뜬 이오리가 "헤헷" 하고 신이 난 목소리로 어 깨를 두드렸다.

"굉장하네, 하야토."

"그러게, 사람도 가득하고 시선을 끄는 것도 잔뜩 있어."

"그래! 작은 것도 큰 것도 다양하게 눈길을 끈단 말이지, 으흐흐……!"

"…………이오리?"

이오리의 묘하게 열기를 띤, 천박한 기색의 웃음소리. 무슨 일인가 싶어서 옆을 봤더니 칠칠치 못하게 풀어진 표정이었다.

하야토가 고개를 갸웃거리자 이오리는 시선으로 어딘가를 가리켰다.

"저 그룹 봐봐, 완전히 각양각색이라는 느낌이라 볼 만하단 말이지."

"?!!?!"

"이것 참, 좋네! 여대생인가? 어쩐지 이렇게, 우리 또래한테는 없는 색기라고 할까 어른의 풍성함이라고 할까…… 으흐, 참을 수가 없네."

"잠깐, 너!"

그 시선의 행선지는 흉부였다. 가슴이었다.

순식간에 머리로 피가 오르고 만 하야토는 황급히 시선을 피했지만 어디로 시선을 향해도 눈부신 맨살이 날아들었다.

당연하게도 수영장이니까 주위는 다들 수영복 차림이었다. 얇은 천 한 장뿐이었다. 몸의 굴곡도 잘 알 수 있었다.

다양한 가슴에 아낌없이 드러난 잘록한 허리둘레, 엉덩이나 허벅지들까지. 뺨에 열기가 어리는 것을 자각하고는 허둥지둥하고 말았다.

"이것 참, 하야토. 그 반응은 저분들에게 실례 아닐까?"

"아니아니 실례라니, 이오리, 너도 참……."

"있잖아, 잘 생각해봐. 여긴 수영장이라고? 보인다는 건 당연히 알 테고, 그러면서도 여기에 왔다는 건 봐도 된다는 뜻…… 아니, 오히려 주위에 보여주려고 온 거야!"

"뭐, 뭐라고?!"

하야토에게, 갑자기 뒤통수를 퍽 얻어맞은 것 같은 충격이 찾아왔다.

그렇구나. 주위를 흘끗 둘러보고는 확실히 이오리의 말에도 일리가 있다고 생각했다.

수영복 차림인 그녀들의 얼굴은 하나같이 자신감으로 넘쳤다.

속옷과 거의 다르지 않은 천 면적임에도 부끄러워하거나 위축된 사람 따위는 없었다.

아마 이날을 위해서 몸을 단련했겠지.

하루키나 히메코가 기를 쓰고 다이어트하던 것을 떠올렸다.

"나는 그게, 오늘은 친구랑 왔으니까──하야토 군, 이오리 군!"

"아─ 뭐 어때, 그러면 그 친구도 같이 와."

"그보다 네 친구도 신경 쓰이네─ 있지, 어떤 느낌이야?"

"잠깐, 아니, 카즈키?!"

그때 곤란해 보이는 목소리의 카즈키가 다가왔다.

카즈키는 재빨리 하야토와 이오리를 방패로 삼듯 진을 쳤지만, 이오리는 스르륵 빠져나가서 그 자리를 떠나고 하야토만이 남겨졌다.

뒤에서는 조금 연상으로 여겨지는 화려한 여자가 둘.

아무래도 잠시 눈을 뗀 틈에 헌팅을 당하고 있었나 보다.

그녀들을 살펴봤다. 무척 단정한 얼굴에 몸매였다. 스스로에게 자신도 있는지 당당했다. 조금 떨어진 곳에서 이오리도 무심코 "휘이"라며 휘파람을 불었다.

어떤 의미로 공들인 준비와 마음가짐이 필요할 이곳 수영장이라는 장소는 여자들의 전장일 것이다. 그녀들은 그야말로 전사이자 사냥꾼이었다.

"호오, 나쁘지 않잖아. 너희 몇 살? 꽤 귀여운 얼굴이네."

"와, 그쪽 애도 몸매가 꽤 괜찮잖아! 나 근육 좋아—!"

"웃?!"

하지만 하야토는 이런 상대가 거북했다.

사냥감을 평가하는 것 같은 시선에 미간을 확 찌푸리며 원망스럽다는 기분으로 카즈키를 봤다.

카즈키가 미안하다는 듯 면목 없다는 표정으로 한 손을 눈앞으로 들었다. 한숨을 쉬고 어쩌면 좋을지 벅벅 머리를 긁적였을 때였다.

"와, 와, 와, 저것 봐 하루, 에마 씨! 헌팅 당하고 있어요, 헌팅! 와, 와, 정말로 있구나?! 그보다도 카즈키 씨, 정말 인기 있네?!"

""""어?!""""

히메코였다.

그녀의 등 뒤에는 울컥한 것 같은, 어이없다는 것 같은 하루키와 이사미 에마의 모습도 보였다.

수영장에서 헌팅을 당한다는 시추에이션을 목격해서 그런지 히메코의 목소리는 평소보다 흥분해서 컸다. 손가락질하며 주위에 알리는 모습이 솔직히 살짝 짜증 났다.

"어, 어어어어어떻게 하나요, 카즈키 씨?! 헌팅당했나요 그대로 같이 가나요 어느 쪽이 취향인가요 꺄———앗?!!?!"

"어, 어— 그게, 친구랑 같이 왔는데 방해해서 미안하네."

"그, 그러네, 우리는 이만, 그, 그럼……."

"하, 하하, 히메코……."

히메코, 그리고 하루키와 이사미 에마의 모습을 본 화려한 여자들은 마치 도망치듯이 그 자리를 떠났다.

어쩔 수 없는 일이다. 셋 다 상당히 높은 수준의 미소녀니까.

늘씬한 히메코는 가슴께의 프릴과 리본이 특징적인 파스텔컬러 프린지 비키니가 잘 어울렸다. 자신의 약점을 메우기 위한 선택이리라.

이사미 에마는 부 활동으로 단련된 건강한 몸을 검은 비키니로 감싸서 평소보다 어른스러움을 연출했다. 이오리가 넋을 놓고서 말을 잃었을 정도였다.

하루키는 어쩌냐면 심플한 디자인의, 하지만 하의의 끈이 조금 대담한 사이드타이 비키니였다. 색깔도 핑크색으로 귀엽지만 살짝 짓궂은, 그야말로 하루키다운 모습이었다.

긴 머리카락도 오늘은 셋으로 나누어 한데 땋아 내렸다. 하야토도 그만 침을 꿀꺽 삼켰다.

그런 하루키는 이 모습이 부끄러운지 꾸물꾸물 양쪽 손가락을 감으며 쭈뼛쭈뼛 올려다보고 물었다.

"어, 어때?"

"귀여워."

"'……어?!'"

한순간 하야토와 하루키의 얼굴이 붉게 물들었다.

그것은 순간적으로 튀어나온 말이었다. 하지만 적어도 **그냥 친구**라면 결코 하지 않을 부류의 말이기도 했다. 하야토는 황급히 입을 열었지만――.

"어, 아니 그게 이건, 지금 이건 역시 취소――."

"…………기뻐."

"――가 아닌 걸로……."

"……응."

그리고 두 사람의 얼굴이 더더욱 붉게 물들었다.

서로가 어떻게 반응하면 좋을지 몰라서 허둥지둥하고, 시선을 이리저리 헤매고 말았다. 거동이 이상해져 버렸다.

심장도 아플 정도로 빠르게 뛰고 머리도 마치 열이 오른 것처럼 멍했다. 하지만 나쁜 기분은 아니었다. 그것이 하야토 안의 무언가를 곤혹스럽게 만들었다.

"하, 하야토 군, 도와――."

"헌팅당하는 건 처음인가요, 자주 있는 일인가요, 따라오거나 이끌려 간 적은 있나요, 어떤 사람이──아, 잠깐만 기다려 달라니까요─!"

그때 조금 전보다 더 비통한 카즈키의 외침에 정신을 차렸다. 아무래도 히메코한테 붙잡힌 모양이다. 하야토와 하루키는 얼굴을 마주 보고 어이없다는 웃음을 흘렸다.

"하야토, 갈까."

"그러네."

하야토는 고개를 절레절레 내저으며 자연스럽게 하루키에게 손을 뻗고──그리고 그 손은 허공을 갈랐다.

"……하야토?"

"읏! 어, 어어 지금 갈게."

하루키는 이미 다른 사람들 쪽으로 가고 있었다. 먼저 가는 뒷모습에서 아직도 여전히 붉은 귀가 보였다.

하야토는 그 손을 잠시 바라보고, 벅벅 머리를 긁적이고는 히메코와 카즈키가 있는 곳으로 향했다.

거대하며 복잡한 코스가 있는 워터슬라이드는 이 수영장의 핵심이었다.

직선, 곡선, 회전이나 똬리를 트는 모양새까지 복잡하고 기묘하며 다양한 종류가 있었다.

많은 사람들이 줄을 서 있고, 코스에서는 "꺄아아악" "우오오오오오" 하는 날카로운 함성이나 두꺼운 절규가 울려 퍼졌다. 하루키와 히메코도 그들에게 지지 않겠노라 쾌재

를 불렀다.

"히메, 하야토, 방금 굉장했지! 빙글빙글빙글~해서는 화
악~하다가 우와아~까지 가서!"

"한 번 더 타고 싶어, 다음으로 다른 것도 타고 싶어! 이
번에는 저기 튜브를 타고 미끄러지는 거, 신의 강을 건너는
켈피 라이드, 저거 탈래!"

"하루키, 히메코…… 얼마나 탈 생각이야……."

그들은 히메코가 앞장서는 형태로 가장 먼저 워터슬라이
드로 돌격했다. 벌써 여섯이서 함께 몇 번이나 돌고 있었다.
횟수가 너무도 많았기에, 하야토는 다섯 번을 넘었을 즈음
에 세는 것을 그만뒀다.

흐르는 물과 함께 미끄러지는 워터슬라이드는 크기도 다
양한 데다 상당한 스피드가 나와서 스릴이 넘쳤다. 맥주병이
라 수영을 못 하는 하루키도 괜찮아 보이고, 히메코도 들뜬
모습이었다. 매력적이지만 그만큼 체력도 꽤나 소모됐다.

아직 계속 더 돌려고 하는 여자 둘의 반짝반짝한 얼굴을
보고서 하야토는 한숨을 내쉬고 말았다. 이상하게 기분이
좋아서는 싱글싱글하는 카즈키가 말을 건넸다.

"그래도, 하야토 군. 기껏 자유이용권을 샀으니까 본전을
뽑을 때까지 안 타면 손해라고?"

"음, 확실히 그건 그렇네……."

본전을 뽑는다──그 말에 하야토의 안색이 바뀌었다. 마
치 사명을 띤 무사의 얼굴이었다.

하루키와 히메코 곁으로 향하는 하야토의 뒷모습을 보며 카즈키는 더더욱 싱글싱글 환하게 웃고 있었다.

"히메코, 하루키. 다음은 어떤 걸 탈 생각이야?"

"아, 오빠. 저기 켈피 라이드──튜브? 보트? 그걸 타는 게 좋을 것 같은데……."

"제일 핵심인 데다, 물을 잔뜩 뒤집어쓰거나 물속으로 처박히는 화려한 코스가 엄청 재미있을 것 같기는 하지만 2인승이라……."

"응? 그게 뭐가 문제지?"

의기양양하게 이야기를 건넸지만 조금 전까지의 흥분은 어디로 갔는지, 어떤지 애매모호한 대답이었다. 하야토가 고개를 갸웃거리자 하루키와 히메코는 쓴웃음과 함께 어느 장소로 시선을 향했다.

"……그게, 저거."

"…………그렇구나."

시선 끝에 있던 것은 긴장해서 몸이 굳은 이오리와 이사미 에마였다.

둘 다 얼굴을 새빨갛게 물들이며 고개를 피한 채, 손이 아니라 검지를 감고 있었다. 그러고서도 어지간히 부끄러워 보였다.

항상 교실에서 볼 수 있는 야무지고 약삭빠른 이오리나 밝고 활발한 이미지의 이사미 에마에게서는 생각할 수도 없는 무척 숫된 모습. 막 사귀기 시작한 커플의 전형이다.

참고로 처음에는 손가락조차 잡지 않았다.

히메코의 『커플이에요 애인이에요 사귀는 거군요, 우리 눈을 신경 쓰지 말고 알콩달콩하세요, 자자자!』공격을 받고서 이렇게 된 것이다.

"……."

"……."

바로 이게 오늘 다른 사람들에게 수영장을 권유한 이유일 거라 하야토는 짐작했다.

소꿉친구라는 관계에서 한 걸음 나아간 두 사람이지만 오히려 서로가 이래저래 아는 사이다 보니, 단둘이 있으면 이렇게 긴장해버리는 모양이었다.

다른 사람들의 시선을 알아차린 이오리가 미간을 찌푸리며 쭈뼛쭈뼛 물었다.

"저, 저기, 이번에는 저기 켈피 라이드야? 저건 그……."

"2인승이라 엄청 밀착하겠네. 응응, 너희 커플한테 딱이잖아?"

"아, 아니 그렇지만, 그게, 나랑 에마한테는 아직 이르다고 해야 되나……."

"아하하, 무슨 소리야. 오히려 사이가 깊어질 찬스잖아?"

"하, 하야토 이 자식……!"

이오리의 얼굴이 더더욱 붉어지고, 하야토의 얼굴이 더더욱 흐뭇한 것을 보는 표정으로 바뀌었다.

다른 세 사람도 이 순진한 커플을 다정한 눈빛으로 쳐다봤다.

켈피 라이드는 전용 튜브를 사용하는 인기 놀이기구.

말의 등을 본뜬 튜브에 걸터앉는 최대 2인승의 그것은 친근하게 밀착해서 미끄러지는 커플의 모습만을 연출하고 있었다.

"진짜 오빠, 그만 놀려! 기껏 우리가 어떻게 탈 수 있게 해줄지 논의도 했는데! 자, 에마 씨. 부끄러워하지 말고요, 응?"

"어, 잠깐, 히메코?!"

"이런, 미안해. 그러니까 이오리, 잘 즐기고 와라?"

"야, 하야토?!"

하야토를 나무라던 히메코는 이사미 에마의 등을 탑승구를 향해 꾹꾹 밀었다. 하야토도 히메코를 따라서 이오리의 등을 밀었다.

허둥지둥하는 커플에게 참견한 키리시마 남매의 얼굴은 무언가 좋은 일을 해냈다는 것처럼 상쾌했다.

하루키가 어이없다는 얼굴로, 카즈키가 더욱 싱글싱글 환한 미소로 둘을 지켜봤다.

"저, 저기 하야토, 이거 한 사람씩 타는 건 안 돼?"

"아하하, 이만큼 줄을 서 있는데 그게 되겠어?"

"하야토도 니카이도랑 같이 타서 잔뜩 어색해하라고!"

"으응?!"

"미얏?!"

어떻게든 갚아주겠다는 듯 이오리는 그런 말을 던졌다.

이번에는 하야토와 하루키의 얼굴이 새빨개질 차례였다.

서로 얼굴을 마주 보고 켈피 라이드로 시선을 옮기자, 여자 친구를 등 뒤에서 끌어안은 남자 친구의 모습이 시야로 날아들었다.

옛날과는 달리 지금의 체격 차이라면 하야토의 품속으로 하루키가 폭 들어가 버릴 것이 자명했다.

"…………."

"…………."

둘 다 수영복이기에 저런 형태로 밀착한다면 피부 대부분을 겹쳐버리게 된다. 상상하는 것만으로 머리로 피가 쏠리고 말았다.

피부를 드러내는 것과 맞닿는 것은 다르다. 손을 잡는 것 이상의 의미를 가진다.

왜 이오리와 이사미 에마가 저렇게나 주저했는지를 이해했다.

"저건 그게, 엄청 그러네……."

"그, 그러네, 저건 저거구나……."

머뭇머뭇 양손을 맞잡고 꾸물거리는 하루키를 봤다.

도자기처럼 투명하고 하얀 피부, 남자와는 달리 부드럽게 느껴지는 몸에 청초하고 가련한 얼굴.

소꿉친구의 호의적인 시선을 제외하더라도 명백하게 주위보다 뛰어난 수준의 용모였다.

닿고 싶다, 끌어안고 싶다는 생각조차 하고 말았다. 하지만 그것은 결코 **친구**에게 품을 마음이 아니었다. 하야토는 그 감정을 미처 얼버무리지 못하여 꿀꺽 침을 삼켰다.

"⋯⋯⋯⋯키한테⋯⋯."

"⋯⋯하루키?"

문득 하루키의 표정이 어두워지고 무언가를 중얼거렸다. 요란스러운 심장 탓에 제대로 듣지 못했다.

"하야토 군, 니카이도랑 같이 타는 데 저항이 있다면 히메코랑 탈래?"

"에에~, 오빠랑 타란 말인가요~?"

"'읏?!'"

그때 카즈키가 놀리듯이 말을 건네어 정신을 차렸다. 히메코는 얼굴을 찌푸렸다.

"따, 딱히 싫다든지 그런 건 아니고, 그냥 좀 망설인 거야!"

"그, 그래 그거야! 나랑 하야토가 같이 탄다면, 히메가 카이도랑 같이 탈 거잖아?! 가자, 히메!"

"아— 응, 그것도 그렇네. 아무리 그래도 오빠 친구랑 같이 타는 건 나도 좀 어색하려나—."

"어라라, 히메코한테 차였어."

당황한 하루키가 히메코의 팔을 잡아당기고, 카즈키가 장난스럽게 아쉽다며 어깨를 으쓱였다.

"⋯⋯⋯⋯."

한순간, 불과 한순간이지만 하야토는 하루키가 카즈키와 함께 타는 광경을 상상하고 가슴에서 질척거리는 감정이 끓어오르는 것을 느꼈다.

그 마음을 얼버무리듯이 벅벅 머리를 긁적이고 퉁명스럽게 말했다.

"그래서, 나랑 카즈키가 같이 타게 되는 거네."

"우리도 알몸의 친교를 다지러 갈까, 하야토 군."

"알몸 아니잖아!"

"하핫!"

이오리에게 "이렇게나 혼잡한데"라고 했으면서 혼자 타는 것은 이치에 맞지 않으리라.

하야토는 맥이 탁 풀린 모습으로 하루키와 히메코를 뒤따랐다.

그때, 카즈키가 별것 아닌 듯이 말을 흘렸다.

"니카이도도 좋지만 말이지, 히메코도 예쁘고 귀엽네. 전혀 밀리지 않아."

"히메코가? 뭐, 확실히 이래저래 화려하게 꾸미기는 했지만…… 그런가?"

"어?! 어, 아, 아니 그게, 니카이도랑 나란히 있어도 손색이 없다고 할까, 천진난만하고 순수하지만 그게 보고 있으면 위태롭다고 할까……."

"응? 단순히 시골 사람이라 눈을 뗄 수가 없는 것뿐이잖아………… 카즈키?"

하야토가 돌아보자 어쩐지 놀라서 허둥대는 카즈키의 모습이 시야에 들어왔다.

"으음! 우리도 서두르자, 이러다가 떨어져 버리겠어."

"잠깐, 밀지 말라고 카즈키!"

헛기침을 한 번 하고 평소의 싱글싱글 미소로 돌아온 카즈키는 억지로 하야토의 등을 밀었다.

그리고 무언가를 확인하듯이 중얼거렸다.

"히메코도 하야토랑 마찬가지로, 재미있고 착한 아이일 뿐이야."

"허어, 그건 또 뭔 소리야?"

"하핫, 글쎄?"

아침부터 놀이기구를 잔뜩 타고서 지친 일행은, 히메코의 배에서 나는 꼬르륵 귀여운 소리에 점심을 먹기로 했다. 참고로 그 소리를 지적한 하야토에게 히메코가 토라지는 장면도 나왔다.

가벼운 음식을 제공하는 푸드 코너 앞에는 파라솔이 달린 테이블과 의자가 놓여 있어서 저마다 점심을 먹는 손님으로 북적였다. 그들도 그중 하나였다.

"아니, 이거 전부 하야토 군이 만든 거야?!"

"주먹밥에 닭튀김에 달걀말이, 간단하니까 딱히 그렇게 놀랄 건 아니잖아."

"흐흐―응, 하야토의 요리는 맛도 확실하니까 말이지!"

"뭐, 레퍼토리가 조금 편중되기는 하지만."

놀라는 카즈키에게 의아한 듯 대답하는 하야토, 그리고

어째선지 득의양양한 표정인 하루키와 거만한 시선인 히메코.

그들의 눈앞에 펼쳐진 것은 하야토가 만들어온 도시락이었다.

메인은 바삭바삭한 식감에 신경을 쓴 닭튀김.

닭 허벅지살에 술, 간장, 미림, 참기름, 그리고 간 생강과 마늘, 양파를 넣고 반죽해서 재워둔다.

그렇게 조금 진하게 맛을 낸 닭 허벅지살을 박력분, 녹말가루, 그리고 빵가루의 두꺼운 옷으로 처음에는 저온에서 천천히, 그리고 다음은 고온에서 바삭하게 두 번 튀긴 것이었다. 물론 맛은 츠키노세의 술꾼들에게 인정을 받았다.

"응~~~, 맛있어! 식감이 조금 치킨카츠에 가깝지만, 그래도 닭튀김이야!"

"튀, 튀김옷이 두꺼워서 그런가 목이 말라! 오빠, 차!"

"저기 하야토 군, 정말 나도 먹어도 될까?"

"많이 만들어 왔으니까. 대신에 나중에 빙수 사라고?"

다들 화기애애하게 도시락으로 손을 뻗어 입으로 넣었다.

하지만 미동도 하지 않는 사람도 있었다. 이오리와 이사미 에마였다.

둘 다 완전히 삶은 문어 같은 상태로, 의자에 앉은 몸 방향도 미묘하게 서로를 피하고 있었다. 그런 주제에 흘끗흘끗 상대 쪽으로 시선을 향하고는 눈이 마주치자 고개를 돌리고, 푸쉭— 하고 머리에서 김을 뿜어냈다.

켈피 라이드는 이 커플에게 지나치게 자극이 강했던 모양
이다.

보는 쪽도 흐뭇하긴 하지만, 조금 전과 비교해서 대화도
완전히 사라지고 악화된 듯한 모습에 역시 죄책감이 자극
됐다.

하야토와 히메코는 얼굴을 마주 보고서 눈썹을 여덟 팔
자로 만들고, 하루키는 곤란하다는 표정으로 작게 고개를
가로저었다. 카즈키는 어깨를 으쓱일 뿐. 하야토는 머리를
벅벅 긁적이며 닭튀김이 든 용기를 이오리와 이사미 에마에
게 건네고 말을 꺼냈다.

"어— 그게, 잔뜩 만들어 왔거든. 괜찮으면 이오리랑 이
사미도 먹어봐……."

"어, 어어, 그게 음, 고마워, 하야토."

"어?! 자, 잠깐만!"

"…………에마?"

이오리가 하야토의 닭튀김으로 손을 뻗으려던 그때였다.

번뜩 움직인 이사미 에마가, 조금 전까지의 어색한 상태
에서 돌변해 민첩하게 가방에서 바구니를 꺼냈다.

"그게, 나도, 도시락……! 이오리가 그게, 먹고 싶다고……
말했으니까. 저기, 잔뜩 있으니까, 다들 같이, 먹어봐……!"

바구니에 들어 있던 것은 샌드위치였다.

정석인 달걀, 햄과 오이, 참치와 양상추에 조금 공을 들인
치즈와 아보카도, 토마토가 주역인 BLT에, 디저트 대신인

지 딸기와 커스터드, 바나나와 초코 크림 같은 것도 있었다. 종류도 많고 보기에도 화려하면서 색깔도 풍부했다.

"에마, 정말로 만들어줬구나…… 그게, 실수하진 않았어? 괜찮아?"

"새, 샌드위치라면 불도 별로 안 쓰니까, 하지만 그게, 모양이…….'"

이사미 에마가 자신 없게 말했다시피 안타깝게도 모양은 전부 제각각이라 한눈에도 그다지 익숙하지 않다는 것은 알 수 있었다. 그녀는 형태가 고른 하야토의 주먹밥이랑 달걀말이를 보고는 불안한 표정으로 시무룩하게 움츠러들고 말았다.

하지만 하야토는 "호오"라며 감탄을 흘렸다. 어느 샌드위치든 수고가 들어갔다는 사실을 보는 것만으로 알 수 있었으니까.

형태는 나쁘지만 단면에서 엿보이는 내용물은 공들여서 만들었음을 알 수 있었다.

그리고 다음은 맛이 신경 쓰여서 자연스럽게 손을 뻗었다.

"그럼 나도 하나──."

"오빠!"

"──어?!"

하지만 그렇게 뻗으려던 손을 히메코가 찰싹 때렸다.

당황한 하야토가 히메코에게 시선을 향했더니 이상하게 험악한 표정이 돌아올 뿐. 카즈키도 쓴웃음을 흘리고 하루키조차 어이없다는 시선을 보냈다.

"오빠…… 그 도시락 말이지, 누가 누구를 위해서 만들어 온 걸까?"

"…………아."

그렇다면 처음에 손을 대야 할 게 누구인지 모르겠어—? 세 사람이 그런 표정으로 바라보는 것을 깨달은 하야토는 헉, 정신을 차렸다. 뻗었던 손을 머리로 가져갔다.

하루키가 크게 한숨을 내쉬고는 절실하게 말을 흘렸다.

"정말이지, 하야토는 몇 살이 되어도 여심을 모른다니까……."

"하, 하루키한테 그런 말 듣고 싶진 않아!"

"최, 최근에는 나도 그렇지도 않은걸!"

"역시 최근까지는 스스로도 몰랐다는 거냐?"

"푸흡! 으윽…… 으음, 쿨럭, 쿨럭…… 후후…… 아하하 하하하하하!!!"

"카즈키!" "카이도?!"

하야토와 하루키의 대화에 카즈키는 먹던 주먹밥에 목이 멘 채로도 참을 수 없는지 웃음을 터뜨렸다. 그 웃음의 파도는 히메코를 쓴웃음 짓게 하고, 굳어 있던 이오리와 이사미 에마까지 소리 죽여 웃음을 흘리게 만들 정도로 퍼졌다.

이번에는 하야토와 하루키가 흐뭇한 것을 보는 눈빛을 마주할 차례였다.

"……그게, 우리도 먹을까."

"······응."

더는 참을 수 없었던 하야토와 하루키는 서로 수치심으로 얼굴을 물들이며 묵묵히 점심을 먹게 되었다.

점심식사를 마치고 이번에는 유수풀로 향했다.

참고로 히메코는 또다시 워터슬라이드로 돌격하려고 했지만, 모처럼 수영장에 왔으니까 다른 종류도 제패하지 않으면 아깝다는 카즈키의 말에 금세 마음이 바뀌었다. 여전히 그런 쪽으로는 간단한 히메코였다.

카즈키를 시작으로 하루키나 다른 사람들도 "역시 남매야······"라며 묘하게 납득한 것 같은 말을 흘렸지만, 하야토는 불만스러운 표정을 지으면서도 아무 말도 하지 못했다.

코지엔의 유수풀은 틀림없이 워터슬라이드와 어깨를 나란히 하는 핵심 중 하나였다.

수영장 외곽을 해자처럼 순환하는 유수풀은 강처럼 완급이 변하고, 뱀처럼 구불구불한 길에 급커브도 있으며 바닥도 깊이가 다양해 버라이어티가 풍성했다. 그저 흘러가는 것만으로도 즐거울 정도였다.

폭도 넓어서 많은 사람들이 화기애애하게 저마다 물을 즐기고 있었다.

"하, 하야토! 역시 안 떠, 가라앉아! 무리야, 어떻게 하는 거야?!"

"예예, 몸에 힘이 너무 들어갔어, 하루키. 게다가 여기선

물장구 안 쳐도 그냥 흘러가. 그러니까 우선은 뜨는 것만 생각해."

"으그그…… 말은 쉽지……!"

다른 사람들이 유수풀을 즐기는 가운데, 하야토는 하루키의 수영 연습에 어울리고 있었다.

하루키는 스스로 신고했다시피 그저 맥주병이었다.

아무튼 가라앉는다. 뜨지 않는다. 수면에서 물장구를 치려고 해도 어째선지 물속으로 다리가 가라앉아서 버둥대는 것처럼 보였다.

어떤 의미로 재능이었다. 조금 전부터 몇 번을 도전해도 이 모양이었다.

"어— 자, 내 손을 잡아. 딱히 얼굴을 물에 안 대도 되니까. 힘을 빼고 물에 몸을 맡겨봐."

"노, 놓으면 안 된다?! 절대로 손, 놓지 말라고!"

"웃! 절대로 안 놓을 거니까 안심해."

"진짜 믿는다?!"

"어, 어어."

꽤나 아슬아슬한 발언을 하지만 본인은 그것을 깨닫지 못했다. 하야토는 미간을 찌푸렸다.

그리고 또다시 물에 뜨려고 도전하는 하루키. 필사적으로 하야토의 손을 더없이 힘을 실어 붙잡았지만 굳은 몸은 떠오르지 않고 발이 바닥에 탁 닿았다.

"하루키……."

"………."

유수풀에 멈춰 서서 손을 맞잡고 마주 보는 한창때의 남녀.

하루키의 얼굴은 수치심으로 새빨갛게 물들어서 고개를 돌리고, 그걸 마주하는 하야토는 굉장히 안타까운 존재를 보는 표정이었다.

"으음, 한 번 더! 한 번 더 챌린지!"

"이번에는 제대로 힘을 빼. 손은 잡지 않고 대기만 해도 돼. 목욕하면서 축 늘어지는 느낌이야."

"목욕하면서 축—…… 응, 이렇게??"

이번에는 성공했다. 물론 하반신은 완전히 물속에 잠겨버려서 떠 있다기보다 표류했다고 하는 편이 나을 것이다. 실제로 흐름에 몸을 맡기고 있으니까 그쪽이 적절했다.

그래도 조금 전까지를 생각하면 큰 진보였다.

"하루키, 하면 할 수 있잖아."

"읏, 조, 조용히 해! 지금 집중하고 있어!"

"어, 어어, 미안해."

하루키는 무척 진지하고 복잡한 표정이었다.

아무래도 힘을 빼는 것에 전력을 쏟고 있는 모양이었다.

하야토가 그런 하루키다운 모습에 큭큭 웃던——그때였다.

"아, 죄송해요!"

"으아…… 이런!"

"어?! 하, 하핫?!"

쿵, 하야토의 등에 튜브 보트가 부딪혔다. 그 바람에 손을 놓고 말았다.

부딪힌 초등학생으로 보이는 남자아이들은 겸연쩍은 듯 사과했지만 하야토도 하루키도 그럴 겨를이 아니었다.

"하루키, 진정해, 발 닿으니까!"

"어윽…… 어푸……!"

"윽?!"

"어푸, 쿨럭, 쿨럭……!"

있는 힘껏 물속에 잠겨버린 하루키는 갑작스러운 일로 패닉에 빠져서 팔다리를 마구 버둥거렸다. 하야토는 재빨리 손을 뻗어서, 얻어맞으면서도 하루키를 안아 들었다.

'…………윽?!'

그리고 한순간에 의식이 날아갈 뻔했다.

오늘은 수영장. 수영복이었다.

상상 이상으로 부드러운 몸, 미덥지 못한 천 너머로 느껴지는 분명한 둔덕의 탄력, 꽉 안은 온몸으로 느끼고 만 달라붙는 것 같은 피부.

필사적으로 버둥거리는 하루키는 그것들을 꾹꾹 밀어붙였다.

의도치 않게 맨살을 맞대며 끌어안는 것 같은 모양새였다.

하루키라는 존재가 이성을 침식하고 본능을 자극했다. 눈앞의 아름다운 이 소녀에게 치밀어 오르는 질척한 욕망을 던지고, 엉망진창으로 만들고 싶다는 생각마저 해버렸다.

하지만 이곳은 공공장소, 수영장이었다.

그 사실을 떠올린 하야토는 어렴풋한 이성을 그러모아서 하루키를 불렀다.

　"하루키, 괜찮아, 발은 닿아. 진정해, 그리고 심호흡해."

　"후우—, 후우—, 하아~~~~."

　어떻게든 자세를 바로 잡고 심호흡하는 하루키.

　하지만 여전히 끌어안은 상태.

　가슴께로 불어드는 거친 숨결은 요염해서 하야토의 이런저런 부분에 피가 끓어오르게 만들었다. 결정적인 변화가 일어날 뻔해서, 수치심이 웃돈 하야토는 황급히 하루키의 어깨에 손을 댄 채 거리를 벌리려 했다.

　"……어— 그게, 괜찮아?"

　"응, 괜찮아. 정말 깜짝 놀랐어."

　"그런가. 그게, 아직 가까우니까, 떨어져 주면…….”

　"어?! 미, 미안해!"

　"아, 아니…….”

　상황을 간신히 깨달은 하루키는 허둥지둥 몸을 떼고는 고개를 돌렸다. 그녀의 얼굴은 수치심으로 붉게 물들어 있었다.

　하야토는 조금 아쉬움을 느꼈지만, 조금 머리가 식자마자 확실하게 느낀 욕망에 죄책감과도 닮은 심정이 치밀어 올랐다. 얼버무리듯이 머리를 긁적였다.

　"……하야토 몸, 굉장히 남자였어."

　"……………………뭐?"

그리고 툭하니 중얼거린 하루키의 말에 한순간 머리가 새하얘지고 말았다.

"꺄————! 아하하하하하핫! 굉장해굉장해! 하루도 수영을 못 하면 튜브로 놀면 될 텐데…… 아, 카즈키 씨, 이번에는 흐름을 가로지르듯이 움직여주세요!"

"하핫, 분부 받들겠습니다, 공주님!"

"아! 히메……."

"…………어—, 카즈키도, 저 녀석 뭐 하는 거야."

그때 튜브 구멍에 엉덩이를 집어넣은 히메코가 흐름을 따라서 옆을 가로질렀다.

뒤에서 카즈키가 운전수처럼 튜브를 밀고 있었다.

아무래도 수영장의 흐름을 이용해서 역주행하거나 지그재그로 움직이거나 튜브로 흘러가거나 헤엄치는 것을 전력으로 즐기는 모양이었다.

히메코도 카즈키도, 표정은 이제까지 본 적이 없을 만큼 천진난만한 미소로 반짝였다. 솔직히 조금 의외인 조합이라고는 생각했다.

마침 잘 되었다는 심정으로 둘은 이야기를 돌렸다.

"어—, 우선은 튜브로 뜨는 감각을 파악하는 것도 괜찮을지도."

"그러네. 저기—, 히메—! 나도 끼워줘—!"

"오, 하루, 드디어 포기했어? 체념했어?"

"포, 포포포포포포기한 게 아니라 연습의 일환이니까!"

히메코 곁으로 물을 가르며 나아가는 하루키의 뒷모습을 지켜봤다.

머리를 한데 땋아 내렸기 때문에, 평소와 달리 수영복뿐인 뒷모습에선 가늘고 완만한 어깨나 잘록한 허리, 여성스러운 곡선을 머금은 몸매가 잘 보였다.

아름다웠다. 하야토에게도 그렇게 보였다. 그것은 주위에도 마찬가지인지, 주위의 시선이 하루키에게 모여 있는 것을 깨달았다. 미간에 주름을 지었다.

실제로 조금 전에 직접 끌어안는 바람에 그녀의 매력을 떠올리고 또다시 피가 오를 뻔했다.

그때, 하루키와 교대하는 느낌으로 카즈키가 손을 들며 다가왔다.

평소보다 싱글싱글 환한 얼굴이었기에 하야토도 쓴웃음 지으며 손을 들어 응했다.

"하야토 군, 튜브를 하나 더 준비하는 편이 낫지 않았을까?"

"그러네. 처음부터 준비할 걸 그랬어."

"하핫, 니카이도가 반드시 수영을 익힐 테니까 필요 없다고 그랬던가."

"정말이지, 있어도 딱히 손해도 아닐 텐데."

"하핫, 그건 그렇고 즐겁네. 이렇게나 즐거운 건 무척 오랜만이야."

"……카즈키?"

카즈키는 정말로 기쁘고 즐겁다는 듯, 천진난만한 미소를 짓고 있었다.

하지만 그곳에 어렴풋이 그늘이 드리운 것을 하야토는 깨달았다.

전 여친, 그리고 전날 영화관에 갔을 때 마주친 중학교 시절의 동급생. 그것들이 뇌리를 스쳤다.

무슨 일이 있었는지는 모른다. 하지만 그것은 과거의 일이다.

참으로 유감스럽게도 하야토는, **지금의 카즈키**를 충분히 신뢰할 수 있는 상대라고 인정해버렸다.

하야토는 미간에 더더욱 깊은 주름을 짓고서 하아, 한숨과 함께 양손으로 물을 펐다. 그걸 그대로 카즈키의 얼굴에 호쾌하게 끼얹었다.

"권유해준 이오리한테 감사……해야겠지!"

"어푸?! 가, 갑자기 뭐 하는 거야, 하야토 군!"

"하핫, 진짜 싱싱한 남자가 됐잖아!"

"……너 진짜, 이얍!"

"푸핫, 해보자는 거냐—! 받아라!"

"무슨!"

"와하하하하하핫!"

"아하하하하하핫!"

하야토와 카즈키는 유수풀을 따라 흘러가면서도 서로 물을 뿌렸다. 무엇이 우스운지 계속 웃으며, 바보처럼, 어린아이처럼 그저 뿌려댔다. 하지만 정말로 즐거웠다.

"······남자끼리 뭐 하는 거야, 하야토."

"······카즈키 씨도 오빠처럼 어린애 같은 구석이 있네요─."

""엇?!""

튜브를 탄 하루키와 그걸 끄는 히메코가 어이없다는 표정으로 다가왔다.

그만 손이 멈췄다. 하야토는 겸연쩍은 표정으로, 빠른 말투로 변명을 늘어놓았다.

"어─ 그게, 누가 튜브를 하나 더 가지러 갈지 승부했거든. 그래서, 뭐 그게, 잘 생각해보면 카즈키를 혼자 보냈다가는 근처에서 헌팅을 당할 테니까 내가 다녀올게. 그럼 하루키랑 히메코, 잘 지켜줘!"

"하야토 군!"

"아, 오빠 도망쳤어."

"응, 도망쳤네."

그리고 하야토는 총총히 철수했다.

등 뒤에서 어이없어하며 놀리는 소리가 들렸지만, 그래도 조금 머리를 식힐 시간이 필요했던 건 사실이다.

"오빠─, 우리 파도풀에서 기다릴 테니까─!"

하야토는 히메코의 말에 손을 들어 대답하고, 흘끗 돌아봤다.

그러자 사이좋게 손을 맞잡으며 드러누워서, 물을 따라 흘러가는 이오리와 이사미 에마의 모습이 보였다.

두 사람에게 어떻게 말을 건넬지 이마를 모으고서 논의하는 하루키와 히메코, 카즈키의 모습을 확인하고는 탈의실 라커로 걸음을 옮겼다.

"후우…… 이걸로 되겠지."

하야토는 탈의실 라커룸에서 튜브를 부풀리고 있었다.

합류한 다음에 그 자리에서 부풀려도 되겠지만 바로 쓸 수 있는 상태가 아니었을 때 히메코, 그리고 하루키가 불평을 하는 모습을 훤히 상상하고 만 것이었다.

주위를 둘러보니 하야토와 마찬가지로 튜브를 부풀리는 사람도 보이고, 그들도 마음이 들떠 있는 것처럼 보였다. 틀림없이 수영장을 기대하는 것이리라.

물론 하야토도 그런 자각이 있었다. 그들을 보고 있으면 자연스럽게 하루키의 얼굴이 떠오르고──그걸 넘어 몸까지 떠올리고 말았다.

"어, 그러니까 파도풀이라고 했던가."

굳이 입 밖으로 꺼내어 필사적으로 그 괘씸한 감정을 흩어버렸다. 튜브를 한 손으로 가지고 놀며 탈의실을 나와서 장소 확인을 위해 근처 안내판으로 향했다.

안내판은 코지엔 수영장의 전체 그림을 간결한 일러스트로 표시한 지도였다.

수영장 입구 근처에 설치되어 있어서 남녀 탈의실에서도 가깝고, 약속을 잡기에는 적절한 장소라서 그들이 합류에 이용한 곳도 여기였다.

통행량이 무척 많은 장소인 건 맞지만 어찌 된 영문인지 주변에서 들리는 목소리에 놀라움과 당혹의 기색이 섞여 있었다.

"이봐, 쟤 계속 저기 있는데……."

"약속했다가 바람맞았나? 엄청 귀여운데, 참……."

"시선만 보내줘도 죽을 것 같다고 할까…… 어라?"

"어디서 본 적 있는 것 같은데……?"

그들의 시선 끝에는 한 소녀가 있었다. 화려해서 무척 눈에 띄는 소녀.

하루키에게 필적하는 균형 잡힌 몸매에 수영장에서도 화려하게 부풀린 머리카락과, 다리를 꼬고서 당당하게 벤치에 앉은 모습은 인파 안에서도 한층 명도가 높아 보였다.

그렇구나. **남들이 본다**는 것을 제대로 의식하고 있으니, 하루키보다도 훨씬 주목을 모을 만도 하다. 그리고 하야토는 그녀를 기억하고 있었다.

'사토 아이리, 였던가…….'

본래라면 그녀의 미모에 이끌려서 모여드는 사람도 있을 법한데, 그녀가 온몸으로 기분 나쁘다는 오라를 발하고 있었다. 감출 생각조차 없어 보였다.

아무리 미모가 뛰어난 소녀라고는 해도, 다칠 것을 알면서도 칼날을 건드릴 사람 따위는 없다. 그녀는 그런 부류의 존재였다.

하야토도 엮이고 싶지는 않았다.

"…………."

하지만 조금 움찔움찔하는 그녀의 다리와 시원해 보이는 데도 비지땀을 흘리는 얼굴을 무시할 수는 없었다. 그녀가 **누구인지**를 알아버렸기에 그게 마음에 걸렸다.

이곳이 츠키노세였다면, 설령 거북한 상대일지라도 **다친 것**을 알면서도 못 본 척할 순 없었을 거다. 마을에서 따돌림을 피할 수 없을 테니까.

하아, 크게 한숨을 한 번 쉬었다. 하야토는 가까운 자판기에서 스포츠 드링크를 사서 발걸음 무겁게 아이리에게 다가간 뒤 말을 건넸다.

"그렇게 앉으면 몸에 나쁘다고. 좀 더 다리를 뻗어. 그리고 이거 마셔둬."

"네? 헌팅이라면 거절하겠는데요."

"다리 저리잖아?"

"~~~~?!"

쿡, 하야토가 튜브로 아이리의 왼쪽 다리를 찌르자 순식간에 그 몸이 굳었다. 그리고 금세 정신을 차리더니 굉장한 눈빛으로 노려봤다.

하야토는 곧바로 항복이라며 양손을 들고 어이없다는 듯 미간을 찌푸렸다.

"잠깐만! 갑자기 무슨 짓——."

"자, 다리 꼬고 있지 말고, 뻗어서 혈액순환을 좋게 해. 그리고 이걸로 수분 보충도 해. 수영장은 의외로 탈수증이 쉽게 발생하는 곳이거든."

"네? 아…… 아, 알았어, 알았다고요! 뭘 하는 건가요, 정말……."

하야토는 저리지 않은 오른쪽 다리를 또다시 튜브로 쿡쿡 찌르며 이것저것 이야기했다. 아이리는 떨떠름한 태도이지만 다리를 뻗고 스포츠 드링크를 입에 댔다.

사실은 주무르는 편이 나을지도 모르지만 아무리 그대로 조금 안면이 있는 게 다인 이성의 맨다리를 만지는 것은 주저되었다. 게다가 그렇게까지 그녀에게 흥미가 있지도 않았다.

잠시 후, 회복이 되었는지 아이리의 얼굴이 환해졌다.

하야토는 쓸데없이 오기를 부리는 애라고 생각하면서도, 이걸로 자기 차례는 끝났다며 크게 한숨을 내쉬고 머리를 긁적였다.

"괜찮은 것 같네, 다음부터는 조심해."

"아! 잠깐만 기다려요!"

"우왁?!"

발길을 돌려 자리를 떠나려던 그때였다.

아이리가 갑자기 튜브를 있는 힘껏 잡아당기고, 하야토는 허를 찔려 크게 균형을 잃었다.

황급히 자세를 바로 잡으려고 벤치에 손을 짚자 그녀는 그 기회를 놓치지 않고 억지로 하야토를 거기 앉혔다.

대체 무슨 생각이냐며 옆으로 항의하는 시선을 보냈다가,

도리어 사나운 맹수를 방불케 하는 날카로운 눈빛이 날아들어서 숨을 삼켰다.

"……무슨 생각이야?"

"생각이고 뭐고, 그냥 자기만족…… 아니―, 그냥 참견이야."

"내가 누군지 알고서 그러는 거야?"

"사토 아이리잖아? ……독자 모델이라며."

"그걸 알고서, 뭘 노리는 건데?"

"노리긴 뭘 노린다는 거야―, 다리 저려 하는 걸 보고 있을 수가 없었을 뿐이야. 나는 너한테 딱히 흥미가 있는 게 아냐. 그…… 카즈키한테 이야길 듣지 않았다면 무시했을 거야."

"뭐?! 잠깐만, 당신……!"

"뭐, 뭐야, 잠깐, 얼굴 가까워!"

어찌 된 영문인지 눈을 크게 뜬 아이리는, 갑자기 하야토의 얼굴을 붙잡는가 싶더니 몸을 내밀고 빤히 관찰하기 시작했다.

영문을 알 수 없었다.

하야토 입장에서는 거북한 인종이라고는 해도, 아이리는 단정한 얼굴과 균형 잡힌 몸매를 자랑하는 독자 모델이다. 그런 여자에게 강제로 붙잡혀서 주시당하는 상태.

이런저런 의미로 두근대고, 주위에서 보내는 시선도 마음에 걸렸다.

미간을 찌푸리는 하야토와는 달리 아이리의 얼굴은 점점

부드러워졌다. 그녀는 놀라서 소리 높이며 황급히 몸을 뗐다.

"누군가 싶었더니 카즈키 군, 친구! 그러니까…… 하야토 군!"

"이제 알아차렸냐! 미안하네, 기억하기 힘들게 평범한 얼굴이라서."

"미, 미안해…… 나, 난 눈이 엄청 나빠서…… 그게, 원데이 렌즈도 아까 빠져버려서……."

"그래, 고생이네. 그럼 나는 일행이 기다리니까 이만——."

"자, 잠깐만 기다려줘!"

"……뭔데?"

이번에야말로 일어났더니 아이리가 재빨리 팔을 붙잡고 함께 일어섰다.

하야토는 놀라고 당황한 얼굴로 쳐다봤지만 그녀는 신경 쓰지 않는 모양이었다.

어쩌면 보이지 않는 것일지도 모르겠지만.

"저, 저기, 리버사이드 구역으로 데려다줘…… 떨어졌을 때 약속 장소라서 그게……."

"그 정도는 혼자서 가지…… 아, 혹시 걷는 것도 곤란할 정도로 눈이 나빠?"

"부끄럽지만…… 그게, 이런 곳은 미끄러우니까……."

이번에는 시무룩하게 고개를 숙이니 아무래도 대하기가 어려웠다.

전날까지의 갸루 같은 분위기에서 돌변해, 어쩐지 지극히 평범한, 그것도 조금 유약한 여자를 상대하는 것 같다는 착각에 빠졌다.

전날 만났을 때의 전화 대응도 그렇고 묘하게 뒤죽박죽인 여자였다.

어쨌든 여기 그냥 두고 가는 건 마음에 걸리는 게 사실.

이러쿵저러쿵 생각하는 것보다 냉큼 데려다주는 게 일이 빠르지 않을까?

"자, 튜브 붙잡도록 해."

"고, 고마워……."

"……천만에."

다행히 파도풀도 리버사이드 구역에서 그다지 멀지 않았다.

하야토는 무어라 형용할 수 없는 표정으로 목적지를 향해 걸음을 옮겼다.

리버사이드 구역은 유수풀 바깥쪽에 있는 음식점 구역이으로, 하야토 일행이 점심을 먹은 장소도 이 구역 한편이었다.

저린 다리는 나았다고 하지만 튜브 너머로 벌벌 떠는 느낌이 전해졌다. 하야토는 아이리의 걸음에 맞추어서 천천히 나아갔다.

"앗?!"

"으억!"

문득 젖은 바닥에 미끄러졌는지 튜브를 꾹 잡아당기는 느낌이 들었다.

"지, 진짜 최악이야…… 미끄러져서 넘어지다니, 한심하잖아……?"

돌아보니 필사적으로 튜브에 매달려서는 갓 태어난 아기 사슴처럼 떨고 있는 아이리.

떨리는 목소리로 쏟아낸 악담은 불평이라기보다 자신을 고무하는 것 같아서, 하야토는 그만 웃음을 터뜨리고 말았다.

아이리가 항의하듯 입술을 삐죽이고 튜브를 꾹 밀었다.

"하핫, 미안해. 어—— 그게, 요전에 만났을 때랑 분위기가 너무 달라서."

"그건 그게…… 역시 이상, 했으려나……?"

"음…… 별로. 나한테도 가까운 사람 중에 비슷한 녀석이 하나 있으니까."

"……그건 카즈키 군?"

"아니야, 그 녀석은 그렇게 약삭빠른 녀석이 아냐."

"아핫, 그건 그래. 응…… 하야토 군은 정말로, 카즈키 군의 친구구나."

"바라던 바는 아니지만."

그리고 아이리는 쿡쿡 웃었다. 이것이 그녀의 본래 모습일 것이다.

아무래도 갸루의 가면과 나누어서 사용하고 있는 듯했다.

문득 뇌리에 내숭을 떠는 하루키가 떠올랐다.

어떤 사정이 있는지 모르겠지만 카즈키 앞에서 보이던 그녀의 모습을 떠올리면, 이 이상 물어보는 것도 촌스러운 짓이었다.

"……그게."

"응?"

"요즘 카즈키 군은 어때?"

"그러네…… 고백하고 성대하게 차였어."

"어, 거짓말?!"

"아니, 갑자기 튜브 잡아당기지 마!"

가벼운 농담으로 건넸다고 생각했는데 그녀에게는 아니었나 보다.

아이리는 믿을 수 없다는 듯이 눈을 크게 뜨고 당장에라도 달려들 것 같은 기세였다.

하야토는 달래듯이 아이리에게 설명했다.

"아니. 차였다는 것도 주위에 대한 위장 같은 거라서, 좋아서 고백했다든지 그런 게 아니야."

"……아, 나 때, 같은 느낌인가?"

"으음 그러네, 그런 느낌. 미안해, 카즈키한테 그쪽 사정 들었어."

"그런가……."

그리고 아이리는 명백하게 안도한 듯 한숨을 내쉬었다.

하지만 어쩐지 쓸쓸한 표정을 짓고 있는 모습에 하야토의 곤혹은 한층 더 가속되었다.

이래서는 마치——.

"카즈키 군 있지, 중학생 때는 몇 다리나 걸치고 있었거든. 나는 세 번째쯤 됐으려나?"

"…………허?"

갑작스러운 화제전환.

하지만 흘려듣기에는 너무나도 충격적이라서 무시할 수
도 없었다.

그만 크게 동요해버려서 몸이 굳고, 그것이 튜브 너머로
아이리에게 전해져 그녀가 아하하, 라며 곤란한 표정을 지
었다.

그리고 아이리는 과거를 곱씹듯 혼잣말을 흘렸다.

"카즈키 군 얼굴도 괜찮고, 모못치──누나한테 교육을
받았다고 할까, 장난감 취급을 당했다고 할까, 이래저래 여
자 다루는 방식을 주입받았거든. 그러면서 운동도 잘하니
까 인기 있는 것도 당연해서, 그중에는 억지로 다가오는 애
도 있었던 거야."

"……예를 들면 너처럼?"

"아하하, 그러네…… 맞아. 카즈키 군 있지, 에스코트 같
은 건 익숙하면서도 거절 같은 건 애매해서, 그러다가 자칭
여자 친구가 몇 명이나 나왔거든. 뭐, 중학생한테 그런 걸
대응하라는 것도 어렵겠지만."

"그러니까 카즈키는 옛날부터 바보였다는 말인가?"

"읏!"

하야토는 동요하면서도 지금의 카즈키와 전날의 독백을
떠올리고, 역시나 바보라는 결론에 다다랐다. 아이리는 표

정을 바꾸더니 배를 붙잡고서 웃음을 터뜨리고, 찰싹찰싹 하야토의 등을 때리기 시작했다.

"아하하하하하핫! 응, 그러네, 그거야. 역시 친구, 잘 아네! 카즈키 군도 참 바보라니까―!"

"으악, 뭐야, 그만해!"

"하아, 웃겨―…… 그러네, 카즈키 군은 정말로 바보고, 그러면서도 잔혹해……."

"…………."

또다시 아이리의 표정이 급격히 어두워졌다. 전날과 마찬가지다. 갑작스러운 변화에 당황했다.

그리고 툭하니, 그녀는 마음에 품고 있던 응어리를 흘렸다.

"나, 열심히 했는데 말이지……."

가냘프고 작게 중얼거린 그 말은, 하야토의 귀에만 스르륵 침입해서는 가슴의 무른 부분을 휘저었다.

멈춰 선 하야토와 아이리 주위를 사람들의 소란이 물과 함께 흘러갔다.

어린아이처럼 곤란한 표정으로 멈춘 아이리는 마치 미아 같았다.

어째선지 **하루키**의 이사로 남겨져 버린 자신과 겹쳐 보이고 말아서, 남처럼 여길 수가 없었다.

뭐라 말해줘야 할까.

하야토는 술렁이는 가슴을 얼버무리듯이 벅벅 머리를 긁적이고, 자신의 마음속 솔직한 부분을 털어놓았다.

"있잖아, 카즈키는 바보지만 근본은 착한 녀석이야. 지금도, 그리고 틀림없이 과거에도."

"⋯⋯어?"

"음— 하, 제대로 말은 못 하겠지만, 서투른 녀석이라고, 카즈키는!"

그 말을 들은 아이리는 눈을 끔벅거리고 하야토를 빤히 바라봤다.

"⋯⋯하야토 군 있지, 이런 거, 아니 여자를 다루는 게 익숙해 보이는데?"

"안 익숙해. 시골 사람이라고 그랬잖아? 또래 여자는 동생이랑 걔 친구밖에 없었으니까."

"그럼 유유상종, 인 걸까."

"그게 뭐야."

카즈키와 비슷한 사람 취급을 당한 하야토는 바라던 바가 아니라는 듯 떨떠름한 표정을 지을 따름이었다.

쿡쿡 웃던 아이리는 또다시 표정을 진지하게 바꾸어 검지를 세워 들고 하야토에게 내질렀다.

"있지, 하나 질문. 혹시 여러 여자애한테 고백을 받았다 치고, 너라면 어떻게 할래?"

"허? 그런 일이 있을 리가 없으니까 몰라."

"⋯⋯가정이라도 괜찮으니까 대답해——꺅!"

"……그래도──아니, 야!"

그 표정이 너무나도 진지했기에 무심코 슬쩍 뒷걸음질 치고, 더욱 따지고 들며 다가오려던 아이리가 그만 미끄러져 버렸다.

하야토는 순간적으로 그녀를 안아 들었다. 조금 전에 느낀 하루키와는 다르게 조금 서늘한 피부 감촉, 쓸데없는 살을 걷어내었지만 확실히 부드러운 몸, 그리고 강제적으로 가볍다고 느끼게 되는 그 무게에 깜짝 놀라 쩔쩔맸다.

맨살로 끌어안아서 밀착한 채, 거북한 분위기가 흘렀다. 다른 사람에게는 어떻게 보일까?

어떻게든 말을 꺼냈다.

"그, 괜찮아?"

"어어 그게, 고마워…… 답례로, 내가 할 수 있는 일이라면 뭐든──."

한순간 머리가 확 끓어오르려고 했지만 다행인지 불행인지, 뜨겁게 달아오르는 일은 없었다.

"──대체 무슨 답례를 해주겠다는 걸까요?"

""어?!""

오싹, 등줄기가 강제적으로 떨렸다.

의식이, 감정이, 생존본능이 위험하다고 호소했다.

"돌아오는 게 늦다고 생각했더니 대체 뭘 하는 건가요, **하야토 군?**"

"하, 하루키……."

천천히 목소리가 들린 쪽을 돌아보자 주변의 온도까지 내릴 듯한 차디찬 분위기를 드리운 가련한 미소녀──**니카이도 하루키**가 있었다.

하루키는 어찌 된 영문인지 내숭을 떨고 있었다.

아름다운 눈썹을 중앙으로 찡그리며 턱에 가볍게 검지를 대고 고개를 갸웃거리는 모습은 무척 가련하고 사랑스러웠지만, 하야토의 등줄기는 오싹 떨렸다.

하루키는 입가로만 웃으며 시선을 옆의 아이리에게 쏟았다.

"무척 사이가 좋아 보이네요? 하야토 군은 같이 온 우리를 내버려 두고, 거기 여자 친구랑 데이트인가요?"

"어?! 아, 아니, 그게 아니라…… 이, 이건 말이지, 전날 우연히 알게 된 녀석인데 그게, 다리가 저리고 렌즈를 잃어버렸다고 하니까 그게……."

"까앙!"

하루키의 지적에 하야토는 그제야 아직 아이리를 끌어안고 있다는 사실을 떠올렸다. 그리고 황급히 그녀를 거칠게 떼어냈다.

"호오, 아는 사이…… 제가 모르는 사이에 이렇게나 화려하고 예쁜 아이랑 알게 됐군요. **하야토 군**이 이렇─게나 약삭빠른 사람일 줄은 몰랐는데."

"으─음, 뭐라고 할까 전날 카즈키가──."

"그렇구나그렇구나, 카이도 군을 이용해서 가까워졌구나."

"……아니, 그게, 진짜!"

이렇게 많은 사람들 앞에서 카즈키의 전 여친이라는 걸 설명하고 있을 수도 없고.

머뭇거리는 하야토의 얼굴을 본 하루키는 어떻게 받아들였는지 더더욱 수상쩍다는 표정으로 바뀌었다.

그때까지의 싱글싱글한 미소는 사라져 버렸다. 그녀가 시무룩하게 고개를 숙인 채, 튜브를 꾸욱 불안한 듯 붙잡고 불쌍해 보이는 음색으로 중얼거렸다.

"……날 버리는 거야?"

"잠깐, 야, 말투가 이상하잖아!"

연기임은 알고 있었다.

하지만 진짜 같았다.

다른 사람이 본다면 청순가련한 하루키를 소홀히 하고, 화려하고 화사한 아이리로 갈아타려는 것처럼 보였으리라.

하루키도 아이리도 방향성은 다르지만 어지간한 여자들 사이에서도 한두 단계는 빼어난 미모를 자랑한다. 눈에 띄지 않을 리가 없었다. 그리고 방울이 굴러가는 듯한 하루키의 비장한 음색은 주위에 무척 잘 들렸다.

"야, 쟤……."

"저런 애를 차고 갈아타다니…… 아니, 잠깐만."

"저거, 사토 아이리랑 닮았는데? 똑같잖아?"

"설마 본인?! 그렇다면 어쩔 수 없지…… 그럼 저 남자는 누구야?!"

필연적으로 주위의 호기심 어린 시선이 날아들어 박혔다. 바깥이 소란스러워졌다.

그런 주위의 목소리를 들은 하루키가 튜브를 더욱 강하게 꽉 붙잡았다.

자세히 보니 어깨가 떨리는 것을 알 수 있었다. 하지만 표정은 고개를 숙이고 있어서 알 수 없었다.

"……하루키?"

"와아, 엄청 귀엽네! 있지, 혹시 하야토 군 여자 친구?"

"""?!"""

그때까지 멍하니 있던 아이리가 갑자기 끼어들었다.

근시라서 그런지 하루키에게 지근거리까지 얼굴을 가져다대고, 빤히 바라보며 품평했다.

"응응, 얼굴은 확실히 상의 중이나 그 이상…… 아니 잠깐, 이거 거의 맨얼굴이야?! 아무리 수영장이라도 그렇지 아니아니아니, 그래도 이건…… 와아, 굉장해!"

"미, 미얏?!"

그것은 갑작스러운 행동이었다.

거친 콧김의 아이리는 눈을 반짝반짝 빛내며 찰딱찰딱 하루키를 만졌다. 거리가 가까웠다.

그것은 하야토가 이런 인종을 거북하게 여기는 이유 그 자체이기도 하지만, 조금 전의 모습을 생각하면 정말로 하루키에게 놀라서 흥분한 것이리라.

하루키가 갑작스러운 일에 놀란 채 몸을 젖히며 뒷걸음질

쳤지만 아이리는 놓치지 않았다. 곧바로 거리를 좁혔다.

어떻게든 하루키를 지켜보려고 해도, 여자 둘 사이로 몸을 끼워 넣는 것은 망설여졌다.

"스타일도 좋아 보이고, 굳이 따지자면 키는 조금 더 컸으면 좋은 정도? 화장하면 더 빛나겠네, 머리카락 같은 건 어떻게 손질해?"

"아니, 잠깐만 그쯤 해둬——."

"아, 뭣하면 우리 **사무소** 소개해——."

"——읏."

참다못해 하야토가 나무라려 하고, 아이리가 하루키에게 손을 뻗으려던 그때였다.

문득 하루키가 두른 분위기가 바뀌었다. 하루키를 다른 존재로 덧씌웠다.

『——건드리지 마, 꺼져.』

""읏?!""

찰싹, 기분 좋게 메마른 소리가 주위에 울려 퍼지고, 주위의 술렁거림을 빼앗았다.

순식간에 벌어진 일이었다.

모두가 자신의 눈을 의심했다.

그곳에 있던 것은 솜씨 좋은 검객. 하루키는 발도 같은 자세로 손을 뿌리치고, 사실 그 손에 검을 들고 있는 것처럼 사람들을 착각시켰다.

아이리는 계속 자신의 목에 손을 대고 "어라? 어라?"라며 몇 번이고 크게 눈을 끔벅거렸다.

하야토도 하루키의 오른손과 아이리의 목을 교대로 바라봤다.

어안이 벙벙한 것은 하야토와 아이리만이 아니었다.

주위에서도 마치 하루키가 아이리를 베는 듯한 환상을 봤다.

"『알았나, 아가씨?』"

"~~~~!!"

"어, 아, 그거······."

음색 역시도 열다섯 소녀의 목소리가 아니라 마치 수많은 수라장을 헤치고 나온 역전의 검객 그 자체.

간신히 하야토는 그게 그녀가 전날부터 히메코와 함께 보고 있던 애니메이션 캐릭터라는 걸 깨달았다.

하루키가 손에 든 칼을 눈앞으로 들이밀자 아이리는 끄덕끄덕할 수밖에 없었다.

"··········가자, 하야토."

"어, 아앗."

평소의 하루키로 돌아온 그녀가, 억지로 하야토의 등을 밀어 그 자리를 뒤로했다.

그 자리에 남겨진 사람은 만화경처럼 연신 분위기가 바뀌는 하루키의 모습에 그저 멍하니 서 있을 수밖에 없었다.

한편 아이리는, 하루키가 만들어낸 세계에 반쯤 사로잡혀 있었다.

분명히 베였다고 생각했다. 하지만 이성으로는 그런 일이 있을 수 없다는 것을 알고 있었다.

그만큼 굉장한 **연기**였던 것이다.

점차 이해가 따라가며 목에 손을 댄 채로 오싹 몸을 떨었다.

그리고 그녀를 부르는 목소리에 간신히 정신을 차렸다.

"야— 아이리—, 있네있네, 찾았다고—."

"아, 모못치 선배."

"왜 그래, 멍~하니? 혹시 우리 **동생**이라도 만났어?"

"아하하, **카즈키**치랑은 딱히…… 그, 저 애……."

"……응?"

"아니, 아무것도 아니에요."

그리고 아이리는 애매한 미소로, 달려온 카이도 모모카에게 대답했다.

리버사이드 구역을 벗어난 하야토는 기분 나쁜 감정을 감추려고 하지도 않고 어깨를 들썩이는 하루키의 뒤를 따르고 있었다.

"하루키, 기다려 달라니까. 그게, 이래저래 미안해."

"미안하다니 뭐가. 뭐, 하야토도 남자니까? 그야 화사하고 귀여운 여자한테 헤롱헤롱해서 인중을 쭉 늘이는 것도 어쩔 수 없겠지!"

"그런 일 없었다고—."

"글쎄! 우리를 팽개쳐두고 그 아이랑 친해지려고 했다는 사실은 변함없는데?"

"딱히 친해지려고 했다기보다…… 아까도 말했지만 살짝 아는 사이고, 곤란해하던 모양이라 그런 거야."

"그게 이상하다는 거야! 애당초 모델? 연예인? 어떻게 그런 애랑 알게 된 거야, 이해가 안 된다고!"

"그건 그게……."

"흥!"

아무리 말을 거듭해도 하루키는 쌀쌀맞기만 했다. 카즈키를 생각해서 말을 고르는 바람에 살짝 변명같이 변했다는 자각이 하야토에게도 있었다.

하지만 그걸 감안하더라도 왜 이렇게나 세게 토라졌는지 알 수 없었다. 점점 걸음이 빨라지는 하루키를 필사적으로 따라잡았다.

"야, 하루키!"

"하야토는 시골 사람이니까 미인계에라도 속아서 호된 꼴을 당하면 되겠네!"

"시골 사람인 건 확실하지만 아무리 그래도 속지는 않아, 그보다도 그런 게 있기는 하냐."

"하야토는 여자가 얼마나 무서운지 전혀 모르니까!"

"……하루키랑 히메코도 무서워?"

"웃! 아— 정말! **시끄러워, 닥쳐, 저리 가!**"

"⋯⋯⋯⋯아.

한순간 하야토의 걸음이 멈췄다.

그것은 어릴 적부터 계속 마음속 깊은 곳에 있는, **하루키**와 같은 말.

지금이기에 본심으로 하는 말이 아니라는 걸 알 수 있었다.

그 뒤에 담긴 뜻도.

전날, 샤인 스피리츠 시티에서 건넨 말을 떠올렸다.

머리를 긁적이고 손을 뻗었다.

"하루키."

"웃?!"

정신이 들자 그때와 마찬가지로, 억지로 하루키의 손을 붙잡고 있었다.

"미안, **걱정시켜서 미안해.**"

"～～～～웃?!"

돌아본 하루키의 얼굴이 단숨에 새빨갛게 물들었다.

뻐끔뻐끔 입을 벌려 무언가를 말하려고 했지만 어째선지 좀처럼 말이 나오지 않았다.

"⋯⋯하."

"하?"

"하야토, 바보————!!!!"

"아얏～～～～?!"

그리고 폭발한 감정과 함께 따귀가 날아오는 것이었다.

◇ ◇ ◇

파도풀에서는 히메코가 신이 나 있었다.

같은 수영장이라도 파도가 나오는 만큼 즐기는 방법이 다른 곳과는 무척 달랐다.

히메코는 튜브로 파도에 흔들리면서도 주변, 특히 커플 관찰에 여념이 없었다.

커플은 파도라는 기습적인 요소에 말려드는 사고를, 마침 잘됐다며 즐길 수 있으니까.

"저기, 저거 보세요 카즈키 씨, 자 저기 커플! 남자 친구가 여자 친구를 등에 업고서 헤엄쳐요…… 꺄—, 러브러브예요, 러브러브! 에마 씨 커플도 저 정도로 알콩달콩해도 괜찮다고 생각하는데 말이죠—?"

"아하하, 그러네."

참고로 이오리와 이사미 에마는 현재 파도 앞에 쪼그려 앉아서는 이따금 찰박찰박 한 손으로 물을 뿌리고 있었다. 참으로 흐뭇한 모습이었다.

히메코는 여전히 들떠 있었다.

같은 튜브에 억지로 들어가려고 한다든지 물속에서 그저 마주 보며 파도에 쓸려간다든지 함께 비치볼을 파도에 빼앗기며 희롱당한다든지, 알콩달콩한 커플의 모습을 하나하나 발견하고는 보고했다.

그런 히메코를 지켜보는 카즈키도 싱글싱글한 건 마찬가지였다.

"그러고 보니 오빠도 하루도 늦네요—?"

"하야토 군은 참견쟁이인 구석이 있으니까. 곤란해하는 여자애를 돕다가 헌팅을 당하고 있다든지……? 무척 그럴 듯하다고 생각하는데."

"아하하, 오빠가 말인가요~? 아까도 말했지만, 오빠가 헌팅을 당할 일은 없어요. 시골 사람이라는 게 훤히 보인다고요~?"

"그건 모르지. 당장 니카이도는 그걸 걱정해서 찾으러 갔으니까."

"음— 그런가? 그보다도 저는 하루가 더 걱정인데요—?"

하야토가 예비 튜브를 가지러 간 뒤로 상당한 시간이 지나, 이곳 파도풀에서 한두 사람이 할 놀이는 거의 다 즐겼다.

히메코가 하야토와 합류한 다음 무엇을 할지 생각하는데, 문득 카즈키가 물었다.

"히메코는 커플한테만 눈길이 가는 모양인데, 그런 쪽에 흥미 있는 거야?"

"으—음, 글쎄요? 사랑 이야기를 좋아하는 건 여자의 본능이라고 할까요…… 뭐, 하루는 그거지만."

"아하하, 본능이구나."

"카즈키 씨는 어떤가요? 아까도 헌팅을 당했을 정도니까, 만들자고 생각하면 여자 친구 정도는 바로 생기지 않을까요?"

"……나는 당분간 그런 건 사양이야."

"에에, 아까워요!"

"그러는 히메코도 인기 있을 것 같은데, 남자 친구는 안 만들어?"

"헤?"

뒤집어진 목소리가 나왔다. 갑작스러운 질문이었다.

오늘의 자신을 돌아보면 카즈키의 그 질문은 자연스럽지만, 히메코는 어찌 된 영문인지 가슴이 살짝 간질거렸다.

남자 친구.

그 말을 곱씹었더니 미간에 주름이 생긴 것을 자각했다.

하지만 어째서인지는 알 수 없었다.

"…………."

"…………."

싱글싱글 떠보는 것 같은 카즈키와 눈이 마주쳐도 히메코는 곤란하다는 표정으로 고개를 갸웃거릴 뿐. 가슴만이 살짝 술렁거렸다.

잘 알 수 없는 감정에 곤란해하는 사이, 익숙한 목소리가 귀로 날아들었다.

"그래도 때릴 건 없잖아!"

"하야토가 잘못했으면서!"

"이해가 안 되네!"

"애초에 하야토는 옛날부터──."

"하루키 너도 전부터──."

시선을 향했더니 오빠와 소꿉친구가 서로 말다툼을 벌이며 이쪽으로 오는 모습이 시야에 들어왔다.

히메코는 평소의 더없이 익숙한 그 광경에 뺨을 움찔거리고, 카즈키와 얼굴을 마주 본 뒤 쓴웃음을 흘렸다.

하아, 한숨을 한 번.

하지만 서로 소리를 쳐대면서도 두 사람은 웃고 있었다. 웃고 있는 것처럼 보였다.

그래서 하루키의 얼굴이, 옛날의 그 **하루키**와 겹쳐졌다.

'…………아.'

그 순간, 무언가를 확 이해하게 됐다.

"있죠, 카즈키 씨. 저 말인데, 좋아했던 사람이 있거든요."

"………………어?"

"지금은 이미 어떻게 해도 손이 닿지 않게 되어버렸지만요. 그러니까 저도, 당분간 그런 건 사양일까 싶어요."

"그렇, 구나……."

히메코는 문득 웃음을 흘렸다. 손은 자연스럽게, 달콤한 간지러움의 잔재가 있는 가슴에 대고 있었다. 그 미소는 조금 울 것 같은 빛을 머금었다.

히메코를 바라보는 카즈키의 눈동자가 흔들리고, 그녀와 마주쳤다. 의외라는 안색이었다.

히메코 본인도 남에게 거의 꺼낸 적이 없는 가슴속의 감정을 털어낸 것이 부끄러워져서, 아하하 웃으며 얼버무리고 수영장을 나갔다.

"가죠, 카즈키 씨."

"아! 어, 어어……."

어째선지 굳어버린 오빠의 친구를 재촉해서 오빠와 소꿉친구 쪽으로 향했다.

합류하자마자 두 사람은 히메코에게 어린애 같은 말을 쏟아냈다.

"아, 히메코! 심판 좀 봐줘!"

"뭘 할지 정하지는 않았지만 승부야, 승부! 자웅을 확실히 가려야지!"

"오빠, 하루, 갑자기 왜 그래……."

무슨 일이 있었는지는 모른다.

하지만 서로를 노려보며 기세등등한 두 사람의 모습은, 어릴 적부터 수도 없이 보았던 광경이었다.

그 무렵과 다른, 긴 머리카락과 짧은 머리카락.

그 무렵과 다른, 차이가 생겨버린 키.

그 무렵과 다른, 다투는 목소리의 높이.

어차피 시답잖은 일로 싸웠겠지.

이제까지도 그랬다.

게임, 달리기, 라무네 단숨에 마시기.

집에서, 산책길에서, 방과 후 귀갓길에서.

화내고, 토라지고, 분개한다.

놀라고, 기뻐하고, 함께 웃는다.

또한 틀림없이.

서로의 마음속에 있는 저울에 그런 추억이나 감정을 쌓아서는 흔들리다가, 결국 마지막에는 미소가 되어 균형을 잡는 것이다.

　어릴 적부터 몇 번이나 반복되었던 것처럼.

　그래서 히메코는 한숨을 쉬었다.

　그리고 많은 의미를 담아, 두 사람과 자신을 향해, 어이없다는 듯 크게 외쳤다.

　"──정말이지, 옛날부터 하나도 변한 게 없다니까!"

에필로그

어디까지고 뻗어 있을 것 같은 하늘, 그 파랑을 채색하듯 떠도는 새하얀 구름.

사방을 마치 액자처럼 산이 뒤덮고, 시골이 그런 하늘을 떠받들었다.

도심부로 가려면 도보 30분 거리인 버스 정류장에서 버스를 타고 약 한 시간, 그곳에서 전철로 두 시간 남짓 간 뒤, 다시 신칸센까지 이동만으로 반나절 이상은 걸리는 벽지. 도시에서 동떨어진 그곳이 바로 츠키노세다.

주위에 있는 약간의 평지는 밭으로 채워졌고, 어디선가 불을 놓아 연기가 피어오르며 도처에서 흙과 비료의 향기가 감돌았다.

사키는 평소와 다르지 않은 츠키노세의 광경을 바라보며 버스 정류장을 향해 자전거를 몰고 있었다.

"이봐―! 이봐―, 사키―!"

"아, 겐 씨! 안녕하세요~!"

밭에서 들린 목소리에 자전거를 세웠다. 새파랗게 잎이 우거진 밭에서는 친족 모임에서도 가장 주당인 겐 영감이 크게 손을 흔들며 그녀를 멈춰 세웠다.

겐 영감은 손잡이 달린 비닐봉투를 뒤적거리더니, 제철인

가지와 토마토, 오크라에 오이 같은 여름 채소를 담아서 총총히 달려왔다.

"자, 가져가. 갓 딴 거야, 갓 딴 거, 모양은 별로지만 말이야!"

"이, 이렇게나 잔뜩…… 그저께도 받았는데."

"아니아니, 키리시마네 도련님은 안 가지고 있겠지? 가져다줘."

"후엣?!"

"오늘 여기로 오는 거지? 멋 부린 모습을 보면 알 수 있어, 왓핫핫!"

"어, 아, 잠깐, 겐 씨~!"

그 지적에 사키는 얼굴을 새빨갛게 물들이고서 항의했지만 그야말로 정곡이라 반론할 수도 없었다.

오늘 사키의 복장은 츠키노세의 주민이 자주 보는 교복이나 무녀 옷이 아니라, 상쾌하고 예쁜 캐미솔에 미몰레 레이스 치마였다. 조금 멋을 부려본 거다.

아직 천진난만한 느낌에 색소가 옅은 열네 살 사키를 새로운 의상이 아주 조금 어른스럽게 연출해서 무척 잘 어울렸다.

참고로 하야토랑 히메코가 귀성하는 이날을 위해 고민을 거듭하며 반 개월 이상 고민하고서야 고른 옷이었다.

"이봐— 겐 씨—, 또 함정에 멧돼지가 걸렸어—! 아, 사키도 안녕!"

"켄파치 씨, 해체인가?"

"그래! 그러니까 사키도 기대하는 참에 미안하지만, 키리시마 꼬맹이한테 도우러 와달라고 전해주겠나, 왓핫핫!"

"예?! 저, 정말, 켄파치 씨까지~!"

이번에는 경형 트럭을 탄 다른 주민이 다가와서는 놀렸다.

사키는 더 이상 못 견디겠다며 겐 영감의 채소를 자전거 바구니에 싣고는 도망치듯이 그 자리를 뒤로했다. "으핫핫" "앗핫핫" 하는 웃음소리를 등 뒤로 들으며. 이 또한 자주 있는 일이었다.

'정말~, 정말정말정말! ……나, 그렇게 기대하는 것처럼 보이나?'

자전거에서 내려 스스로를 둘러봤지만 잘 알 수가 없었다.

굳이 따지자면 옷이나 헤어스타일이 이상하지는 않은지 마음에 걸렸다. 이런저런 생각이 넘쳐났다.

'……괜찮겠지?'

그대로 자전거를 천천히 밀며 버스 정류장이 있는 지방도로 향했다.

마음속은 복잡했다.

빨리 만나고 싶다는 기분과 미루고 싶다는 기분이 서로 다투고 있었다.

특히 하루키, 그녀의 존재가 여러모로 고민을 안겼다.

전방에서 빠앙, 버스 출발을 알리는 클랙슨이 울렸다.

"사키다! 사키ㅡ, 야ㅡ 사키ㅡ!!"

"아, 히메!"

숙이고 있던 고개를 들자 손을 붕붕 흔들며 달려오는, 두 달 만에 보는 히메코의 모습.

맥 빠지게 밝은 목소리와 웃음에 사키도 이끌려서 미소를 지었다. 아무래도 예정보다 빨리 도착한 모양이었다.

언제나 태양처럼 밝은 이 친구는 마음에 빛을 비추어준다. 자랑스러운 친구였다.

"와—, 사키 그거 귀여워—! 어른스러워—! 혹시 키도 컸어?!"

"아하하, 딱히 변한 거 없어."

"그래? 아, 그렇지! 역에서 있지, 병아리랑 달걀 모양의 버터샌드 선물이 맛있어 보였는데 줄을 서 있다 보니 못 샀어! 그래도 슈마이 도시락은 엄청 맛있었어! 그리고 있지——."

"그, 그렇구나~."

"나는 차내 판매에서 사 먹은, 너무 딱딱한 아이스크림에 대해서 언급하고 싶은데."

"웃?!"

"그래그래! 오빠도 참, 너무 딱딱하니까 뜨거운 커피를 타서 먹으려고 했다니까! 이상하잖아!"

"아호가도 풍, 이라 했나? 거드름이나 피우고 말이지— 하야토 주제에!"

"오빠 주제에 말이지—!"

히메코 등 뒤에서 긴 흑발의, 청초한 여자가 얼굴을 내밀며 대화에 들어왔다.

하루키였다.

사키는 저도 모르게 숨을 삼켰다.

화면 너머로는 본 적 있는 모습이다.

가련한 얼굴에 균형 잡힌 몸매. 존재감이라고 해야 할까, 실제로 눈앞에 두자 동성인 사키조차 빠져버릴 정도의 매력으로 넘치는 소녀였다. 많은 의미로 하아, 한숨을 흘리고 말았다.

"아포가토야. 이탈리아에서는 자주 먹는다던데…… 아, 히메코도 하루키도 너무 들떴어. 무라오가 곤란해하잖아."

"웃?!"

사키는 또 다른 이유로 숨을 삼켰다.

히메코와 하루키 등 뒤에서 다가온 것은 하야토였다. 양손에는 보스턴백. 마지막으로 본 기억보다 머리가 조금 더 자랐다. 그만큼 얼굴을 마주하지 않았음을 의미했다.

가슴이 소란스러워졌다. 몸도 굳었다.

친구의 오빠이자, 자신의 세계에 색채를 준 과거의 소년.

무언가 말하고 싶었지만 머릿속이 새하얘져 버려서 말이 나오지 않았다.

최근에는 그룹 채팅방에서 대화를 나눌 수 있게 되었다.

그럼에도, 현실에서는 이전과 다름없이 허둥대고만 있다.

그런 자신이 답답했다.

"오빠, 사키한테 너무 가까운 거 아냐? 봐, 놀라서 굳어버렸어!"

"이런, 미안해."

"……아! 아뇨, 저기 그게……!"

그런 사키의 모습을 본 히메코가 한숨을 쉬더니 하야토의 팔을 붙잡고 떼어냈다.

아니, 그런 게 아닌데──그렇게 말하고 싶지만 적절한 말과 행동을 취할 수 없었다. 허둥지둥할 뿐이었다.

갑자기 하루키가 사키의 얼굴을 들여다봤다.

"사키는 말이지, 엄청 귀엽네."

"웃?!"

세 번째로 숨을 삼켰다.

하루키의 얼굴은 곤란하다는 듯 어이없다는 듯, 신기한 표정이었다. 진의는 알 수 없었다.

하루키는 사키가 크게 눈을 뜨며 바라보자 싱긋, 사람 좋은 미소로 답했다.

"나 있지, 사키랑 친해지고 싶어. 하야토나 히메한테 지지 않을 만큼 친해지고 싶거든."

"……아!"

그러면서 사키의 등 뒤로 돌아간 하루키가 툭, 그녀의 등을 밀었다.

결코 강하지 않은 힘이었다. 하지만 몸은 앞으로 나서게 됐다.

"……무라오?"

"사키?"

"~~~~웃."

하야토와 히메코 앞으로 갔다. 두 사람이 멀뚱거리며 쳐다봤다.

등을 떠밀렸다고는 해도 결국 나온 것은 분명히 사키의 의지였다. 하지만 마음의 준비가 되었는지는 다른 문제.

시선을 헤맸다. 여전히 목소리는 나오지 않았다.

문득 스스로가 한심해서 시선을 떨어뜨리자, 조금 전 겐 영감에게 받은 제철 채소가 있었다. 하야토에게 주라며 받은 것이었다.

참 이것저것 준비되어 있었다.

사키는 얼굴을 붉힌 채, 하야토 앞으로 그것을 불쑥 내밀었다.

"저기, 이거, 겐 영감님한테서, 오빠한테 주라고~!"

"어, 뭔데뭔데? 가지에 오크라에 오이…… 으젝. 토마토도 있네."

"아하하, 이런 걸 보면 시골에 돌아왔구나— 싶어."

"고마워 무라오, 겐 영감님한테도 고맙다고 해야겠네."

채소를 받아든 하야토는 감개무량하게, 그리고 절실하게 말을 흘렸다.

'……………아.'

다시금 제철 채소를 둘러싸고서 시끌시끌 떠드는 하야토, 히메코, 그리고 하루키. 그들의 얼굴과 주변 츠키노세의 풍경을 둘러보자, 가슴속에서 자연스럽게 솟구치는 말이 있었다.

"여, 여러분, 어서 오세요!"

사키의 말을 들은 세 사람은 어리둥절했지만 그것도 한순간. 서로 얼굴을 마주 보고는 싱글벙글했다.

"""다녀왔어!"""

그 대답 소리는 드높은 하늘로 빨려 들어갔다.

바람이 불고 산의 나무들이 노래했다.

새파란 벼 이삭이 파도를 치고, 파문이 저수지에 퍼졌다.

변함없는 시골, 츠키노세.

하지만 올해는, 평소와 아주 조금 다른 여름이 시작되려 하고 있었다.

후기

　히바리유입니다! 정확하게는 어딘가에 있는 마을의 목욕탕, 히바리유의 간판 고양이입니다!
　또 이 후기로 여러분과 만날 수 있었습니다! 냐—앙!

　자, 3권입니다.
　서로 간신히 과거와 다르다고, 이성이라고 의식하기 시작한 두 사람.
　그들 안에 있는 아직 사랑에 이르지는 못한, 미숙한 좋아한다는 마음과 이제까지 쌓아올린 신뢰와 인연.
　그런 가운데, 새로운 관계를 조금씩 모색하는 하야토와 하루키와, 자신의 연심을 명확하게 자각하고 있는 사키의 존재.
　사키는 무척 주의를 기울여서 다루었습니다.
　한 걸음만 잘못하면 그녀의 심경은 몰라도 독자의 입장에서는 커플 사이에 끼어드는 싫은 아이가 되어버리진 않을까? 편집부께도 그런 지적을 받아서, 인터넷 연재본에서 무척 가필한 부분이 되었습니다.
　덕분에 매력적인 아이가 완성되었다고 생각합니다. 어떠실까요?
　그리고 사키의 등장으로 간신히, 이제부터 러브코미디로

서의 이야기가 시작되는 느낌이네요.

그 밖에도 병원이나 이벤트에서 만난 하루키의 존재를 아는 남성, 카즈키의 전 여친 사토 아이리. 이래저래 이야기의 복선이 될 법한 캐릭터도 등장했습니다.

또한 드라드라플랫♭에서 오야마 키나 선생님의 만화판도 시작되었습니다.

다양한 표정을 보여주는 그녀들의 모습을 모쪼록 봐주세요. 개인적으로는 살짝 나오는 겐 영감네 양이 마음에 듭니다. 복슬복슬한 털이 정말 귀여워!

그리고 이번에도 팬레터를 잔뜩 받았습니다!

그리고 술도.(작게)

인터넷이 보급된 이 시대, 굳이 종이에 쓴 팬레터라는 것은 작가로서 필설하기 어려운 놀라움과 기쁨이 있습니다.

설령 냐—앙 한마디뿐일지라도, 굳이 좋아한다는 마음을 형태로 만들어서 보내주셨다는 것이 정말로 기쁜 것입니다.

팬레터는 전부 몇 번이고 다시 읽고서는 글을 쓰기 위한 에너지로 삼고 있습니다.

모쪼록 3권에도, 가벼운 마음으로 팍팍 보내주세요!

자, 3권도 지금부터다! 라는 부분에서 마무리하였으니까,

모쪼록 앞으로의 본 작품을 기대해주세요.

마지막으로 편집 K 님, 다양한 논의나 제안, 감사합니다. 일러스트 시소 님, 미려한 그림 감사합니다. 저를 도와준 모든 사람과, 여기까지 읽어주신 독자 여러분께 진심으로 감사를. 앞으로도 응원해주신다면 행복할 겁니다.

응원은 물론 팬레터도 기다리고 있습니다!

팬레터는 앞으로도 지난번과 마찬가지, 『냐─앙』만으로 괜찮아요!

냐─앙!

2021년 9월 히바리유

TENKOSAKI NO SEISOKAREN NA BISHOJO GA, MUKASHI DANSHI TO
OMOTTE ISSHO NI ASONDA OSANANAJIMI DATTAKEN Vol.3
©Hibariyu, Siso 2021
First published in Japan in 2021 by KADOKAWA CORPORATION, Tokyo.
Korean translation rights arranged with KADOKAWA CORPORATION, Tokyo.

**전학 간 학교의 청순가련한 미소녀가 옛날에
남자라고 생각해서 같이 놀던 소꿉친구였던 일 3**

2023년 8월 15일 1판 2쇄 발행

저   자 히바리유
일 러 스 트 시소
옮 긴 이 손종근
발 행 인 유재옥
본 부 장 조병권
담당편집 박치우
편 집 1 팀 김준규 김혜연
편 집 2 팀 박치우 정영길 정지원 조찬희
편 집 3 팀 오준영 이해빈
편 집 4 팀 전태영 박소연
라이츠담당 김정미 맹미영 이윤서
디 지 털 박상섭 김지연
미   술 김보라 박민솔
발 행 처 ㈜소미미디어
인쇄제작처 ㈜코리아피앤피
등   록 제2015-000008호
주   소 서울시 마포구 토정로222, 403호 (신수동, 한국출판콘텐츠센터)
판   매 ㈜소미미디어
영   업 박종욱
마 케 팅 한민지 최원석 최정연
물   류 백철기 허석용
전   화 (02)567-3388, Fax (02)322-7665

ISBN 979-11-384-3563-5
ISBN 979-11-384-3377-8 (세트)